小学館文庫

哀愁の町に霧が降るのだ(上)

椎名 誠

小学館

目次

1 話はなかなか始まらない……九
2 まだ話は始まらない……三七
3 緊急対策中途解説の項……六五
4 吹きだまり高校の寒い春……八三
5 血とバラと必殺技の日々……一〇三
6 ごったがえしのビートルズ……一四五
7 六本木で夜だった……一六九
8 女たちの夏……二〇三
9 なかがき……二三三

10 おれたちに夜明けはない……二四一
11 原始共産生活の発生とその背景……二五七
12 サバナベの夜は更けて……二九一
13 ひらひら仮面あらわる……三一七
14 シルクロードの夜は更けない……三四五
15 北京裏街突撃肉饅頭……三七九
人生に「本編」などない！ 茂木健一郎……四〇四

この作品の単行本は、1〜10（上巻）、11〜20（中巻）、21〜30（下巻）という形式で刊行されました。

哀愁の町に霧が降るのだ

上巻

1

話はなかなか始まらない

これから書く話はいったいなんなのだろうかと、ぼくは早くも分からなくなっている。

「書きおろし」なのである。書きおろしというのは、書いたものを雑誌とか新聞とか回覧板等に載せずにそのまま本にしてしまう、ということである。そしてこの「書きおろし」というのは、そういうふうに雑誌とか新聞とかに一度書いたものをあとでまとめて本にする——というものよりもはるかに価値がある、と世の中では言われている。

それはそうだろうなあ、と思うのである。「書いてそのまますぐオロス」というのは、なんにしても大変なものなのである。大根だって千切《せんぎ》りにして味噌汁《みそしる》に入れるよりも、そのまま擦りおろした「ダイコンオロシ」のほうがえらいのである。うーんそうなのだ。書きおろしというのは、食べものでいえば、つまり「産地直送」というようなものであろう。

すでに一度、雑誌とか新聞に発表したものをあとでワッとまとめて本にする、というのは、お中元やお歳暮の時にデパートなんかがよくやっている「トロピカル清涼飲料サマーギフトセット」とか「スコッチ&ワイン、デラックスおつまみ付セット」などというのに似ている。

そういうものはそういうものでなかなか楽しいものなのであるが、しかし「産地直送」の初々《ういうい》しさにはかなわない。

「旬《しゅん》の松茸《まつたけ》つめあわせセット」

――なのである。

さがりおろうトロピカル清涼飲料セットめ！

えーいえーい頭《ず》が高い、おつまみ付セットめ！

という態度をとってもいいのである。

しかもこの偉大な書きおろしは、ぼくにとって久しぶりなのだ。二年ぶりぐらいなのである。コーフンしないわけにはいかない。

昨年の夏、一度この「書きおろし」に挑《いど》んだことがある。

「ではそろそろ書きおろしやりませんか」

と、A出版社の男が言うのである。

夏の終わりであった。

「そうですな、夏も終わってしまったし、ではそろそろ書いてオロシましょうか」

と、ぼくは言った。

「ついては、どこかホテルにでも入って、そこで一気にワーッと書いてしまわれたらいかがでしょうか」

と、A出版社の男はすこし上眼《うわめ》づかいにして言った。彼は胃弱で顔色がいつも蒼《あお》かった。ぴくぴくぴくっと左のコメカミが時々動いた。

ホテルに入って原稿を書くなんてまるで流行作家みたいではないか。

「うんうん、なるほどなるほど」

と、ぼくはすこし彼を下眼づかいに見て言った。

「いかがでしょう」

「うんうん、いいですねえ」

ぼくは重々しく、しかしそのわりにはけっこううれしそうにして承諾した。

「ついてはどのへんのホテルがいいでしょうか?」

「そうですね。まあ都内の一流ホテルというのも便利でいいでしょうけど、しかしそうすると電話とかいろいろうるさくてねえ……」

ぼくはたちまち流行作家のような顔つきをして言った。

「では、どこか温泉地のようなところはどうでしょう?」

(いいぞいいぞ!)と、ぼくはハラの中で思った。どこかに泊まって原稿を書いたらどうか、と言われた時、ぼくの頭の中にはたちまち次のような情景が浮かんだのである。

ひなびた海べりの宿の二階。窓から白い波頭《はとう》が見える。海に向かってなだらかな坂が続いており、道の両端にはハマユウの花が咲いている。ぼくは窓ぎわの机に向かってセッセと原稿を書いている。フト窓の外を見ると、この夏の終わりにどうしてこんなところにいるのかちょっと不思議な風情《ふぜい》で、白いワンピースを着た一七、八の娘が海へ向かう道を歩いていくのが見える。この娘は昨日も浜にいたのだ。廃船の上にちょこんと腰をおろして海を見ていた。そばに水色の日傘《ひがさ》が置いてあった。長い髪の毛を無造作にたばねて、後《おく》れ毛《げ》が海からの風にふるえている。ちょっと怜悧《れいり》なかんじにとがった鼻と細い顎《あご》が、その娘を年よりもふけて見せているようだった。

そのかたわらを通る時、娘とふいに眼が合った。娘はあわてたように眼をしばたたき、両手で髪の毛をキュッと後ろにしごいてみせた。それから下を向いてすこしはにかんだように笑った。その娘が今日も白いワンピースと水色の日傘を持って海辺に行くところなのだ。ぼくは二七五枚目の原稿用紙をピリリとめくり、小さくのびをした。思ったよりも仕事は順調にはかどっている。そろそろ散歩にでも行こうかと思ったところなのである。と、その時、部屋の戸があいて女中の菊枝さんが顔を出した。

この菊枝さんは二七歳の若さで亭主に先立たれたということだが、こんなひなびた漁師町には似合わず色の白いぽっちゃりとした美人である。笑うと左の頬《ほお》に小さなえくぼができた。

「お客さん、あまり根をつめると毒ですよ！」

菊枝さんはいつもこうして午後二時頃《ごろ》になると、お茶と漬物《つけもの》を持ってきてくれるのだ。

「うん、ちょうどこのへんで切りをつけようと思っていたところです」

「でも大変ですねえ、どんな話をお書きになっているんですか。もっとも聞いたところでわたしら本なんてめったに読みませんけどねえ！」

「ま、つまらないものですよ！……」

ぼくは渋茶をすすり、窓の外の海を見ながら言う。

「今夜は新田《しんでん》のお祭りなんですよ。お祭りっていったって漁師町の小さなお祭りですけどね……」

「ふーん、でもいいね。もう秋祭りなんだね」

「ほんとに……。早いわねえ」

窓の外を見ると白いワンピースの娘はもう見えなかった。また昨日のように廃船のそばに行ったのかもしれない。

「お祭り、行ってみます？」

菊枝さんがちょっと声をしのばせるようにして言った。海からの風が部屋の中にま

で入ってきてぱたぱたと机の上の原稿用紙を躍らせ、ひと回りしてまた出ていった。

「うん、行ってみようかな」

「まあ、うれしいわ。ネ。そうしたらわたしが案内してあげますわ」

菊枝さんが小さくはじけるようにして言った。頬がすこし赤らみ、ほんのすこし前まで人妻だった女の、からみつくような色気がそのうなじに鋭く走ったのをぼくは見逃さなかった。

新田の祭りには、あの白いワンピースの娘も来るだろうか。

九月の深い藍色《あいいろ》の海はくっきりと水平線をきわだたせ、白い波頭はずっと遠くの沖のほうにまで広がっていた。

——と、まあ、わずかのあいだではあったが、ぼくはここまでリアルな映像が浮かんでしまったのである。

「えー、遠くへ行くならば海のあるところがいいです。海べり海べり……」

と、ぼくはA出版社の男に言った。自分でも語気が荒くなっているのが分かった。

「はあ、海べりですか?」

「そう、海べりです、とにかく海が見えるところですね。そういうところへ行くと、なにかドトウのようにドーッと書いていくことができるような気がしますね」

「海べりですか……」

「そうでえす!!」

ぼくはきっぱりと言った。

A出版社の男はすこし考えこみ、それから言った。

「湯河原《ゆがわら》とか熱海《あたみ》とか、ああいうところはどうでしょうか。近頃は団体客がめっきり少なくなってしまってガラ空きで安くて客は大事にされる、と聞きましたけど……」

うーん、しかしどうもさっきの白日夢ふうのあの「映像」は湯河原とか熱海というものではなかったな、とぼくは瞬間的に判断した。

「うーん」

と、ぼくは（あまりよくないな）という顔をして唸《うな》った。

A出版社の男は再び考えこみ、それからすこし投げやりな口調となって、

「するとやっぱり伊豆《いず》とか伊東とかまあそういうところにしますか……」

と言った。

（うーん、伊豆か、伊豆も悪くないな。川端康成《かわばたやすなり》も伊豆だったし……伊東というのもいいな。伊東へ行くならハトヤだな）

ぼくは左の頰をガリガリかきつつ、すぐには答えなかった。なにかもうすこしよさそうなところがありそうな気がする。第一、伊豆や伊東ではもうだいぶ俗化されすぎ

ているかんじではないか。

結局その日A出版社の男は、いったん社に戻ってもうすこし場所を研究してきます、と言いつつ帰っていった。

「海べりでもあまりド派手な観光地というのではちょっとねえ。まあ、宿はひなびてたっていいんですが、観光地ではないけど一応温泉は出て、海べりだからやっぱりサカナはキチンとうまいと、まあせいぜいこの程度でいいんですけどね。ま、いずれにしてもあまりいろいろ面倒なことは望みませんが、基本的にはこのあたりのことが満たされればいいと思うわけで、したがってつまり、あれはそれぞれうじゃうじゃくどくどわいわいどうのこうの……」

と言っているうちにA出版社の男は帰っていったのである。

それから二、三日してA出版社の男がやってきた。

「いいところが見つかりました」

と、彼はファイトに満ちたリポビタンDのような顔をして言った。

「串本《くしもと》温泉です。和歌山県のいちばん先っぽのほうです。一応ここも観光地ですが、いまはシーズンオフで浮かれた客は誰もいません。温泉は豊富ですしサカナはうまいです。ここしかありません！」

彼はきっぱりとして言った。その顔にはもうなにものにも動じないというカタクナなところがあった。

歌の文句には聞いていたけれど、串本なんて行ったことがない。これまで行こうとも思わなかった。

「うーん」

と、ぼくは一応形式的に唸った。しかし人間というものは未知のところ、というものにはつねに期待と興味を抱くものである。

「うーん、なるほど……」

と、ぼくはもう一度唸り、そこでついに串本カンヅメの旅というのに出発することになった。

誰が言い出したのか知らないけれど、作家をホテルや旅館に一定期間押しこめて原稿を書かせることをカンヅメという。これはなかなか一般形容ふうに言えば「言いえて妙」というやつである。

東京から南紀白浜まで東亜国内航空のYS11で飛び、白浜から列車に乗って約一時間。東京からの旅としてはけっこうな距離だ。

めざす宿屋は串本グランドホテルというところであった。じつはこのグランドホテルという名前を聞いた時に一瞬ヤバイかな？　というヤバヤバ感覚が走ったのである。

地方都市のホテルで「グランド」とか「パレス」とか「ニュー」などというのがつ

くところはたいていろくなところがない、というのをぼくはある程度経験的に知っていた。

はたして串本グランドホテルは客室五〇〇を誇る串本最大のホテルであった。ここは串本向かいは大島の「大島」を真正面にして海べりスレスレに立っている大きなホテルである。

が、まあ、しかしここまで来てしまったのである。もうじたばたしてもしようがないようであった。

客はまばらであり、通された部屋はきわめて眺《なが》めのよいところであった。A出版社の男は、これなら文句はないだろう！　という顔をして、

「なかなかいい景色ですねえ。部屋も明るくて広いし、まったく海べりそのものですし、これならいいですねえ」

と、やたらとほめちぎるのだ。

海べりといったって窓から顔を出すとすぐ真下が海なのであるから、これはあまりにも海べりすぎるではないか。これでは海へ向かって白い道が続いていくことができないではないか。白いワンピースの娘が歩いていくこともできないではないか。

と、まあ早くも「第一の不満」が出てきたのだが、こちらもオトナである。それはとりあえず黙っていた。

まもなく「いいですねえ、ホントにいいところですねえ」と、ほめちぎりながらA出版社の男は東京に帰っていった。

さてそれからである。問題点が続々とあらわれてきたのである。

まずはじめの問題は、クーラーが効かないのだ。いや、正確にはクーラーは効くのだが、朝から晩まで運転はしてくれないのである。

「なにぶんにも省エネということが厳しく言われておりますので、申しわけありません」

と、フロントの青白三〇男は串本ふうの笑いを浮かべて言った。

言い分はこうなのである。このホテルは五〇〇室ある。クーラーはこの五〇〇室全部に働くようにつくられている。ところがただいまは客は五組、計六人しかいない。したがってこの五室のためにバクダイなエネルギーを投じて五〇〇室分のクーラーを働かすことは当局が許さない。のみならず当グランドホテルの経済が許さない。ひいては串本市民の眼が許さない。もうみんな許さない。したがってクーラーの運転は午後のいちばん暑い時だけでカンベンしてもらいたい。

——と、まあこのようなことを言っているのである。

「分からない話ではない」

と、ぼくは思ったのである。その論理は分からないではない。しかし、この串本グランドホテルの客室は全部南西の海側に向いている。日当たりはまことにすさまじくよろしい部屋なのである。

「フロントさんが、とりあえず扇風機でどうでしょうか、ト、言っておりますのでお持ちしたんですけど……」

と、五〇年配のオバサンがまもなくやってきた。緑色の上っ張りを着て、笑うとハグキがぐいーんと二センチぐらい出る。聞けば、このぼくの部屋の担当だという。

「うーん」と、ぼくはココロでしみじみと唸った。

あの二七歳の菊枝さんは笑うとエクボが出たのだが、このオバサンはハグキが出るのである。

が、しかしともかくその扇風機を窓ぎわのところに置いた。

「お食事はどうしますか？」

と、そのミドリのオバサンは聞いた。

「え？　食べますよ」

「いいえ、そうじゃなくて、お部屋のほうにしますかホールのほうにしますか、ト、そういうことなんですが」

「ホールの食事というのはなんですか」

「あ、その、ホールのほうではグランドショーをやっていて、それを見ながらみなさ

ん お食事する方が多いようですけど……」

「グランドショーというのはなんですか？」

「あ、あの、フィリピンショーです」

「フィリピンショーってなんですか？」

「あ、あの、歌とか踊りとかそういうものです。フィリピン人の……」

オバサンは、どうでもいいから早《はよ》うどっちかに決めくされ！　というような顔つきをしていた。しかしまあフィリピンショーというのはとにかくなにかありそうなので、そういうのを見ながらというのもまたいいだろう、と思って、

「じゃ、ホールのほうにして」

と、ぼくは言った。

「あ、さいですか」

と、オバサンはすこし笑った。すこしの笑いだったのでハグキは五ミリぐらいですんだ。

そのあとぼくはちょっとぐったりしてタタミの上に寝ころがった。どうもたてつづけに気落ちすることばかりなのでそのまましばらく個人的に死んだふりでもしていようかと思ったのだが、しかしまもなくハッと気を取り直して窓辺ににじり寄っていった。

九月の海の濃いブルーと白い波頭《はとう》でも眺めて気を取り直そうかと思ったのである。しかし、眼《め》の前に見える串本の海は内海で、波はポシャポシャとしたサザ波であった。そこに西陽《にしび》が反射してギンギラに輝いている。風はなく、窓の外はムカッとした暑さであった。

むむむっと、ぼくは静かに唸りつつ、風呂《ふろ》に行った。あと残された望みは温泉とおいしいサカナぐらいである。

さいわいなことにその温泉はなかなかよろしかった。たしかに民謡に歌われているだけのことはある。大きなたっぷりとした湯舟で足を伸ばし、思いはホールでの夕食のほうにまっしぐらに進んでいった。これから書かねばならない「書きおろし」のほうに思いはまったく進んでいかないのである。

「それにしてもフィリピンショーというのはなんであるのだろうか」

と、ぼくは風呂の中で考えはじめた。口には出さねどなんとなくもしかしたら、ひょっとしてすさまじくも激しいエロティックなショー、という雰囲気《ふんいき》というものもチラチラする。

「じゃ夕食はホールのほうでたのむ」と言った時、あのミドリのオバサンは「さいですか」と言ってハグキ五ミリの笑いを浮かべた。二センチではなく五ミリというところになにかそのへんのあやしい秘密がかくされているような気がした。

Lee

「ま、いずれにしてもとにかく、全部の望みが絶たれたわけではないな」

と、ぼくは思った。そしてまもなくそのモンダイのホールの夕食に出かけた。ホールというのは、つまりレストランシアターというようなもので三〇〇人ぐらい入れそうな食事のテーブルが並び、正面に大きなステージがどーんと広がっている。赤坂のレストランシアターミカドみたいなのだ。

「なるほどなるほど」

と、すこしうなずきつつ、ホールの中をゆっくり眺めると、どうもちょっと様子がおかしい。なにがおかしいかというと、なんだかものすごく淋《さび》しいのである。レストランシアターミカドというよりも台東区立体育館のあとかたづけ、というようなかんじである。

その理由はすぐ分かった。お客がめったやたらと少なすぎるのだ。三〇〇人ぐらいすわれそうなテーブル席のまん中あたりにチョロチョロッと人の姿が見える。客はどうやらそこにみんなして集まっているらしい。その時ふいに、

「シーズンオフだから客は五組くらいしかいないし……」

と言っていた青白三〇男のフロントの顔が思い浮かんだ。

そうかそうか、そうだったんだ。

なるほど客はたしかにぼくを入れて五組だった。そのうち四組は一人客、一組が中年浮気旅行ふうのアベックである。

一人旅のほうはみんな男。しかも中年以上である。どの人もみんな風呂に入ってきたらしくユカタ姿だからどんな状況の人々なのかというのは分からない。アベックの二人はこころもち身を寄せ合ってなにか低い声で話をしている。あとの中年一人旅のほうはみんな基本的にブゼンとした顔つきで、サザエの壺焼《つぼや》きなどをつついているのだ。

しかしそれにしてもこの広い客席のまん中へんに、ぼくを含めて六人の客がテーブルを集めてすわっている、というのはわびしいかんじである。集まっているというよりも身を寄せ合っている、というイメージのほうが強い。難民キャンプというかんじがしないでもない。

まあしかし難民キャンプにしてはテーブルの上の料理はなかなかのものである。刺身があり焼魚がありお吸いものがあり揚げものがあり鍋《なべ》ものがある。

全員がこうやって広いホールの中央に集まっているのは食卓がそういうように配置されていたからである。係の人もみんなが一個所にまとまっていたほうがやりやすいというわけだ。

そしてホールのはじのほうのテーブルは、かなりの数が隅《すみ》のほうに山のように積まれている。まさにシーズンオフの最盛期（ヘンな言い方だ）というかんじであり、ここに入ってきた時に体育館みたいだと思ったのもそのためだったようだ。

なんとなくコソバユイかんじだが、しかしぼくも自分の席にすわり、まずビールをあけた。相変わらず中年アベックは、こころもち身をすり寄せるようにしてヒソヒソやっている。一人旅の男たちも刺身をつっついたり、なぜかワリバシの袋をためつすがめつ眺めてみたりしている。みんな一気に食事に突入していかないのはやはり、これから始まるフィリピンショーを待っているからであろうか。

ジョワジョワジョワと、すこしぬるくなったビールをコップにそそぎ一息に飲んだ。ぼくもフィリピンショーが始まらないとなんだか落ち着かないかんじである。はたして期待どおり「もしかしたら、ひょっとして、すさまじくも激しい……」というようなものであろうか。一人旅の中年のおじさんたちもみんなそんなことを考えているのであろうか。

まもなく、幕にかくれた舞台の上のほうがザワザワして、そして突然「ガガガーン！」という大音響が鳴り響いた。

そして太鼓の音が高らかに鳴った。幕がスルスルとあき、舞台はまばゆい照明に浮き上がった。大きなステージである。

ソデのほうにスポットライトがつき、ホンコンシャツに蝶《ちょう》ネクタイをつけた男があられた。

「どーも大変お待たせいたしました。ただいまより、当串本グランドホテルが自信をもってお送りする〝ザ・フィリピンショー〟の開幕です！」

男はスポットライトの中で絶叫した。エコーがギンギンに効いている上、アンプの具合がよくなくて、男の絶叫は高音部できたなく割れ、聞きづらかった。

よく見ると、その蝶ネクタイ男はどこかで見た顔である。あれあれ誰だったっけ、と思っているうちに気がついた。そいつはなんとあのフロントの青白三〇男なのである。

「どーぞみなさん盛大な拍手を！」

と、フロントは叫び、また高音部がガガガキガキときたなく割れた。

しかし、そんなことは委細かまわず、再びさっきのすさまじい大音響と太鼓の音が鳴り響き、反対側のソデから腰ミノとブラジャーをつけた褐色《かっしょく》の娘が三人出てきた。激しい音がホールせましと鳴り響き、腰ミノの娘たちはたちまちタヒチアンダンスを踊りはじめた。

ぼくはビールの二杯目をぐっと握りしめ、隣の席のオッサンはワリバシの袋を持ったままピタリとその動きを止めた。

しかしそういう、つまりはまあ、

「おっ、なかなかやるな！」

という情景というのは最初の激しい腰ミノ踊りぐらいで、そのあとフィリピンの火の踊りとか竹竿《たけざお》踏みダンスとかいろいろの踊りが出てきたが、踊り子がいつも同じ三人でもあることだし、なにか特別にモノスゴイことをやる、というわけでもないので、しだいしだいに、

「なんだ……」

というような露骨に落胆していく空気がその難民キャンプのようなわれわれの席に広がっていったのは確かであった。

そういう客席の気のユルミを察知したのか、いくつかのダンスが終わると、さきほどのフロント男が出てきて、

「ではみなさまお待ちかねのフィリピンの歌姫ミス・ナントカカントカ・セントラ嬢の歌の祭典です。ではみなさま、盛大な拍手をもっておむかえください」

などとあの例の高音ブチコワレ声で絶叫するのである。

そして間髪を容《い》れず、そのナントカカントカ・セントラ嬢がマイクを持ち、長いドレスを着て舞台に出てきた。

盛大な拍手を！　と言われた手前、われわれも力を合わせて盛大な拍手を送るのだが、なにしろ相手は舞台の上の演奏マン四名、踊り子三名、歌姫一名、司会一名の計

九名もいるが、盛大な拍手を送るわれわれ観客は六人しかいないのである。

九対六
誰の眼から見ても不利な勝負である。

しかし、だからといってなにをどうする、という効果的な手段も見つからない。

われわれはそれまでの「なんかうるせいな」というかんじの隣近所の〝知らん顔没交渉的おつきあい〟のカラを打ち破り、みんなで力を合わせてパチパチパチと、精いっぱいの拍手を送ってみた。もっともこういう状況で一人だけ拍手をしないと、それは即座にあからさまに〝非国民！〟というようなかんじになってしまう、という危惧《きぐ》もあった。

歌姫はそれに気をよくして、舞台の上のやたらめったら大きな音の演奏に合わせて、なにかものすごい早口のフィリピンの民謡ふうの歌を歌いはじめた。

それを歌っているあいだに、われわれは大急ぎでビールを飲み、刺身をつつき、鍋もののシラタキなどを食べる。

早口のフィリピン民謡ふうが終わると、すかさずフロント男が出てきて、

「セントラ嬢、ありがとうございました。どうぞみなさん盛大な拍手を！」

と絶叫するのである。そうすると、われわれは急いでビールのコップや箸《はし》を置いて、計六名、全員一丸となり盛大な拍手を送るのだ。そういう状態の歌が三つばかり続い

た。

フロント男がまたスポットの中にあらわれ、

「では、みなさまお待ちかねのセントラ嬢が流暢《りゅうちょう》な日本語でお送りするご当地は串本温泉の有名な民謡、ここは串本向かいは大島と歌った、あの〝串本節〟をお送りします。どうぞみなさま、盛大な手拍子とともに、それ！　レッツゴォー！」

などと言うのである。こんどは盛大な拍手だけでなく盛大な手拍子まで全員一丸となってやらなければならない。

「もうこうなったらしようがない」

というある種のあきらめがその難民キャンプ的客席の中に素早く流れた。

セントラ嬢はわれわれの手拍子の中で気持よさそうにおかしなアクセントの串本節を歌いはじめた。そして、そのうちに突然セントラ嬢は歌いながら舞台を降りてきたのである。そして、われわれのほうに向かってゆっくりと歩いてくるではないか。そうなると手拍子はいやがうえにも高まっていく。もう誰一人として気を抜いてなどいられないのである。

セントラ嬢はそのうちにわれわれのうちの一人のオッサンの席の前に立って、オッサンの顔をじっと見つめながら歌った。気の毒にそのオッサンはセントラ嬢とともに動いてきたスポットライトに照らされながら、もう一心不乱に手拍子を打っているのである。

「自分でなくてよかった……」

という安堵《あんど》の思いが他の人々の眼のうちを流れたようであった。しかしそれは同時に、

「次はいつ自分のところに来るか分からない」

という不安のようなものに変わった。そして、あろうことかあるまいことか、セントラ嬢はさっそく次にぼくのテーブルのほうに進んでくるではないか。

「あっやめろ、やめろ、こまるこまる」

と、ココロの中でうめいているうちに、セントラ嬢はしっかりとぼくの前に来てしまった。スポットライトが傍若無人にぼくのテーブルもろともその周辺をくっきりまるく照らし出し、その中でぼくはさっきのオッサンのように精いっぱい力をこめて手拍子を打った。もうなんだかよく分かんないけどとにかく一所懸命頑張《がんば》った。そうしてしばらくののちにセントラ嬢は中年アベックの席のほうに向かっていった。

「よかった、もうこれで二度とこっちへ来ることはあるまい……」

という本格的な安堵に包まれる。すこし手拍子をさぼり、ビールを飲み、そこですこしため息をついた。それにしても、しかしまったくくたびれるグランドフィリピンショーなのであった。

さて、そんなわけで串本カンヅメ作戦は初日からじつにぐったりとしてしまうことばかりであった。

翌日の朝、A出版社の男が東京から電話をかけてきて、

「どうですか、なかなか快適なんじゃありませんか」

と、とても快活な声で言うのである。

「もうどのくらい進みました?」

とも聞くのである。

クーラーのない部屋は窓をあけても朝からムンムンするし、ぼくはあまりの暑さに布団《ふとん》からころがって部屋の隅の冷たいタタミの上にまるまっていた。

「ええ、まあ、一応……」

と、ぼくは答えた。しゃくにさわっていたのでもういろいろ文句を言う気も起きなかった。

「ま、とにかく頑張ってください。九月一二日だというのに東京は暑いですよ」

と、A出版社の男は言った。

「こっちだって暑いですよ」

と、思わずぼくも言った。

「しかし、そちらは海辺に近いし……。まあぼつぼつでいいですから、ひとついいも

のをお願いします」

男は再び快活な声でそう言うと電話を切った。

そして結局、ぼくはその日、水泳パンツを持って海に行った。日中はとにかくそんなことをしていないとどうしようもない、というかんじだったのだ。

九月一二日の海はもう誰もいなかった。イヌ一匹すら見あたらなかった。ま、誰もいない九月の海というのもニューミュージックふうでいいかもしれないな、とつぶやいたものの、だだっ広い海岸は一人でボーッとしているというのもなんだかどうにもまとまりのつかないもので、しばらくそのへんの白い砂浜を走ったり、軽く泳いだりしたのだが、まもなくくたびれて海べりの小さな木の陰にバタリとひっくりかえってしまった。

そうしてしばらく空の雲など見ていると眠くなってしまった。ここで眠ってしまうと、ぼくの「書きおろし」というのはいったいどうなってしまうのであろうか、という不安とも戸惑いともつかないものがわずかに頭の隅を走ったのだが、その時同時にぼくの眼の隅には向こうからゆっくり海辺をやってくる人影が走ったのであった。

首をねじまげてよく見ると、それは白い手拭《てぬぐい》をかぶった老婆《ろうば》がコンブのようなものをかかえて歩いてくるところだった。思えば、この海辺で会うのは白いワンピースの娘であるはずだったのだ。あの女中のエクボとハグキもえらい差であったが、白いワンピースと白い手拭も大変な差であった。

「しようがない、しようがない」

と、ぼくは寝ころがったままつぶやき、ようやくすべてを観念した。そして、そのままじっと海風に吹かれているうちに静かに眠ってしまったのであった。

2

まだ話は始まらない

結局、串本ではほとんどなにも書けないうちに予定の五日間がすぎてしまった。思えば、いっぱしの作家みたいにしてホテルでカンヅメになって原稿を書く、なんていうのは「生意気」であり「無謀」であり「笑わせんなよ」なのであった。

そしてその頃《ころ》ぼくはサラリーマンだったので、書けないからといってそれ以上の休暇をとる、ということはできなかった。ぼくはA出版社の男の鋭く激しい催促と追求とクサリガマの三段攻撃を素早くかわし、軽い左からのジャブで応戦しながらひたすら都内の繁華街を逃げ回ったのである。

逃げ回っているうちに月日はたっていった。ふた月たつと、さすがにA出版社の男の攻撃力も衰えてきた。半年ほどたつとやつの息がゼイゼイ言ってきた。一〇カ月もたつと足もとがもつれてきた。勝負はもうこっちのものであった。

そうして一年がたった。

一年のあいだにぼくの状況というのはずいぶん激しい変化に見舞われた。たとえばまず、会社をやめた。したがってサラリーマンをやめてしまったわけである。

その会社は「株式会社ストアーズ社」という従業員四〇人足らずのチビ会社で、ぼくはそこで「ストアーズレポート」という流通産業関係のめったやたらと固い雑誌をつくっていた。

中小企業というのは会社が小さいから、ビジネスの規模も必然的に小さくなる。そうなると「日本会社主義の法則」その①である「大資本大会社は中資本中会社よりたいてい強い」、法則のその②「中資本中会社は小資本小会社よりたいてい強い」というふたつの法則によって、チビ会社の社員というのはひとたび外にビジネスをやりにいくとほとんどエバることはできない、という状況に見舞われるのである。しようがないのでキヨスクのおばちゃんとかカタツムリマークの個人タクシーのおとうさんなどにやたらとエバったりして激しく両肩をふるわせ五反田駅構内に消えていく、という、まあだいたいがこのような人生を歩んでいくものなのである。

それではあまりにもつまらないから、ぼくはせめてその会社の幹部というものになり、会社の中だけでもエバって歩き回りたいものだ、と思った。

そこでぼくはとりあえずその会社の幹部になることをめざし、やがて幹部になった。どういうふうに幹部になったかというと、自分でその「ストアーズレポート」という月刊雑誌の発刊を企画し、社長にたのんで了解をもらい、自分でその雑誌の編集長になったのである。これだとむずかしい昇進テストとか経営幹部へのお中元お歳暮とか無遅刻無欠勤コツコツ三〇年とかそういうようなことをしないでも幹部になることができる。

編集長ということになると当然ながら編集部員という部下が必要である。そこでぼくは今度は採用試験官となり二人の新人を部下にしてもらった。本当は七人の侍のようにいろいろな特技をもった男を七人ほど欲しかったのだが、

「売れるかどうかも分かんないのに七人もダメ！　二人しかダメ！」

と、社長が冷たく言うのである。

それでしようがないので三人で編集部をつくった。三人しかいなくても編集部というのはなかなかカッコいい名称とイメージをもっているものである。大きな会社などでは総務部庶務課文書係なんていうセクションがあって、ここには五〇年配の係長の下にけっこう七、八人の係員がいたりして大所帯なのだが、編集部というのは三人だって編集部なのだ！　と力強く言ってしまうことができるのである。思えばこのへんが中小企業の強みなのである。

だってそうでしょう。名刺をつくるのだって、七、八人の部下がいる係長でも肩書はあくまでも係長なのである。ところがこっちは部下が二人だって編集部長もしくは編集長なのである。どうだザマミロなのである。

が、まあしかしいつまでも庶務課文書係あたりとハリあっていてもしようがないのであった。

ぼくたちは、ともかくいい雑誌をつくろうというのでその日から日夜頑張《がんば》った。ス

タッフは菊池仁と米田浩という男だった。菊池はぼくと同じ年で小柄《こがら》で真っ黒な顔をしており、長い髪の毛と口髭《くちひげ》をはやしていた。全体に体の上部にポイントを集めすぎた、という風体をしていたが、仕事はできる男であった。

米田浩は三つ年下の明朗ハキハキ青年で、ぼくたちの言うことを黙ってよく聞いていた。色白のいい男で、将来いかにも年上の女にだまされそうなかんじであった。そうして彼は数年後みごとに年上の女にだまされ、名古屋方面に逃げていくのであるが、とりあえずそれはこの話とは関係ない。

ぼくたちは、どうせ雑誌をつくるのなら思い切って好きなようにつくろう、と相談した。

流通経済誌などというと、中年から老人相手の誌面がせいぜいで、見ても読んでもあまり面白くない。

その頃、ぼくと菊池仁は期せずして戦国合戦《かっせん》小説に夢中になっていた。

「どうせなら、この路線で行こうか？」

と、ぼくは菊池仁に言った。

「そうそう、それに限りますよ！」

彼はあまり立派とはいえない口髭を左手で激しくしごき、じつに確信に満ちた顔で言った。

菊池仁は文学部国文科の出身で高校の時は生徒会長をやっていた、という伝統的に正しいブンガク経由を歩んできた男で、彼がうなずくと、なんだか分からないけれど妙に安心できそうな説得力があった。

「そうだな、それで行こう」

と、ぼくは言った。

「そうしますか」

と、常に従順な米田浩が言った。

編集長といってもその頃ぼくは二四歳であった。しかもそれまで雑誌なんてつくったこともない。

製作予算があまりないので半分は外部の専門家に原稿を発注し、半分はわれわれ内部のスタッフが手分けしてルポものを書いた。

創刊号のタイトルはどれもこれも勇ましかった。「連合艦隊で七〇年に挑《いど》む第三勢力」「歴戦ライバルが激突するニュータウン先陣争い」「外資攻勢に揺れるヨーロッパ国際戦線」「決戦!!　東海道そこのけ流通革命が通る」

なにかこうどれもこれも血わき肉おどる戦闘的なものばかり勢揃《せいぞろ》いしたのである。

編集長が雑誌をつくるのははじめてなのだからつまりみんなはじめてである。しかし「世の中のことはたいていまずマネしてみればなんとかなる」というにわかづくりの信念のもとに、ぼくたちはあっちこっちの経済雑誌をひっくりかえしたり切りぬいたり放《ほう》りなげたりして、ようやく創刊号の原稿を全部印刷屋に送った。校正をすまし、写真製版をつくり、タイトルをつくり、そうしてあとは出来上がってくるのを待つばかりとなった。

その日は土曜日だった。

会社で顔を合わせたぼくと菊池と米田の三人は朝から落ち着かなかった。その日の午後、いよいよ創刊号が出来上がって運送屋が運んでくることになっていた。

秋だった。外は朝から雨が降っていた。

机にすわり、お茶をすすったりタバコを喫《す》ったりしているうちに、ぼくはついに言った。

「おい、ちょっと行ってみようか」

「行きましょうか」

菊池仁も言った。

「そうしましょう」

米田が言った。

そうしてぼくたちは新橋から山手線《やまのて》に乗って池袋の製本所までついに出かけたのである。

製本屋は池袋西口の先のごみごみした街の中にあった。小さな家で、玄関いっぱいまで机がはみだしてきていて、客の入る空間もないようなところだった。

ぼくたちは軒下に傘《かさ》を持って立ったままぼくたちの雑誌が出来上がってくるのを待っていた。

製本屋の親父《おやじ》は「せっかちな客だ」というような顔をしチロリとこっちを眺《なが》め、あとはまた熱心に追いこみの作業をやっていた。

そうして一時間ぐらい待ってようやく製本したての「ストアーズレポート」創刊号がわれわれの手もとに来た。

「ひゃあ！」

と、米田浩が言った。

「うわっうわっ」

と、菊池仁が言った。

ぼくは雨の中で表紙をパリリと開いた。インキの匂《にお》いが鼻先をかすめ、製本屋のガッチャンガッチャンというやかましい音が耳から遠のいた。

ひとつの雑誌をつくる、ということがこれほどまで感動的なことであるのか。中身をパラパラやりながらぼくは静かに驚いていた。

傘の中で出来たての雑誌を濡《ぬ》れないようにあちこち眺めながら、ぼくたちは池袋までゆっくり歩いて帰った。

その頃の流通業界誌ではまことに異色な、なんだかやたらと戦闘的な見出しのついたこの雑誌は、戦中、戦後派の多い読者層のノスタルジアもあってか、けっこういい具合に売れていった。

ぼくと菊池仁はうれしくなり、その頃全国あちこちでくりひろげられているデパートとスーパーのまさしくホンモノの戦国陣取り合戦のような大乱戦をルポし、ますます激しい戦闘的な見出しをつけていった。

ぼくと菊池仁の雑誌は順調に部数を伸ばしていった。社長はようやくすこしホッとした顔になり、時々ぼくたちをナイトクラブなどに連れていってくれた。その会社は銀座八丁目の目ぬき通りに面していたので、出かけるナイトクラブは銀座であった。ぼくたちはおでん屋とかヤキトリ屋ぐらいしか行ったことがなかったので、そういうところへ行き、赤だの黄色だのヒラヒラのドレスを着たホステスにどっと囲まれるとたちまち逆上した。

「やっぱりアレですよね。読者層の大半は中年以上なんだから、あんなふうにめったやたらと戦闘的な記事ばっかりじゃなくて、すこしはこう色っぽい内容のものも必要ですよね」

翌日、喫茶店で三人の編集会議をやっている時、チョコレートドリンクなどという気味の悪いものをすすりながら菊池仁が言った。

「うーん、なるほどねえ」

コブ茶をすすりながらぼくが言った。

「そうしましょう」

コーヒーのカップをぐるぐる回しながら米田浩が言った。

しかしこの菊池仁のアイデアは日の目を見なかった。文学青年でクリスチャンでカタブツの社長が、

「そういうのはダメ！」

と、冷たく言い、ホージ茶をすすったのである。

誌面はぼくと菊池仁が年をとるにつれてしだいに演歌調になっていった。その頃、東映ヤクザ映画と松竹の寅《とら》サン映画に凝りはじめたぼくらは、

『男命のイトーヨーカドーついにT市に殴りこみ　やってらんないよと地元スーパー涙の閉店』

なんていう記事を書いては、うん、これはなかなかいい、時宜《じぎ》をとらえたタイトルで本当にたいしたものだ、と仲間うちでほめ合っていたのである。

その頃、米田浩が年上の女と逃げた。ぼくは米田浩のお姉さんと何度か話し合い、

「やつはいずれそうなるようなかんじだったからしようがないかもしれませんね」

ストアーズ
レポート

などと言ってその美人のお姉さんに睨《にら》まれたりした。

米田がいなくなってしまったので編集部は二人になってしまった。その会社はほかにも新聞とかPR誌をいくつか出していたので編集者は二〇人ぐらいいたのだが、すこし沈み気味のぼくと菊池の前でめずらしく社長は、

「よし、いっぺんに二人採ってしまおう」

と、力強く言ったのだ。

朝日新聞に求人広告を出し、応募者を待った。しかし求人広告を出しても無名の業界誌の会社である。いつも七、八人ぐらいしか応募はなかった。

面接場所の喫茶店に菊池と入っていくと、その青年はびっくり箱の人形のようにぴょこんと立っておじぎをした。髪の毛の長い中肉中背のちょっと全共闘ドタドタ式といったようなかんじの男であった。

「メグロです」

と、その青年は言った。

それから菊池のほうを向いて、

「ども、どもども」と言った。

目黒考二は不思議な男であった。流通とか雑誌とかいうものはあまり好きではないんですが……と彼は言った。

「こいつはダメなんですよ」

と、菊池仁が言った。菊池はその頃なにかプライベートで深く悩むようなことがあったのか自慢のあまり立派でもない髭を剃《そ》り落としていた。貧弱な髭でも見慣れていたものが消失してしまうと、なにかそこに言い知れぬイチマツの淋《さび》しさがあり、ぼくはなんとなく心情的に菊池に同情していた。

「ダメなんですけどね。しかしなにか自分のものを見つけると、とんでもなくすごい力を出してしまうところがあるんです」

菊池はなんだか兄貴のような口調で目黒青年を紹介した。

すこし話をしてみると、目黒考二は、なにか仕事をするというのはあまり好きではなくて一番好きなのは本を読むことなのです。仕事をしないでずっと本を読んでいられたらどんなによいかと思います。でもそういうことはいまの世の中では絶対に許されませんから、一応きちんと仕事をして、本を買って、そうして好きなだけ本を読んでみたい、と、そう思っているんです。

——というようなことをよどみなくしゃべった。ますますおかしな青年だなあ、という印象が深まった。

「ね、だから、ホラ、だめでしょう」

と、目黒青年の隣で菊池仁が目顔《めがお》で言った。

「キクチさんから椎名《しいな》さんの話を聞いて、椎名さんがものすごくSFが好きだと聞きました。じつはぼくもSFがとても好きなんです。だから、おそらくたぶんこの面接の件はダメだろうと思いますが、そういうこととは関係なく、今後いろいろSFの本なんかについて椎名さんと話ができたらな、と思うんです」

と、目黒青年は言った。彼はコップの水を飲み、それからきまじめなかんじでしばらく黙りこんだ。

ぼくと菊池仁もしばらく黙りこんだ。おかしな面接であった。

翌日ぼくは社長に目黒考二の採用を具申した。そして目黒は四人目の編集部の男になった。

SF好きの彼は編集会議にSF的な思考と発想をいろいろ申し述べた。彼は言った。

「問題は自動販売機です。あれは絶対に今後なにかもっとてつもない力をもってくるのではないかと思います。だからまずぼくに自動販売機のルポをやらせてください」

そしてたちまち「自動販売機のにぎやかな未来とその問題点」という学生論文のようなものを書いてきた。アイザック・アシモフの科学エッセイを読むようでなかなか面白かった。

しかしこの目黒青年は半年ほどで会社を辞めてしまった。入れかわりにまた新しい男が入った。その頃には編集部員はぼくを含めて六人になっていた。体は小さいけれどいつもやたらと大きな声でわめき元気よくそっくりかえって歩く菊入君とか、いつも下を向いて陰気に人生のことを考えている小安君とか、一日にタバコを二〇〇本喫《す》う恐怖のケムリ男檜垣《ひがき》君とか、いろいろ面白い男たちがスタッフに揃っていた。

雑誌は順調に部数を伸ばし、菊池仁もまた髭《ひげ》を伸ばしはじめた。そしてぼくはその会社の取締役になった。取締役といったら大きい会社では重役である。二七歳の時であった。銀座のナイトクラブである程度の接待費なども使えるようになった。

サラリーマンになったらとにかく幹部になって、ヨソの会社間ではエバれないかもしれないけどせめて自分の会社の中ではエバって歩けるようになろう、というぼくの当面の目標は達成されてしまった。あとは社長になって妾《めかけ》を二、三人ほどつくり、毎週金曜日には赤坂の寿司《すし》屋へ行ってウニの軍艦巻きと中トロを思う存分食べる、ということだけが目標になった。

なんとなくつまらないな、という気持に時々なった。これがマンネリというのか、とも思った。

編集作業はいつも短期間に集中してやってしまう、というのがぼくと菊池仁の方法だった。まず一冊分の原稿をできるだけたくさん集める。集まったらスタッフ全員徹夜して一気に完全原稿にし、レイアウトし、印刷所に入れてしまう、というラッシュ戦法である。銀座八丁目のオフィスで夕方の六時頃《ごろ》からスタートし、たいてい明け方の四時に作業は終わった。

一二時すぎる頃から酒を飲みながら仕事をするので、明け方にはけっこう酔っぱらっている、ということが多かった。はじめの頃はそういう作業のひとつひとつが面白く痛快であったのだが、だんだん面白味は少なくなっていった。年をとったのだろう、と思った。それからやっぱりマンネリというものになっているのだろうな、とも思った。

その頃であった。

突然会社を辞めた目黒考二からぶ厚い手紙が届いたのである。あけてみるとレポート用紙にびっしりとなにかが書いてある。

論文のようであった。

「ぼくが最近読んだ本の中で面白かったのは次の一〇点。どうにも許せないほど腹が立ったのは次の七点であった……」

というような書き出しで彼の最近読んだ本の感想がレポート用紙二〇枚ぐらいにびっしり書きこんである。ぼくの好きなSFを中心に、ミステリーから歴史小説、ノンフィクションといったところまでその読書ジャンルの幅は豊富であった。

したがってこのレポート式手紙評論はじつに面白かった。

「面白い、面白い」と言ってこれを読んでいると、会社の何人かがそれを読み、やはり同じように感心した。

こういうのをまた送ってくれたら、コピーして自分にもください、というやつが何人かいた。

目黒考二にお礼とそのことを手紙に書いて送った。

すると彼は思わぬところからの絶讃《ぜっさん》によろこび、翌月はそれぞれの人にコピーして送ってきてくれた。

「面白い、面白い」

という人がさらにまたふえ、この目黒考二の個人的読書通信はついにその会社の外へ飛び出し、いろいろな立場、職業の人たちにまで広がっていった。すなわち発送部数は二四部となり、その頃には単なるレポート論文ではなく「メグロ・ジャーナル」というタイトルまでついていた。

「メグロ・ジャーナル」はわずか二、三カ月のあいだに手書きの一部から二四部へと急速に拡大し、まさに破竹の勢いとなったのである。

まもなく目黒考二から電話がかかってきた。

「すごいね、『メグロ・ジャーナル』の人気は……」

と、ぼくはひさしぶりの挨拶《あいさつ》もそこそこに言った。

「いや、いや、どうも、その……」

と、目黒はちょっとくぐもった声で言った。

「あの、えーと、たくさんの人に読んでもらえるのはうれしいんですけど、アレは、コピーでとるものですから、じつはたくさん読む人がふえればふえるほど、お金がかかるんですよね、どうもその、ははは」

と、目黒はちょっと力のない声で笑った。

「あっそうか、ふつうの雑誌なんかだと部数がふえると儲《もう》かるんだけど、君のはタダだし、つまりそういうのとは逆なんだな。ああ、そうなんだね」

「そうなんです」

「ははは」

と、ぼくは笑った。

「ははは」

と、目黒も力のない声で笑った。

「やっぱりあれもきちんと購読料をとればいい。面白いんだから！」

と、ぼくは言った。

「いいですか」

と、目黒は言った。

「いいというよりも、そういうのに気がつかなかったおれたちが悪かったよ」

と、ぼくは小説やテレビに出てくる気持のいいセーネンのようなかんじで言った。

「いいですか」

「いいとも、いいとも」

「じゃすいません、毎月一〇〇円でひとつお願いします」

そういって目黒はなんだか急にあわてたように電話を切った。彼の性格では一〇〇円でもお金をとるなんていうことが恥ずかしかったのだろう。しかしそれにしても一部一〇〇円とはせいぜいコピーの実費ぐらいの額でしかなかった。

寒い季節だった。

マンネリがすこしずつ不満足になってきていたぼくは、その年の忘年会ではあまり大騒ぎはしなかった。忘年会になるとかならず毎年同じ歌と踊りで心の底からはしゃぎまわる三〇男を眺《なが》めながら、ぼくはめずらしくすこしシニカルな気分で酒を飲んでいた。

二次会はいつも行く銀座七丁目の「ヒロ」というナイトクラブだった。男ばかり三〇人ぐらいでどっとくり出すのである。

「まあ、みなさんお揃《そろ》いで……また一年たったんですね」

と、「ヒロ」のママは言った。全社員で行くのは忘年会ぐらいだから、われわれが行くとそこの色気たっぷりのママは一年たったことを知るのである。ひどい話だ。

われわれはそこでヤクザの解散式のようにヨコ一列に並び、例によってそのあいだにホステスがまざってすわるという標準隊形をとった。

ぼくはその日、シニカルとニヒルで態度を統一していたので（そういうのってよくあるよな、あまり効果はないけど）、ちょっとスネたかんじに端のほうの席にすわった。ぼくの横はもう隣のボックスの客になっていて、その席についているホステスと並ぶ恰好《かっこう》になった。そうして仲間のガサガサワイワイ式の二次会。もうどうでもいいから酒よこせ型の酔談にもなかなか入れず、しばらくそのまま黙ってすわっていた。

すると、横にすわっていたホステスが、

「おとなしいのね」などと言うのである。ナイトクラブなんかに行って一番いやなのは、そうしてすこし気後《きおく》れして黙っていると、かならず、

「こちら、お静かなのね」と言ってくることである。お静かで悪いか！　お静かで文句あっか！　と言いたいのである。男には、酒を飲んで大騒ぎしたいという時と、たいした理由もないけど酒を飲んでじっと黙っていたい時というのがあるのだ。

だからぼくはすこしムッとしてそいつの顔を見た。若づくりにしているが、年はぼくと同じ、もしくはもうちょっと上、というところであろう。ホステスにしては地味な濃紺のスーツを着ていた。

「氷ないですよ」

と、ぼくは水割りのグラスを持ちあげ、そのホステスに言った。

そいつはすこし困ったような顔をしてテーブルのまわりを見回した。氷のバケットはそのテーブルの上に見あたらなかった。

「冷たい水を飲みたいから、水だけ入れたコップも持ってきてよ」

と、ぼくはたのんだ。

女は立ちあがり、水と氷を取りにいった。会社の仲間たちはむずかしい会社の経営問題について相変わらず不毛の大論争をしている者もいれば、カラオケをがなっているのもいた。半分眠っているのとか隣のホステスを必死にくどいている男もいた。「むなしいむなしい」と、ぼくはブンガク的にかぶりをふり、テーブルの上のグリコポッキーチョコレートを一本食べた。こういうところにこういう子供さんのお菓子が置いてある、というのも気にくわなかった。

水と氷を取りにいったホステスはなかなか戻ってこなかった。

「ではこれからイクヨさんと『銀座の恋の物語』を歌いまあーす」

と歌自慢の男が立ちあがって言った。

「いいぞいいぞ」

「やめろやめろ」

いろんな声があがった。そしておなじみの「銀座の恋の物語」が始まった。その時ようやくあのホステスが水と氷を持って戻ってきた。

「ごめんなさあい、ちょっとどこにあるか分からなかったので……」

そのホステスは酔っているようだった。彼女はすわると水の入ったコップをぼくの前にストンと置いて、

「あの、あたし、ここのお店のヒトじゃないんです」

と言った。

それからその女はすこし眼《め》をパチパチさせた。

「え?!」

「あの、一応、わたしお客さんなんです」

と、その女は言った。

客とホステスを間違えてしまったらしかった。それにしてはずいぶん柔順に言うことを聞いていたものである。こっちだってすっかり間違えてしまったではないか。

「あ、それはすいませんでした」

ぼくはあやまった。

「いいんです、どうせ暇だから……」

濃紺スーツの女はそう言って暗い光の中ですこし笑った。

それからぼくはその女としばらくデパートのことについて話をした。話をすると女はずいぶん酔っていることが分かった。

「あたしね、ここの店のサクマヨーコさんと知り合いなの。だから、今日、遊びにきたのですね」

女はそう言ってすこしのけぞり、くくくっというふうな声で小さく低く笑った。

それからぼくは女とハンドバッグのことについてすこし話をした。会社の仲間たちが本格的なカラオケ大狂宴を始めてしまったので薄暗い店の中は騒音ばかりになり、その女とのハンドバッグの話はほとんど話にならなかった。

やがて女はすこしロレツの回らなくなった声で言った。

「ねえ、お寿司でもゴチソーしてよ」

ぼくはすこしカラオケ騒音の中で黙りこみ、どうしたものか、と考えた。

「どうしたんですかどうしたんですか、なにをやっておるのですか」

菊池仁が左手にビール、右手にウイスキーの瓶《びん》を持ってやってきた。

「ではラストナンバーです。ラストダンスはわたしにぃでえーす」

営業の男がふらつく足で立ちあがり、マイクに頬《ほお》ずりした。

「どうしたんですかどうしたんですか」

菊池仁がさっきと同じ恰好でそちらのほうに向かって言った。

そしてその日、ぼくはその濃紺スーツの女ともう二軒ハシゴをし、午前二時ごろ品川にあるその女の小さなマンションに行ったのである。

部屋に入った時はもうぼくも女もヨレヨレに酔っていた。

「頭が痛くて頭が痛くて」

と、女はうめくようにして言った。

ぼくは女に教えられた部屋に入り、そこの大きなダブルベッドの上にぶっ倒れた。そうして、はたして女はここに入ってくるのだろうか、どうするのだろうか、おれはここにこうしてこんなふうにしてひっくりかえっていていいのだろうか、酔っているけれどよっこらしょうと起きあがって野獣のように女にせまっていくべきなのだろうか、はたしてどうしたものなのだろうか……などと考えているうちにだらしなくまもなく寝こんでしまった。

そのまままっすぐ丸太をころがしたように眠りこんでしまったらしい。気がつくと、もう簡単に朝になっていた。ズキズキする頭を押さえ、投げ捨ててあった服をつけて、部屋を見ると、小さく音楽が聞こえた。ビートルズのなにかであった。

ドアがあき、台所らしいところから女が顔を出した。頭を洗ったらしく、タオルをぐるぐる巻いてガウンを羽織っていた。

「ごめんなさいね」

と、女は言った。

なにをゴメンナサイネとあやまったのか分からなかった。

なんだかこんな明るい朝にその女と顔を合わせるのはものすごく気恥ずかしかった。女もそうだったのだろう。そのあとはあまり顔を合わせなかった。

「コーヒーでいいかしら」

と、女はすこしかすれたような声で言った。ぼくはひととおり身仕度をすませ、台所のモダンアートふうの白いテーブルの前にすわった。

テーブルの上に読売新聞が乗っていた。

「ヘンなかんじね……」

と、女は背中で言った。小さなフライパンでなにか卵料理のようなものをつくっているようだった。

白い戸棚《とだな》の中にはめこまれたブックシェルフ型のスピーカーから九時半を知らせるアナウンスがあった。いままでレコードが鳴っているのかと思ったらラジオだったのだ。レコードだと思っていたものがラジオであるのを知ったとたんにおかしなもので急に日常家庭的な気分になってくる。女が言うようにたしかにおかしな気分であった。

行きずりの男と女がいつのまにか一緒の朝をむかえる、というのは小説やドラマでよくある話だけれど、たしかにこういうことは本当にあるものなのだな、と思った。

ふいに女が振り向いた。ぼくがずっと黙っていたからのようだった。

「食べもの、いいです、いらないです」

と、ぼくは言った。

「遠慮しなくていいわよ」

女の口調はたしかにぼくより年上のかんじであった。

「遠慮はしていない、こんなふうに泊まっちゃったくらいだから」

女の背中がこきざみに動いた。笑っているようだった。

「一人なんですか？」

と、ぼくは聞いた。ずっと前から聞きたかったことなのですこしあらたまった口調になってしまった。

「そうよ、分かるでしょ。編集者は察しがいいはずなんだから……。離婚したのよ、すこし前にね、ああ、頭が痛いわ、アタピンのお酒になってしまったわね」

台所の棚の上に正月用の小さなオソナエ餅《もち》が置いてあるのが目に入った。

「あたしね、いま裁判中なのよ。家裁のね」

「離婚のですか？」

「ううん、そうじゃなくてね、もっと面倒くさいものなのよ」

テーブルの上にハムエッグを持ってきた。

電話が鳴って、女は入口のほうに出ていった。

「うんうん」

と、女は低い声で返事をした。

台所の流しの横のガス湯沸しからふいに水が流れてきてまもなく止まった。

「うんうん」

と、女の電話はそのあと返事ばかりであった。

3

緊急対策中途解説の項

さて困ったな。と、ぼくはいま思っているのである。

第二章が終わって原稿用紙はもう六〇枚をすぎているのに、まだ「本編」が始まらないのである。

予定は三〇〇枚である。三〇〇枚を一気にドトウのごとく書きまくり、

「さあどうだ、三〇〇枚の書きおろしだぞ。ダイコンオロシよりも偉大な書きおろしだぞ、どうだまいったか！」

とA出版社の男に言いたかった。そして横を向き、窓の外を見ながら、

「ふふ」

などと静かに笑いたかった。

ところが、本来ここで書こうと思っていたメインの話になかなか入れないのである。どういうわけか、そこへ行くまでに書くべきことがずいぶんたくさん出てきてしまったのである。

第二章のようなかんじで書いていくと、このなんだかエタイの知れないプロローグ様のものはまだまだ続いていきそうである。

第三章　話はいぜんとして始まらない

第四章　話は相変わらず始まらない

第五章　当分始まる気配はない
第六章　始まる見通しが立たない
第七章　もう始まらないのかもしれない

というようなものになっていってしまう危険性もある。

だいたい最初の計画では、むかし勤めていた「ストアーズ社」のことなど書くつもりはなかったのである。

どうしてこういう話が出てきてしまったのかというとだいたい菊池仁がいけないのである。彼は三日ほど前に電話をかけてきて、

「やあ、どうですか。毎日が日曜日じゃあないんですか、銀座には来ないのですか」

などと意図不明、無計画、露骨暇つぶし型の話をしてサッサと電話を切ってしまったのである。

菊池は、ぼくがやめたあと二代目の編集長として頑張《がんば》っている。彼は〝二代目〟という言葉が好きなようである。それはどうしてかというと、東映ヤクザ映画なんかでよく争いごとの原因になるのが、親分が殺されて、その二代目を誰が継ぐか、というのが一番多い、ということを知っているからである。

そうして殺される親分というのは、ヤクザにしてはおかしくなるほどヨボヨボで、もう足腰なんかも立たなくて寝たきりで、あまりカッコよくないのである。嵐寛寿《あらしかんじゆう》

郎《ろう》なんかがよくそういう役をやっていた。

そして親分なきあと、颯爽《さっそう》と悪いほうのヤクザをやっつけてしまうのが二代目なのである。

「二代目というのはなかなかいい」

という菊池仁の単純な美学がそこに働いているのは間違いないのである。

とにかく、彼が原稿書きはじめの大事な時にそういう電話をかけてくるから、話は思わぬ方向に進んでいき、早くも第二章でドロ沼化しているのである。

どうしたらよいのであるか。

「どうするんですか？」

A出版社の男がカブト虫のような眼《め》で聞いた。

「どうするって、もう話はある一定の方向に向けてドトウのように始まっているのです。心配はないのです」

「しかし、三〇〇枚のうちのもう五分の一ですよ。なのにまだ本来の話が始まっていないんですが……」

「いいんです。じつはここに深い意味があるのです（深い意味なんかまるでない）」

「そうでしょうね、まあ、当然そういうことなんでしょうね」

A出版社の男はそこで一応うなずいてみせたが、しかし基本的にまだ不安げである。

そういう暗い心が斜めに組んだ足の角度にあらわれている。

「この話は、えーと、つまりここでぼくが書こうと思っているのは、ついこのあいだ、ひとつの時代を一緒にドタドタ走りぬいてきたぼくの周辺の人間たちの、一種の青春群像です。しかし〝青春群像〟なんていうコトバはまともに聞いているとあまりにもコソバユイではないですか。恥ずかしいではないですか。マトモな男はそういうことは言わない。だから、このテの話はものすごくテクニックがいるのです。ありきたりな正攻法でやってもダメなのです。ドトウの寄り身だけではダメなのです」

　A出版社の男の不安げな貧乏ゆすりがすこし止まった。

　思いがけず、自分でも信じられないくらい知的なかんじのセリフがぼくの口から出てきて、彼はすこし驚いたようであった。それはそうだろう、ぼくだって驚いているのだ。

「ね、そうでしょう。だからぼくは考えたのです。この話ではいたずらにノスタルジックに過去を振りかえる、という単純な構想はとりたくないのです。問題はむしろいまなのです。まさしくいま、この時代なのです。いま、われわれはここでなにをしているのか！　なにを考え、なにを求めて生きておるのか、いまのわれわれの夢はどこに向かっているのか！　いまのわれわれの苦しみはなんなのか、そのひとつひとつをここで冷たく、静かに眺め直してみたい！　その時、そういういまの同時代的現実の中に、われわれのオ、自分たちひとりひとりのオ、過去とオ、自分たちのオ、これまでのオ、精神的経緯とオ、そういったものがあ、われわれのオ、根本的なあ、闘いのオ、小市民的安定打倒主義のためのオ、今日日和見《ひよりみ》のオ、革命的粉砕オオ……」

だんだんわけが分からなくなり、わけの分からないことをわめきはじめた。

「つまりその、問題はいまですか」

と、A出版社の男はすこしあわて、カブト虫の眼に戻って言った。

「そおでえーす。われわれわあ……」

「分かりました分かりました」

A出版社の男は両手でそれを制し、再び激しく貧乏ゆすりを始めた。

「分かりました分かりました」

その眼はなんでもいいからとにかく書け、てめえ！　という昆虫《こんちゅう》的な敵意がありありと見えていた。

「分かりました分かりました」

A出版社の男はまた同じことを言った。

人間と人間のつきあいの上で、なんでもないコトバでも三回続けて言うと事態はおだやかでなくなる、ということがよくある。

関東人斬《ひとき》り無宿者ふうが酒場の入口に立って、

「ありがとうよ」

というコトバを三回言った時、その二秒後には血の雨が降っているのである。

A出版社の男はこの「三回コトバ血の雨の法則」を無視したようである。

そこでおれは静かに立ちあがった。もう《ぼく》なんて言っていられない。

「なにが分かったんだよ」

と、おれは低い声で言った。A出版社の男の貧乏ゆすりがピタッと止まり、部屋の中は急速に沈黙した。一流ホテルにしてはすこし空気放出口のところがガタつくエアコンディショニングの音が急に存在感を増して部屋の中いっぱいに広がる。

その時であった。

すこしあけておいたドアが大きな音を立てて開き、

「また来ました。来ました来ました」

と言いつつ、ウスラバカの沢野ひとしが入ってきた。沢野ひとしというのはつまり、この本のイラストを書いている男である。この本だけでなく、

『かつをぶしの時代なのだ』(情報センター出版局)

『もだえ苦しむ活字中毒者地獄の味噌蔵《みそぐら》』(本の雑誌社)

などというおれの単行本にもさし絵を描《か》き、そのほかいろんな雑誌五、六誌でおれの書く文章に絵をつけている。

いわば仕事の相棒であるが、同時におれの古い友達でもある。

そいつが、

「日本の平和な秋の夕暮れ」

というような顔をして〝また来ました〟のテーマミュージックとともに入ってきたのである。一触即発、積もり積もった業務上イライラと感情的ギラギラがこの一流ホテルのツインルームを充満しつつある中に、そういう緊迫感とはもっとも異質な気配をもった男が入ってきたのである。

「ブドウですブドウです、また来ましたまた来ました」

と、沢野ひとしは言った。

この男は、おれが一週間ほどこのホテルに閉じこもって原稿を書いているあいだ、ほぼ毎日やってくるのである。しかもホテルに閉じこもって仕事をするのだから、酒飲み友達とか無益友達、タカリ友達、なめくじ友達等とは一切連絡を絶っているというのにこの男は、そいつらにせっせと電話でおれのことを教えているのである。

そうしてそいつらは毎日のように、一応は果物とかビールとかの差し入れを持って
「また来ましたまた来ました」と言いつつやってくるのである。

「おれは別にここに入院しているわけではないんだから、そんなにしょっちゅう来るな！」

と言ってもダメなのである。

昨夜は週刊ポストの編集者とやってきて夜更《よふ》けまで酒を飲み騒いで帰っていった。明日は土曜だからラジオの打ち合わせを兼ねて木村晋介《きむらしんすけ》と飲もう、などと言っているのである。

木村晋介というのは、おれと沢野の古くからの友達で、仕事は弁護士をやっている。そうして実を言うと、このなんだかじつになかなか本論が始まらないこの物語の主人公が彼らなのである。

つまり、ここに来ていよいよこの話の主たる登場人物の登場ということなのですね、パチパチパチ。

しかし実際に登場したのはまだ沢野ひとし一人である。

沢野ひとしはA出版社の男の顔を見つけ「うわっ！」と大袈裟《おおげさ》に驚いてみせた。

「また来てるんですか」

と、沢野はA出版社の男に言った。

A出版社の男は、もうおれこんな人生いやだ！というような顔をして沢野に言った。

「また来てるのは沢野さんのほうでしょ。わたしはこの本の担当なんですよ」

A出版社の男はそう言いつつ、見る見るうちに恐ろしいワニ眼になった。

「沢野サンはさし絵を描くんですからね。あなたの仕事はこの原稿ができてから始まるんですよ。だからまだあまり来なくていいんですよ。邪魔しないでください」

「そうだ！」

と、おれは部屋の隅《すみ》の椅子《いす》にすわったまま力をこめて言った。

「そうです！」

A出版社の男も言った。

たちまちおれとA出版社の男との共同戦線ができた。

「だけどラジオの打ち合わせが……」

「ラジオはまだ三日も先だ！」

おれが言った。

「そうだ！」

と、A出版社の男が言った。だけどこのことについてはA出版社の男はまったく関係がない。

ラジオというのは、おれがやっているTBSの深夜放送があって、それは一人で一五分ぐらい、とにかく勝手にいろんなことをしゃべる番組なのだが、そこに沢野と木村を招き座談会ふうに三人で勝手にしゃべろう、というものなのである。

「それでまあ、ともかく、原稿はいつごろどのぐらいもらえますか」

A出版社の男は沢野を無視して言った。

「そうですね、その前にアレだね、つまりこの話は予定に反してなかなか本編が始まらない。始まるかな、と思うと菊池仁が出てきたり沢野が入ってきたりで、どうもうまくメインの話に入っていかない」

「それは分かりました」

「それで、いまの見通しとしては、もうまもなく本編に入っていくような気がするのです。しかし本編に入ったからといってそれがはたしてプロローグとどのようにつながっていくのか、じつはまだよく分からないのです」

「フンフン」

「それで思うのだけれど、この話はじつは三つの部分から成り立っていくことになるようなのです」

おれはそこでいささか発作的に考えながら、A出版社の男に分かりやすく説明していった。
①　この本は、著者・椎名誠《しいなまこと》の現在の眼、現在の仕事や生活の中から振りかえっていくドキュメンタリー・ノンフィクションむかしむかしむかし物語である。
②　むかしむかしといっても『窓ぎわのトットちゃん』じゃないんだから、そんなにむかしの子供の頃《ころ》の話なんか書いてもつまらない。

原則として、いま現在、仕事や人間関係でつながっている人々の「からみ」を中心に、せいぜいその周辺のむかし話でまとめる。

③「人々のからみ」なんていうとポルノ映画みたいだけど、そうじゃない。

④話はその年代の古さによって三つの部分から構成されている。恐竜《きょうりゅう》でも白亜紀やジュラ紀はその生態が全然違うように人間も時代が変わると生き方や考え方や食欲や眼つきなども変わっていくから話のトーンも当然違ってくる。

そこで主たる話は、

Ⓐ一六歳から二三歳ぐらいまでのあいだに沢野ひとし、木村晋介その他と会い、まもなくウスヨゴレ的男ども五、六人と暮らした下宿時代の悲しくもバカバカしい青春譜。

Ⓑそのあと勤めた「ストアーズ社」の頃のサラリーマンよいとまけ時代の話。

Ⓒその途中から始まった書評誌「本の雑誌」の愛と感動の黎明《れいめい》期秘話。

の三つのパーツに分かれるのである。

⑤ただしかし、これを時代の変化によってヅラヅラ書いていっても面白くない。そこで、あまり深い意図も構成上の計算もなく、この三つのパーツをすこしマゼコゼにして語っていく。

⑥そして、ここのところが非常にむずかしいのだけれど、ひとつひとつの章はそ

れだけでひとつの完結した話、できれば珠玉の短編小説(!?)ふう、もしくはドロ沼のハチャメチャエッセイ、もしくは愛とコーフンと激情の大評論大論文ふう――になるようにまとめていきたい。

⑦ それからまたプロローグだけで原稿用紙六〇枚以上を費しているし、予想としては各パーツごとに相当いろいろな話がこまかく入ってくるようなので、当初予定の三〇〇枚を大幅に変更し、エイヤッと気合もろとも六〇〇枚に倍増、この本も上・下巻の二冊セットにしちゃう!

⑧ 以上について文句あるやつは前に出てこい。

――と、まあ、このようなことをA出版社の男に言ったのである。

A出版社の男はこれらをだいぶこまかくメモにとり「フムフム」というような顔をした。

それから、

「本当にこれで行けますか」

と、疑い度七八パーセントぐらいの表情で言った。おれは再びすこしムッとして、

「それはどういう意味かな」

と言った。

「いえいえ、これで行ければいいんですけどね……」

男は口ごもり、胃弱にひきつる蒼白《あおじろ》い顔をしたままメモをカバンにしまった。

「まあ、ともかくやってみればなんとかできるものだよ」

それまで部屋の隅でじっとおとなしくしていた沢野ひとしが言った。

A出版社の男は沢野を無視し、テーブルの上に乗っているアイスコーヒーの残り三センチぐらいを素早く飲みほした。

「それではまあ、ともかくよろしくお願いしますよ」

と、彼はあらたまった口調で言い、帰り仕度を始めた。

まだ場所は書いていなかったが、そこは新宿の京王プラザホテルである。おれのいる部屋は三一階。窓から新宿の街が文句なしに一望できる。串本のグランドホテルと違って、ここでの暮らしは快適であった。

「こういうところでやれば絶対大丈夫！」

と、おれはA出版社の男に言ったのである。

「沢野さんとか木村さんとかその他その周辺の人々がどっと押し寄せてきて毎晩どんちゃん騒ぎをする、というようなことはありませんか」

おれたちの行動をよく知っているA出版社の男は言った。

「大丈夫、大丈夫、彼らも立派な大人だからもうそういうことはしないでしょうよ」

おれは鷹揚《おうよう》にかぶりを振り、テーブルの上のダージリンのミルク紅茶をひと口飲ん

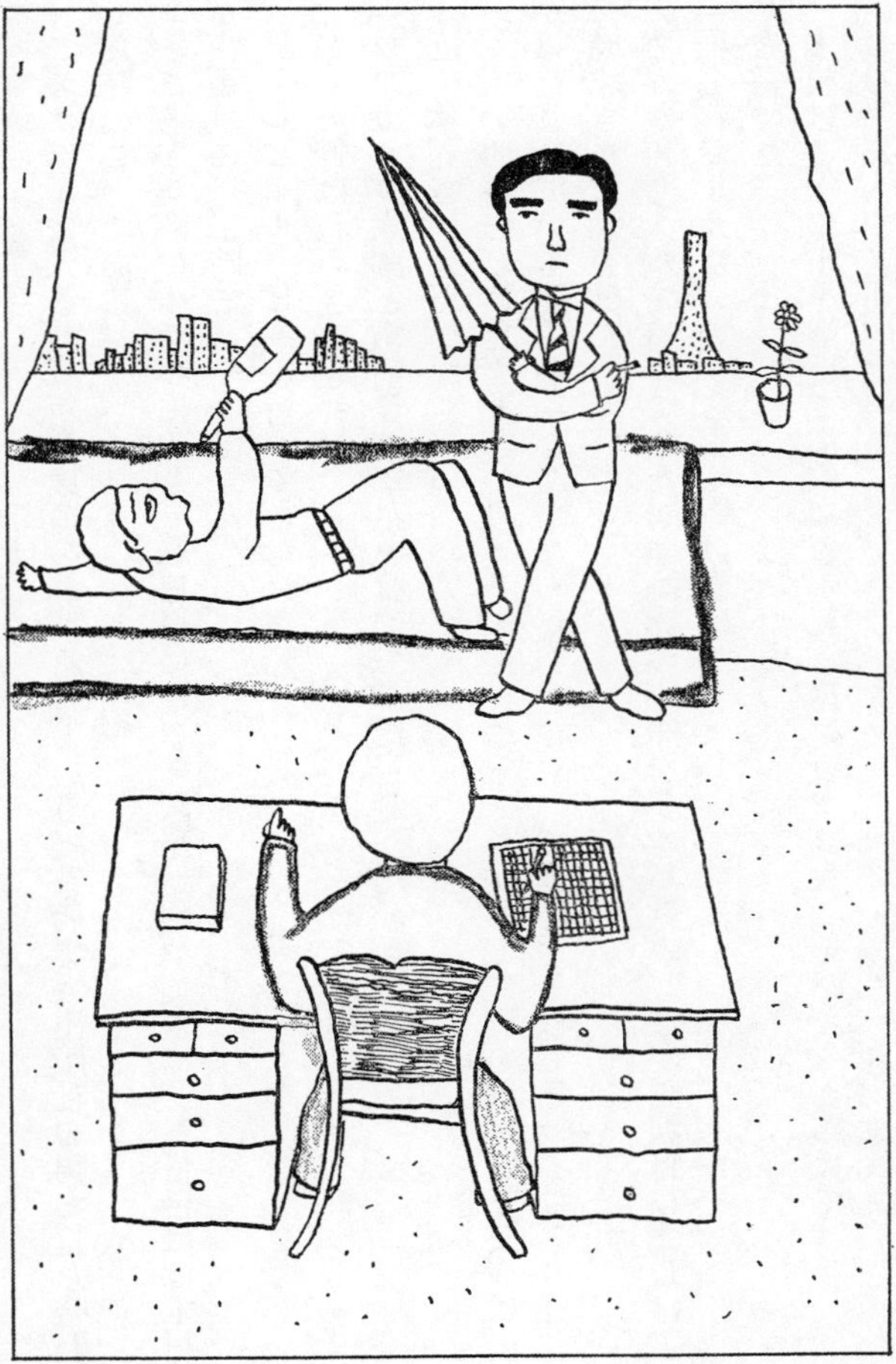

だ。

　このホテルに入る前、新宿東口の「清水」という喫茶店でA出版社の男と打ち合わせた時のことである。

　ところが実際にホテルに入り、二日目になると沢野がやってきて、三日目には木村が夜更けの一二時ごろやってきた。

「ビールビール、ビール持ってきた」

　と、沢野はわめき、

「ワンカップ大関と駅前ヤキソバを買ってきた、どうだどうだ」

　と、木村は叫んだ。

　二人の叫びとわめきを聞きつけ、その他いつもスキがあると酒を飲んだり遊びに出かけたりしている連中が「なんだなんだ！」とやってきた。そしてそのどちらの日も二時すぎまで酒を飲んで騒いだ。

　誰かが差し入れで持ってきたジョニ赤の小瓶《こびん》をラッパ飲みしながら沢野ひとしは、

「椎名、おまえはいいから早く書け書け！」

　と言った。

　木村はシャワーを浴びて浴衣《ゆかた》に着がえ、ワンカップ大関をパキッとあけて、

「うひゃあ、ウメーッ」

と言った。それから、

「ともかく椎名は早く書け書け！」

と言った。

騒ぎを聞きつけ、翌日A出版社の男は純正ワニ眼《め》をひきつらせてやってきた。そして、

「どうするんですか？」

と聞いた。そしてここで話はこの章のはじめのほうに戻るのである。

おれは言ってやった。

「大丈夫だって。とにかくもう話はある一定の方向に向かってドトウのように進みはじめているのです。心配ないのです」

「大丈夫、大丈夫！」

と、沢野ひとしがかたわらで言った。

「これで第三章、中途解説編が終わって、次からいよいよ待望の本編その一、青春望郷めったやたら編に入るのです。大丈夫、大丈夫」

と、おれは言った。

「大丈夫、大丈夫」

と、沢野ひとしはもう一度言い、ジョニ赤の小瓶をぐいと飲みほした。

4

吹きだまり高校の寒い春

沢野ひとしとはじめて会ったのは高校の入学式の時だった。その高校は千葉市立高校といって、いまでこそ東大現役の生徒も出ているけれど、当時は典型的な落ちこぼれ学生の吹きだまり高校であった。

入学式の日に、おれは自分と同じ中学出身の七、八人と校庭で焚火《たきび》をした。とても寒かったからなのと、とんでもない山奥のオンボロ吹きだまり高校に来たんだなあ、というある種の早くもあきらめに似たイラダチが校庭の焚火になったのかもしれない。いまはそういう理屈もつくけれど、その時は別になんのこともなかった。

その学校は高台にあった。

風が強い日だった。四月にしてはびっくりするほど朝から冷えこんで、マフラーできっちり顔の半分を覆《おお》って、背中を丸めている付き添いの母親もいた。高台になったぐるりの崖《がけ》には松の木が生えているので風の音が恐ろしいような唸《うな》りをあげて足もとから上空に飛びすさっていた。

その高校は戦時中に軍隊の宿舎だったものを改造した建物なので、校庭のあちこちに馬小屋や倉庫の残骸《ざんがい》が残っていた。

「木がいっぱいある」

と、吉次が言った。

「寒いから焚火しよう」

と、斎藤が言った。
五、六人で手分けして木ぎれを集めてきて、雑誌を丸めて火をつけた。同じ中学から来た七、八人の仲間はそこでようやくあたたかくなって笑い合ったりした。
その時、本校舎のほうから三人の教師たちが走ってきた。冷たい風の中に長身で白い上っ張りを着た教師が気味の悪いほど頰《ほお》をひきつらせていた。

彼らは、おれたちのそばに走ってくると、荒い息のままそこに立ち止まった。

白い上っ張りの教師はあきらかに激昂《げきこう》していた。

「おまえたちは……おまえたちは……」

と、その教師は言った。

「ど、どこの中学だ！」

小柄《こがら》でゴマ塩頭の一人がカン高い声で言った。

おれたちは黙りこみ、吉次はすこし胸を張ってその教師たちを睨《にら》みつけるような顔をした。

「け、消しなさい」

白い上っ張りの教師は相変わらず荒い息の中で言った。

もう一人、まん中で黙っていた教師がいた。その男は、もう果てしなくあきれはて、

「まったく、だからこういうところはやり切れないのですよ、もうなにも言いたくもないのですよ」

というような顔つきをしていた。

白い上っ張りの教師は睨みつける吉次のほうに向かって「消しなさい！」と、強い調子で言った。ようやく吉次はうつむき、おれたちは、のそのそと四方に散った。焚火を消すために水とかバケツを捜しに行こうと思ったのだ。

「どこへ行くんだ！」

と、白い上っ張りの教師は激昂したままの声で言った。

おれたちは黙ってその教師を見た。

「水を持ってこようと思って……」

内田が言った。内田はその同じ中学の仲間では一番まじめな男だった。彼はあきらかに蒼《あお》ざめていた。

「い、急ぎなさい、水は向こうの校舎です！」

小柄なゴマ塩頭の教師が言った。そう言いながらこの教師は自分で大きな木ぎれを足で何本か蹴《け》り、火からはずそうとしていた。

そのまん中で、さきほどからひと言もモノを言わない教師がじっと赤っぽい眼《め》でおれの顔を睨んでいた。おれは最初からその教師の顔が気にいらなかった。そいつは細い銀のフレームの眼鏡をかけ、長い髪の毛を四月の冷たい風にはらはらばさばさと大《お》袈裟《げさ》なほど踊らせていた。

ようやく焚火を消して、校舎の陰でおれたちの名前を調べている時、銀フレーム眼鏡の教師は相変わらず「まったくもう、あきれてなにも言えませんよ」というような顔をしていた。

ひととおり名前調べと簡単なお説教が終わったあと、銀フレーム眼鏡の教師は、かたわらのゴマ塩頭の教師に小さな声で、

「前代未聞《みもん》ですよ」

と言った。

焚火の件はその日のうちに母校の中学とそれぞれの家に連絡された。

おれたちはその学校から駅までの一五分の道を帰りながら、その〝焚火事件〟の三人の教師についてさんざんに笑いあった。

「あいつはよう、あまっこの眼してたよ」

と吉次はわざと低く唸るような声で言った。

「あわてやがって……」

斎藤が言った。

おれたちの仲間で一番まじめであり、落ちこぼれの中ではそれでも一番成績のよか

った内田はまだひっそりと蒼い顔をしていた。

「これでこの高校はダメになった……」

と、内田は言った。

「かまわねえ……」

と、吉次は言った。

おれはどっちみち兄貴になにか言われるだろうな、と思った。それを考えるとすこし憂鬱《ゆううつ》になった。その頃《ころ》、父親のあとを継いでおれの面倒を見ている長兄は神経質なまじめ一点ばりの男だった。

翌日、学校へ行くと、この〝焚火〟事件のことはなにも言われなかった。もしかすると入学取消しということになるのかもしれないな、とも思ったのだが、そのような気配はまるでなかった。

おれはすこし安心し、ほかの生徒と同じように静かに校庭に整列し、クラス分けの指示などを受けた。

一年生は六クラスあり、おれはE組に配属された。クラスごとに人員が移動し、所定の場所に並ぶことになった。

見わたすと、おれの身長が一番高いようだったので、おれは列の一番後ろに並んだ。

小学、中学とクラスで身長順に並ぶとたいてい一番後ろに並ぶことが多かったので、そうするのはじつに自然なかんじだった。

ところが、おれが列の一番後ろにつくと、おれの前にいた男が、いつのまにかスルリとおれの後ろに回ってしまったのである。髪の毛をボッチャン刈りにしたおかしなかんじの男だった。

「ヘンなやつだな」

と思って、おれはそいつの後ろにまた戻った。すると、そいつは再びくるりとおれの後ろに回ってしまうのである。

あきらかに意図的な行動であった。おれは急速に腹を立てながら、そいつをじっくり見た。手と足が長くやたらとひょろひょろした弱そうな男だった。おれはそいつを睨みつけながらもう一度そいつの後ろに回ろうとした。

その時だった。そいつは後ろに回ろうとしたおれの耳もとに、

「空気銃で撃つぞ!」

と、小さな声で言ったのだ。

おれはすこしギョッとして、そいつの顔をもう一度見た。

そいつはおれの視線を避け、平然とした顔で前を見ていた。どういうつもりで言ったのか分からないけれど、そいつはあきらかに、

「空気銃で撃つぞ!」

と言ったのである。

おれはすこし気味が悪くなってしまった。瞬間的に、どうもやっぱりこれは大変な学校に来てしまったなあ、と思った。

そいつのあまりに奇妙な言動に気圧《けお》されて、おれはそいつの後ろ側に回るのをやめてしまった。そいつの前に落ち着き、すこしたってからもう一度振りかえってそいつの顔を見た。するとその男はいかにも人のよさそうな顔で「ニッ」と笑ってみせたのである。

その男が沢野ひとしであった。

沢野ひとしは、おれたちの仲間のあいだでウスラバカの沢野と呼ばれている。世の中にバカはいろいろあるが、バカにもランクと種類があって、大バカ、小バカ、純粋バカ、バカタレ、イヤンバカンなどがある。

しかしその中でも単に「バカ!」と呼ばれるより、本当にいかにもバカ的に聞こえるのが「ウスラバカ」なのである。

沢野がウスラバカと言われるようになったのは「克美荘《かつみ》」という東京都江戸川区小岩にあるアパートの一室に、おれと沢野と木村とあと二、三人の男どもと一緒に三年間の共同生活をした時からである。

どうしてそう言われるようになったのかということはあとで語っていくとして、この男も少年時代はごくごくまじめな、顕微鏡と望遠鏡の好きな静かな少年であった。

沢野には兄が二人、姉が一人いて、長兄はいま、ある弱電パーツメーカーの大きな会社の社長をしており、次兄は大学の助教授をしている。姉さんも国立大学を出て、いまは大阪で母と子の読書運動などを活発にやっており揃《そろ》って兄姉は優秀なのであった。

ところが、沢野ひとしは東京から千葉に移ってきて中学で落ちこぼれたのである。どうしてなのか分からない。

一説には、大好きな望遠鏡で土星の環《わ》を見ようと夜ごと二階の物干し台であっちこっち空をのぞいているうちに、ある時フト遠くのアパートの二階の窓を見てしまい、翌日また大好きな顕微鏡で自分の検便を見てしまい、そのあと急にムッツリと黙りこんで勉強をやらなくなってしまった、ともいう。

が、ともかく彼は小学校の高学年から中学にかけて、なぜか断固として勉強ストを行なってしまったのである。

そのへんは、おれの状況ともすこし似ている。おれは東京の三軒茶屋《さんげんぢやや》というところで生まれ、小学校入学前に千葉に引っ越してきた。五人兄弟の下から二番目で、父親は公認会計士という固い仕事をしていた。

小学校六年の時に、その父親が死んだ。その頃すでに子供ながらうっすら分かっていたのは、おれの母親は後妻で、おれには異母兄弟がたくさんいる、ということであった。はたして父親の葬儀の時にそういう〝まだ見ぬ〟異母兄弟がいろいろ集まってきた。そういう人々を見るのは、なんだかとてもうれしかった。

父親が死ぬと、子供というのはグレなければいけない、というのが、その頃、おれの中に奇妙な使命感としてあった。だから中学に入り、着実に不良になることをめざした。

中学二年の時に同じ学校のチンピラグループの副首領と決闘をした。勝負ははっきりつかなかった。そのためにチンピラグループ二十数人にリンチをされた。夕方の学校の便所の中に引きこまれて二十数人のめったうちにあった。どういうわけか、その頃おれを徹底的につけ狙《ねら》っていた長《ちょう》という男が、便所の床をふくデッキブラシで最後のとどめとばかり、おれの顔を思い切り殴りつけた。デッキブラシの先端の角ばった木の部分で、おれは鼻の付け根と眼を強打され、そのまま気を失ってしまった。それが原因でおれはその後、左眼の視力が半分ぐらいに落ちてしまった。

「あんまりイキがったりしないほうがいいよ」

と、イサオがおれのふくれあがった顔を見ながら言った。小柄でおとなしいイサオはその頃、おれの一番親しい友達だった。

「どうせやつらは大勢じゃなきゃなにもできないんだしサ。でも、かかわんないほうがいいんだよ」

　イサオは困ったような顔をしていた。

「ちくしょう」

と、おれはイサオの部屋に寝ころがり、水で濡《ぬ》らしたタオルの中でうめいた。

うめきながら、

「長のやつを殺そう」

と、おれは思っていた。

「あの野郎が一人になっているところを、かならず襲ってやる」

と、おれはぎらぎらに気持を高ぶらせながらそのことをずっと考えつづけた。

「しようがないよ」

と、イサオが本当に途方に暮れたような声で言った。

おれの顔は、その晩もっとふくれあがり、左眼は一週間ぐらい見えなかった。

そのことがあってから、おれはますます順調にすさんでいった。そして、いさかいごとがますます好きになっていった。しかし中学にいるあいだは、ついに長と対決することはできなかった。

　長は漁師の家の三男で、その兄貴はやくざだった。漁師町のやくざだから、いま考えるとたかが知れているのだが、中学生にとってその蜘蛛《くも》の刺青《いれずみ》をした長の兄貴はとてつもなく恐ろしい存在だった。だから長と本気で闘うことは、その当時の中学生にとって本当に命がけのことであった。

その吹きだまり高校で、おれは柔道部に入った。柔道部の担当の教師は柔道参段の教頭であった。

「きみが椎名か」

と、教頭は言った。それから、

「でも、まあ、いい体をしているのだから頑張《がんば》りなさい」

と、言った。

教頭の言う「でも、まあ」というあたりがちょっと気に入らなかった。でも、まあ、おれは一年の一学期から熱心に練習をした。

同じ頃、沢野ひとしは「絵画クラブ」に入った。

沢野は中学三年の時に東京の中野から千葉に移ってきた。見てくれは、おとなしいのだが、ものすごくいたずらが好きな男だった。

「ぼく、中学の時はサ、悪いことばっかりしてたの」

と、沢野は東京っぽいしゃべり方で言った。

「ふーん」

と、おれは彼のちょっと異常なくらい早い弁当の食べ方に驚きながら答えた。

「悪いことっていってもいたずらだけどね、たとえばぼくの友達に木村っていうやつがいてね、このヒトも悪いのね。それで二人でよく丸井に行くんだ。丸井ってあの月《げっ》賦《ぷ》の丸井ね、知ってるだろう」

「うん」

「ぼくたちの中学のすぐ近くに丸井の本店があって、そこのトイレに行ってね、トイレットペーパーをワアーッとあのトイレ中にいっぱいにしちゃうんだよね。だから誰かがウンコしようと思ってトイレの戸をあけると、ワアーッとトイレットペーパーが中にいっぱいに広がって頭の高さぐらいになっている、と、まあそういうわけなんだよね」

「ふーん」

「それからまた新宿の伊勢丹《いせたん》に行ってあのデパートの屋上からやっぱりトイレットペーパーをたらすんだよね。二本も三本も、それでぼくの友達のその木村晋介君というのがね、それを〝天女のフンドシ〟と名づけたんだね」

「ふーん」

沢野ひとしの話はなんだか奇妙に面白かった。その頃、おれと沢野は教室の机が近いということもあって、なんとなく一番よく話をする相手になっていた。

「それから、ぼくたちはいつもズボンに石を持って歩いていたんだ。それで夕方になると、いろんなところで石を空にやたらと投げるんだね。まあただそれだけなんだけれど、そのうちに町に評判が立ってね、『このごろ空から突然、石が降ってくるんです』なんて、町の人が言っているんだな。ははは」

おかしな男であった。

沢野はよく、木村晋介という男の話をした。聞けば、背恰好《せかっこう》はおれと同じだという。雨の日に神田川の橋のランカンを傘《かさ》をさして歩いたり、学校の階段の下に死んだふりをして横たわり、上から降りてくる女生徒のスカートを薄眼をあけて眺《なが》めたり、いろいろあやしくも発作的な行動が目立つ男だというのだ。

おれのいた荒野の暗闇《くらやみ》中学校と違って、なんとなく都会的に洗練された明るい雰囲《ふんい》気《き》がそうした話の中にあった。

「ふーん、面白いやつなんだなあ」

「そう、彼は雨の日になるとなぜかコーフンして高いところを渡るのが好きなんだよね、とにかく。東中野の陸橋のランカンの上を長靴《ながぐつ》をはいて突っ走ったりね……」

そういう沢野ひとしも相変わらずその高校でおかしなことばかりしていた。

おれと沢野はその頃、よくヒトの弁当を食べてしまった。自分のクラスではまずいので、休み時間のあいまに、体操で出ている隣のクラスなどに行って素早く女の子の

弁当などを食べてしまうのだ。しかしドロボーにも五分のまごころ、というものがあって、その弁当を全部食べてしまう、というようなことはしないでキチンと正しく半分は残しておいてやった。そうした沢野ひとしはやさしい心もあるようだった。

彼はノートの切れ端《はし》に玉子焼とかちくわの絵などを書き、それを切りぬいて半分食べてしまった弁当の上に乗せてやったりしていたのだ。

しかし、おれと沢野は相変わらずほとんど勉強はしなかった。そしておかしなことに、勉強をしないおれと沢野の書く文字というのが驚くほど似ていたのである。これには二人とも驚いてしまった。太いペンで丸まっこい字を書き、両方ともカタカナの「フ」とひらがなの「つ」の見分けがつかなかった。

授業になると、退屈だから教科書にイタズラ書きばかりしていた。

ある時、おれは沢野の世界史の教科書を奪いとり、そこに高校生としてはじつにヒワイな、許しがたいイタズラ書きをして、やつに返した。

世界史の授業は宮原という東大出の先生で、この人はいつも教壇から一歩も離れず、はじめからしまいまで祝詞《のりと》のようにその授業項目の解説をする、というタイプであった。

ところがその日、この宮原先生が休みで、代わりに教頭がやってきたのである。教頭というのは、例の柔道参段の巨漢である。

うれしそうに教室中を歩きまわり、教頭は世界史の授業を進めていった。そのうちなにを思ったのか、ヒョイと沢野ひとしの教科書を取りあげ、それをパラパラやりはじめた。

そしてしばらくのち、教頭の動きが止まった。

教頭はやがてその教科書を持ったまま教壇に戻り、授業を続けていった。おれは頭をかかえた。よりによってとんでもない相手に見つかってしまったものだ。

授業時間が終わると教頭は、

「沢野ひとし君は、一緒に来なさい」

と言った。

沢野はドタドタと立ちあがり、教頭のあとについていった。クラスの連中がそこですこし黙りこんだ。

世界史の授業のあとは昼休みだった。弁当を広げたものの、さすがにおれはすぐに食べる気がしなかった。

その教頭はカタブツの上にウルトラがつくのである。連行されていった沢野は、おそらく教頭のものすごい見幕のもとに、そのラクガキについて怒られているのだろう。そして沢野は、このラクガキは、自分と字は似ているけれど、じつは椎名が書いたものなのです、とやつが言えば、それまでなのである。

弁当を前に、おれはすこしずつ覚悟していった。こういうものを柔道部員が書いている、ということになると教頭はまさに絶望的に怒り狂うであろう。

「前科もいろいろあることだし、このへんで早くも終わりかなこの学校も……」などということをおれはボソボソ考えはじめていた。

ところが、いつまでたってもおれの呼び出しはなかった。処刑を待つ囚人のようにおれはそこでしばらく悶々《もんもん》とした。

しかし驚いたことに、そのうちに沢野がひょっこり帰ってきたのである。やつはすこし血走った眼《め》をしていた。そうしてすこしブゼンとしたかんじで自分の机にすわった。そのあいだ、おれのほうはまるで見なかった。

やつは、とうとう口を割らず、そのイタズラの汚名を静かにかぶってしまったようなのだ。

このことがあってから、おれはこのヒョロヒョロとした一見頼りないかんじの沢野ひとしという男をいくらか信用するようになっていった。

しかし、沢野は高校一年の三学期がすむと、中野に転校していった。

別れる時、

「中野に来いよな」

と、沢野は言った。

「中野に来て木村と会ってくれよな」

と、彼は言った。

5

血とバラと必殺技の日々

沢野がいなくなると、ほかに面白い友達というのは見あたらなかった。しようがないので柔道部の練習に熱を入れはじめた。その頃《ころ》おれは背丈のわりには体は細いほうだった。

「何度も何度も投げられているうちに骨が太くなり、肉もついてくる。だから、おまえらぐらいの時の練習というのは投げられなくちゃダメなんだ」

その後、拓大に進み、拓大柔道部の猛者《もさ》として鳴らした吉野という先輩が、同じ中学出身ということもあって面倒を見てくれた。吉野は戦国武将のようないい顔をしていた。

二年生ですでに黒帯をとり、腕力は相当なものがあったが、とくに同級生や下級生にエバる、というようなことはなかった。

「よし、こういう人になろう」

と、おれは吉野を見ながら思った。そうして黙りこんで毎日熱心に稽古《けいこ》をつけてもらった。

吉野の得意技は支《ささ》え吊《つ》りこみ足と跳ね腰であった。これをかけられるとモーレツな勢いで畳に叩《たた》きつけられた。両手を殺され顔から投げつけられることもあった。

こうして何度も叩きつけられているうちにだんだん自分で投げるタイミングもつか

めるようになってきた。

「はじめになにかひとつ自分のかけやすい技を見つけるといいよ」

と、吉野は足洗い場で水を頭からかぶりながら言った。

その高校は、市内の中学の落ちこぼれの集まった学校だから不良まがいの男がたくさんいた。柔道部にもそういう連中がかなり集まってきていた。

その中の一人に吉野と同じ三年生で時田洋一というモミアゲのめったやたらと長い男がいた。

こいつは千葉の大木戸組というテキ屋とつながりがあるとかで、校内でもかなり悪《わる》の羽振りをきかせていた。下級生の子分を七、八人従えて学校の近所の知人の家で酒やタバコを飲み、不良の女生徒を引っぱりこんではそこでなにかしちゃう、という噂《うわさ》もあって、硬軟ともに悪い噂の多い男であった。

この時田に下級生はよくいじめられた。柔道衣の洗濯《せんたく》からタバコの走りづかい、友達への伝令など、それはもうみごとなほどにこき使われていた。

時田の仲間たちには堂島とかゴンジとか綱島秀一、通称オニヒデなどという番長グループがいた。オニヒデは関西弁を使い学生服の裏になにかいつもキラキラ光るバッジをつけていた。彼らはときどき学校にやってきては道場の裏のほうでタバコを吹かし、イヌの鎖のようなものを振り回したりしていた。彼らが来ると、普段はあまり稽古に来ない時田も道場にやってきた。時田が柔道部に入っているのは柔道をやるためではなく、柔道部に入っているぞ、ということで周辺への威嚇《いかく》効果を計算しているようだった。

三年生一〇人、二年生十数人、一年生二十数人の柔道部員はそういう時田の行動を黙って見ていた。主将の吉野は武将のように左右に鋭く吊りあがった眉《まゆ》をひそめることもなく、時時やってくる堂島とかオニヒデなどと気軽に冗談など言い合っていた。できたばかりで卒業先輩の誰もいないその柔道部のレベルはかなり低いものだった。それに困っていた顧問の教頭は、近所の警察学校の道場へ行って機動隊の柔道の稽古で鍛えてもらう、という方法を考え出した。

二日に一度、三〇分の道のりを越えて、みんなで警察道場に出張する稽古が始まった。警察学校の師範は柔道六段のとてつもなく体の大きな四〇年配の男であった。そして我々はたちまちのうちに機動隊猛者連中の恰好《かっこう》のひねりつぶされ役になった。乱取り稽古でたまたま六段の師範にぶつかると、おれたちは紙クズのようにくしゃくしゃにされてしまった。主将の吉野も例外ではなかった。警察道場の固い畳の上に叩きつけられ、裸締めで落とされ鼻汁を出し泡《あわ》を噴いて失神する者も何人かいた。

しかし、この荒稽古を続けていくうちに、我々の力は以前よりも確実に上達していったようだった。

体が大きく、空手やボディビルもすこしやっているという時田洋一はこの稽古には一度も顔を出さなかった。

やつが機動隊や師範につかまって強烈に顔のあたりから叩きつけられてぐしゃりとつぶされるのを見たいなあ、と下級生はひそかに話したりしていたのだ。しかし時田は警察学校へ行かない日の、それも自分に都合のいい日だけやってきて、相変わらず大きな声で下級生を相手に強引な巻きこみ技で虚勢を張っていた。

「ちくしょう、癪《しゃく》だなあ……」

と、遠藤が言った。遠藤は同じクラスにいる男で体はそんなに大きくはなかったが、二年生のあいだでは一番練習熱心な男だった。

「おれにもっと力があればなあ、あんなやつブッコロスのによオー」

と、遠藤は帰り道、本気でイラ立ちながら言った。どういうわけか時田はここ数カ月、いつも静かな井田という二年生とこの遠藤を集中していたぶっていた。

「遠藤！　おめえたちいまさっき陽之介たちとプロレスのマネしてただろう、道場でよ」

陽之介というのは井田のことである。

「いやあ、してませんでしたよ」

遠藤は入口のところで笑いながら答えた。その日の稽古が始まる直前のことであった。

「うるせい！　ちゃんと話は聞いてるんだよ。帯を二本つなげて陽之介と縛るようなマネをしただろうが」

裸のまま時田は遠藤のそばに近づいていった。時田の右腕には上腕部からぐるりと回って肘《ひじ》のほうにまで長い刃物の傷跡のようなものがあった。そして彼は裸になって、そのよく発達した肩や胸の筋肉と鋭い傷跡を、まわりにいる者に見せるのが好きであった。

「なにもできねえくせして、勝手なことするな、と言ってるんだよ。ここは道場だしな……」

時田は持っていた帯をゆっくり右手にからみつけ、そいつをボクシングのバンデージのようにして遠藤の頭を軽くこづいた。

「なにか言えよ遠藤」

と、時田は言った。遠藤はすこし顔を蒼《あお》ざめ、そのまま下を向いて黙っていた。

「やつはおととい井田を殴ったんだよな」

駅までの道を歩きながら遠藤が言った。殴ったとか殴られたとか殺伐とした話がおれたちのまわりにいっぱいあった。

その頃、おれは同じクラスにいたやはりやくざのような男と、ちょっとした個人的な抗争を続けていた。そいつは二年のクラス替えで一緒になった男で、ワイシャツの下にいつも晒《さらし》の腹巻きをしていた。欽治《きんじ》という名前だった。欽治はクラスの中で五、六人の徒党をつくりつつあった。

「やつはよう、晒の下にドスを呑んでるっていうぜ」

と、金沢が言った。

「それで、おめえが気にいらねえとよ」

金沢は欽治たちの徒党の一人だった。昼休み、教室の隅《すみ》で突然そんなことを言いにきたのだ。「気にいらないからおとなしくしろ」という欽治たちの警告であるらしかった。

欽治は土建屋の息子で体の大きさは、おれよりちょっと背が高いというところだった。

つまり沢野がいなくなっても、この欽治と同じクラスになったのでおれの背の順はまた後ろから二番目になってしまったのだ。

金沢から気分の悪い警告のあった翌日、おれは黙りこんで二時間目と三時間目のあいだの休み時間を待った。三時間目は数学で、その担当教師はたいがいいつもすこし遅れて教室に来るのだ。

二時間目が終わり、担当教師が出ていった直後、おれは欽治の席に向かった。欽治は背は高かったが、眼《め》が悪いというので前から三列目のあたりにすわっていた。

おれは欽治の肩を叩き、

「ちょっと」

と言った。近くの席の金沢たちとなにか大笑いしていた欽治は、おれの顔を見て急速に黙りこんだ。欽治の短く刈りこんだ髪の毛の下で、欽治の頭の皮膚がゆっくり波を打つのが不思議によく見えた。

欽治は「なんだ?」という顔をしてゆっくり席から立ちあがった。

「ちょっと後ろのほうへ来てくれ」

と、おれは言った。

金沢とその近くにいた欽治の子分たちがおれの顔をじっと睨《にら》みつけているのが、おれの頰《ほお》のあたりで分かった。

「なんだよ」

と、欽治は今度は声に出して言った。おれは黙ってうながした。やつは黙り、おれの先に立って教室の後ろのほうに向かって歩いた。

教室の後ろの幅二メートルぐらいの空間に出た時、おれは欽治の腰を後ろから思い切り蹴《け》りつけた。後ろから攻めるのは卑怯《ひきょう》だったが、教室には欽治の子分がたくさんいたし、時間も五分ぐらいしかなかったから、この勝負はとにかく二、三分のうちに決定的に相手にダメージを与え、瞬間のうちに完全に叩きのめしてしまわなければとんでもないことになるな、とおれは考えていた。

不意打ちを食らって欽治は頭から教室の腰板に突っこんだ。びっくりして振り向いたところに踏みこんでさらに力を入れて蹴りつけた。二度目の蹴りは欽治の顎《あご》に当たり、がくりと欽治はのけぞった。

勝負はそれでついてしまった。

振りかえると教室の中にいた者が総立ちになってこちらを見ていた。急いで金沢とその仲間たちを捜したが、あまりよく分からなかった。金沢たちは誰も出てこなかった。

(うまくいった)と思った。総立ちになって黙ってこちらを見ている顔の中から、柔道部の遠藤が困ったような顔でこちらを見ているのがふいに目に入ってきた。

おれは欽治の腕をかかえてやつを立たせた。それからそのあとでどうしていいか分からなくなって、やつの腕をかかえたまま教室の外に出た。欽治は片手で顔を押さえ、すこし足を引きずっていた。そのまま水道のところまで欽治を連れていった。やつは途中でふいに気がついたのか、おれの手を振りほどき、しかし相変わらずすこし足を引きずったまま、おれと一緒に歩いていった。

水道で欽治はゆっくり顔を洗った。顎の下がかなりの打撲になっているらしく、そこを両手で押さえてしばらく眼をつぶったりしていた。

次の授業のために教師たちが革のスリッパをパタパタ言わせながら、かたわらの廊下を通っていた。おれはポケットから取り出したタオル地のハンカチを欽治に渡した。欽治はおれのハンカチを水にひたし、ゆっくりゆっくりしぼって、そいつを顔にあて、すこし眼をつぶった。

そのあと心配していた欽治たちの復讐《ふくしゆう》はなかった。欽治は翌日午前中休んだだけで、すこし蒼ざめた顔で授業に出てきた。そしてその日から金沢はおれの顔を正面から見ないようになってしまった。


沢野から手紙が来た。

ボールペンでマンガのような文字がワラバン紙の中で躍っていた。

《中野に住むつもりが家の都合でしばらく幡《はた》ケ谷《や》というところに住んでいたけれど、今度そこを洋装店にして住居はやっぱりまた中野のほうに移すことになった。ぼくのうちは東中野にもアパートを一軒持っていて、そこには管理人を兼ねて姉が住んでいるのだけれど、それとは別に中野にアパートを一軒買ったのです。小さなアパートですが、そこに住みます。ウチが三軒もあって複雑で大変だけど頑張《がんば》っています。中野にはぼくの友達の木村晋介君もいるし、引っ越しには彼も手伝いに来るというのでぜひ君も遊びがてら引っ越しの手伝いに来ませんか、待っています……》というような文面であった。

　引っ越しは一〇月の連休だったので、おれはトレーニングパンツを持って、沢野の引っ越しの手伝いに出かけた。

　秋の引っ越し日和《びより》というような日であった。教えられた地図を見て、沢野の新しい家になる神田川の近くのアパートに行くと、すでに幡ケ谷からその荷物が小型トラックに積まれて横づけになっていた。

「来た来た……」

　と、沢野ひとしは相変わらず長い手足を秋の日ざしの下にぎくしゃくとマリオネットの人形のようにして踊らせていた。

「しばらく……」

　と、おれは言った。

「はは、この人か」

　と、沢野の家から手拭《てぬぐい》で頬かぶりした人が出てきて笑った。

「ひとしがいろいろ世話になったみたいで、どうもありがとうね」

　と、その人はラジオのディスクジョッキーのような太くてよく通る声で言った。

「トオルちゃんだよ。おれの兄貴……」

と、沢野は言った。

その後ろから四角い顔をして骨の太そうな男が出てきた。いかにも意志の強そうな太い眉毛《まゆげ》が金太郎のようだ。

「これも内側から上げますか？」

と、その四角い顔の男は、おれをチラリと見ただけで、いそいで沢野の兄貴のトオルのほうへ歩いていきながら言った。

これ、というのはトラックの上に乗っている洋服ダンスのことらしかった。

「いやあ、こいつは無理だろうよ」

と、トオルは言った。

「こいつからいよいよロープで上げよう。毛布で包んで、ぐいとしばれば大丈夫だよ」

「ロープでやりますか」

四角い顔の男は顔に似合わず、ちょっとカン高い声であった。

「ちょうど手伝いもふえたし……」

トラックの上でトオルがロープをたぐりながら大きな声で言った。

「ロープをですね、トラックの人々はロップと言いますね。なるほどロップと言ったほうがあれはなにか力をこめて踏んばれるような気がしますね」

四角い顔の男が相変わらず陽気に言った。

「木村晋介だよ、あれが……」

と、沢野ひとしが言った。言われる前から分かっていたけど、おれは笑ってうなずいた。

「おおい、ひとし、そっちからこのロップを引っぱってくれよ」

木村晋介が洋服ダンスの上に顔だけのぞかせて、おれたちのほうを見ながら言った。

おれは木村晋介の顔を見た。彼もおれに視線を移し、そこで困ったような顔をして笑った。

沢野がロープを引っぱり、木村の顔は洋服ダンスの向こうにまた消えた。

「ビールをさ、終わったらビールを飲ませるからね」

と、沢野ひとしは言った。

そしてその日、引っ越しが終わったあとに、おれと沢野と木村晋介はアサヒスタイニーというビールの小瓶《こびん》を半ダース飲んだ。

沢野の妹がビールのつまみです、といって肉の缶詰《かんづめ》を持ってきた。沢野の妹を見るのはその日がはじめてだった。

木村晋介とはあまり話をしなかった。彼は九時になると、風呂《ふろ》に入るからといって自転車で自分の家に帰っていった。

と、沢野がビールで真っ赤になった顔を面倒くさそうに左右に振りながら言った。

「そうかな、よく分かんないよ」

と、おれは言った。

その新しい沢野の家のすぐ横には神田川が流れていたので、二階から顔を出すと、すぐ下に川があってちょっと温泉宿にでも来たようなかんじだった。

その窓にすわって、沢野はタバコに火をつけた。

「君だってやってるんだろう」

と、沢野は言った。そうしてビールに酔った赤い顔の中の細い眼でネコのような表情をしてケムリを吐いた。沢野の都会の暮らしぶりは、おれには奇妙にコソバユイかんじに映った。銭湯に行き、その帰りにパチンコをやった。

「早打ちだよ、これがサ」

と言って沢野は器用にタマを打った。

「明日、木村の家に行こう。あいつの家には本がいっぱいあるからね、片づけが終わったら、あいつの家に行ってビールを飲もう」

と、沢野は必要以上に大きな声でそう言った。

「面白いだろうあいつ」

吉次が二学期の終業式を待たずに退学した。理由はあまりはっきりしなかった。同じ中学からの出身では吉次が二人目の退学者だった。退学していく生徒は一年から三年までけっこう多かった。もともと高校で勉強する意志のない者もかなりいたし、学校に来ているうちに不良になってやめていく者もいた。おれのクラスでは夏から冬にかけて男と女が一人ずつ退学し、男が一人転入してきた。小柄《こがら》ないつもうつむきかげんの弱々しい男で上田凱陸《よしみち》という名前だった。

「凱陸か……。君のお父さんは陸軍にいたのじゃないかね」

と、彼の名前を見て英語の教師が言った。

「ええ、そうです。戦死しましたけど」

上田は東京の学校から転入してきた。態度は弱々しいが、その声はじつに大人びて張りのあるいい声だった。

柔道の稽古《けいこ》は相変わらず警察道場への一日おきの出張が続いていた。二年の秋に遠藤が初段をとった。おれはその時、昇段試験は受けなかったのできれいに遠藤に遅れをとってしまうことになった。

「君のほうがはるかに体は大きいし、力もあるのだから、これはすこし反省する必要があるぞ」

と、顧問の教頭は半分怒ったようにして言った。その同じ昇段試験で吉野ははじめて弐段に挑《いど》み、そして落ちた。

時田は相変わらず好きな時に道場に来て、好きなことをやっていた。教頭が来るとネコのようにおとなしく目立たないようにしていたが、時々やってくる堂島とかオニヒデなどと校外でカツアゲまがいのことをやっている、という噂《うわさ》であった。

二年の二学期が終わった日、おれは同じ方向に行く柔道部の下級生と電車に乗った。おれの家は、その学校のある駅から四駅ほど東京寄りにあった。電車の中で下級生としばらくのんびりした話をしていた。その時だった。横のほうからじっとおれを見ている視線に気がついた。あまりいいかんじの視線ではなかった。

見ると、斜めの横の座席に長《ちよう》がすわっているのが見えた。中学の時に便所でおれにリンチを加え、デッキブラシで眼を殴ってきた男である。

長は素早くおれを見つけていたのだ。やつは目線で「こっちへこい」というような合図をした。黒いコートの下にトックリのセーターを着て、両手をポケットの中に突っこんでいた。

下級生をそこに待たせて、おれは長の前に行った。長はすこし赤味がかった眼でおれの顔を見あげ、小さな声でなにか言った。あまり小さな声なのでなにを言っているのかよく分からなかった。

「なに?」

と言って、おれは吊《つ》り革に両手をぶらさげたまま、長の顔に耳を近づけた。その時だった。長は素早くポケットから手を抜き出し、おれの襟首《えりくび》をつかむと、ぐいっと自分のほうに引き寄せたのである。

おれは瞬間的に逆上した。両手の拳《こぶし》を思い切り左右に振った。しかし中腰になって電車の座席にすわっている男を殴るのだからあまりたいした威力はない。喧嘩馴れした長は不自由な姿勢からまことにうまく身を沈めて、おれの左右のオーバースイング気味のパンチをそっくりかわしてしまった。左のパンチがガラスを叩《たた》き、すさまじい音を立てて割れた。同時に長が下からおれの股間《こかん》をめがけて鋭く蹴りあげてきた。とっさだったが、そいつはうまくよけることができた。そしてよけた拍子に体ごと流れたパンチが偶然うまく長の左頰《ほお》にヒットした。続いて思いきり蹴りあげたおれのつま先がパンチを受けてすこし前かがみになった長の鼻の下にがっちり食いこんだ。さしもの長もそれはこたえたようだった。

電車のドアがあき、長は腰を曲げてころがるようにホームに出ていった。おれもあとを追った。長はホームの上にしゃがんで完全に戦意を失ってしまったようだった。おれのあとを追って下級生たちも降りてきた。

「てめえ、調子づきやがって……」

と、長が再びおれを見あげて唸《うな》るようにして言った。

上唇《うわくちびる》が切れて、鼻と口のあいだにはかなりの血が吹き出ていた。

おれはその時ものすごく激昂《げきこう》していたので、その顔を見たとたんにあっというまにもう一度蹴《け》りを入れていた。「ゴキッ」という音がして、その蹴りは再び長の顔面のどこかに当たったようだった。しゃがんでいた長はそのままあおむけにひっくりかえり「うーん」と低くうめいた。鼻と口からの血がトックリのセーターと黒いコートの上に飛び散り、ちょっと必要以上にむごたらしいかんじになった。気がつくと、終業式帰りらしい中学生や高校生がそのホームのまわりに群らがりはじめていた。

「ひゃあ」

という女学生の声も聞こえてきた。おれは下級生をうながし、急いでその野次馬の輪から逃れはじめた。

「このままこの駅を降りろ、みんな!」

と、おれは下級生たちに低い声で言った。おれたちはバラバラになり、その駅の改札口を出た。そのままみんなバラバラにその町の中に入っていった。しばらくおれは一人でその町を歩き回った。気がつくとすこし足がふるえていた。歩きながらでも足はふるえていることができるのだなあ、とおれはすこし不思議な気持になって考えた。ガラスを叩いた左の手の甲が切れて血が流れていた。しかしようやく仇《かたき》を討ったな、と思った。あまり満足感はなかった。そうしてそのまましばらく歩きつづけた。

木村晋介は付き合ってみるとなるほどじつに面白い男だった。中野に行くと沢野や木村と話ができるので、おれはその後よく中野に出かけるようになった。

木村の家は坂下の住宅地の中にあった。いかにも頑固《がんこ》そうな学者ふうの父親と上品で控えめな母親がいた。沢野のところと同じように木村の兄も優秀で重要な電話は英語で話したりしていた。

木村の家に行くと、彼は金太郎のような顔をニコニコさせて自分の部屋のドアをぴっちり閉ざし、後ろ手に持っていた輸入もののウイスキーなどを素早くサッと目の前にかざし、

「控えよ、控えよ！」

などとふざけてみせた。沢野と木村と三人で、その高そうなウイスキーを湯飲茶碗《ちやわん》で飲み、トランプなどを熱心にやった。中野あたりの高校生にトランプがはやっている、という話だった。

それも「セブンブリッヂ」というひどく高級なかんじのするゲームが中心で、おれたちが千葉の学校でやっている単純で殺伐とした肉体闘争の世界とはなにか基本的に〝文化圏〟が違っているような気がした。

ウイスキーをちびちび飲み、セブンブリッヂをやっていると、時々木村の母親がド

アをノックした。そうするとたいていコーヒーや菓子、時間になると軽い食事の仕度をしてドアの外に置いてあるのだった。

木村の友達も時々やってきた。近所に住んでいるニッチというあだ名のやたらにとんがった声を出す男は、セブンブリッヂが強かった。父親が外国航路の船長をしているので木村の家に来る時はかならずいい匂《にお》いのする外国タバコを持ってきた。

木村たちは酒やタバコをやっていたけれど、けっして不良というわけではなかった。そこのところも千葉の〝文化圏〟とはずいぶん違う奇妙な感覚だった。トランプにあきて時々近くの公園に行って相撲などもやったが、木村はけっこう強かった。あとで聞いて分かったのだけれど、この頃《ころ》木村は同じ学校のテキ屋の息子で番長グループの男と校庭でかなり凄絶《せいぜつ》な決闘などしていたのだ。

しかし彼はそういうことはなにも言わなかった。

「今度、おれも千葉に行くよ」

と、木村は言った。

「そうだな、おれも久しぶりに行ってみたいな」

と、沢野もはじけるようにして言った。

木村や沢野におれたちの町へ来てもらうのは面白そうだったが、しかしその一方でなんとなく「恥ずかしいな」という気もした。なにがどう恥ずかしいのか自分でもよく分からなかったが、強《し》いて言えばそれは自分たちの〝文化圏〟について彼らにそのまま知られてしまうのはなんとなく恥ずかしいな、というようなことであった。

「いいよ、いつでも来いよ、一応、海もあるし……」

と、おれは言った。

「もっともいまは寒いから、海ではなにも獲《と》れないけどな」

「いいよ、酒を飲みにいくよ」

と、沢野は言った。

そして木村たちは二週間後に大きなボストンバッグを持ってやってきた。

おれは二人を地元の友達のイサオの部屋に連れていって、そこで酒盛りをすることにした。イサオの部屋によく集まる曽根と小島という仲間も呼んだ。

「いいやつらだから、つっかかるなよな」

と、おれは事前に曽根という男に言っておいた。曽根は魚屋の息子で空手をやっていた。地元意識が強くて、彼は彼であちこちでよくいさかいごとを起こしていたのだ。

その年の夏にも彼は声も出ないほど荒い息を吐いて、夜更《よふ》けにおれの家にやってきたことがあった。玄関をあけると、野良犬《のらいぬ》が飛びこんでくるようなすさまじさで中に入りこみ、廊下にべたりと両膝《ひざ》をついた。そうしてはあはあはあと喉《のど》をふるわせながら、膝小僧で家の中を歩きはじめた。彼は裸足《はだし》であった。

そのまま勝手に茶の間を横切り、その先のおれの部屋にびっくりするほどの早さで膝歩きのまま突っ走っていった。

ちょっとあっけにとられたままあとを追っていくと、やつはおれの部屋の押し入れをあけてそのままもぐりこもうとしているところだった。

おれの母親が起きてきて、

「なに？」と言った。

兄貴が出てきてあきらかに「この不良たちめ！」という顔をしてその騒動をすこし眺《なが》め、それから黙って自分の部屋に戻っていった。

おれは台所に行ってコップに水をくみ自分の部屋に戻った。

「どうしたんだよ」

と、おれは押し入れの襖《ふすま》ごしに曽根に言った。

やつの荒い息がいくらかおさまってきていた。しかし襖の奥でひいひいという無理矢理息を押し殺した苦しそうな音はまだしばらく続いた。しばらくおれはそのまま黙っていた。

「どうしたんだよ」

と、おれはもう一度聞いた。

しばらくたってどうにかおさまり、ひいひいという音もしなくなった頃、曽根は自分から押し入れをすこしあけ、顔を出した。

どす黒い顔の眼の下が紫色に腫《は》れあがっていた。

「まいったよ……」

と、彼は言った。

「どうした？」

曽根はおれの差し出したコップの水を半分ほど飲み、片手で口をぬぐった。

「やっちまったよ」

と、曽根は言った。

「誰をだよ?!」

「田原屋だ。一発で決まっちまった」

田原屋というのは漁師の屋号で、その町で田原屋というと若い連中の中ではもっとも恐れられていたチンピラの親玉のことであった。その頃、田原屋は二〇歳ぐらいであっただろうか。仕事は一応漁師をしていたが、手のつけられない暴れ者で、その町の不良たちのあいだでは一種の神格化された位置にいたのである。つまりたとえて言えば、その日の曽根がやったことは、山口組の組長を三下《さんした》が殴り倒してしまった、というようなことと同じであった。

その日曽根は田原屋に呼び出されたのである。田原屋はつねに子分を一〇人ぐらい連れて歩いていた。

曽根が呼び出されたのは町はずれの神社の境内であった。その神社は社《やしろ》の正面に女の長い髪の毛が馬のシッポのようにぶらさがっていた。

毎月一九日の夜更けになると狂った女がそこにやってきて、自分の髪の毛を引きぬいてぶらさげていくのだ、と、まことしやかに言われていた。その神社の裏側は小さな赤土の山になっていて、そのまん中に直径三メートルほどのトンネルがあった。戦時中の防空壕《ごう》のあとで、この中ではそのむかし、若い漁師が柳包丁で自分の腹を刺して凄絶な死に方をしていた。

中学生の時にこの神社と防空壕の前を通っていく「キモだめし大会」というのをやったことがある。二〇人ぐらいの参加者のうち、六人が直前になって尻込《しりご》みした。おれは風の強い暗闇《くらやみ》の中をはっきりと自分でも分かるほど顔をひきつらせながら、ひそかに家から持ってきた本物の「脇差《わきざし》」を握りしめてそこを歩いた。海に近い山の上だったので暗闇よりも海風に狂ったような唸《うな》りをあげていく木立ちの中の風の音がなによりも恐ろしかったことをおぼえている。

その頃、あちこちで「キモだめし大会」というのがはやっていたようだ。ある町では「キモだめし大会」のために人が殺されたという話を聞いた。それは、キモだめしのコースの墓場に向かった少年が、恐ろしさをまぎらすために、おれと同じように家から日本刀を持ち出してそいつを握りしめて歩いていったのである。

一方、仲間の何人かが、墓場の闇にかくれていた。そして少年がやってくると、そのうちの一人が恐ろしい仮面をかぶり、赤い腰巻きを肩にはおって狂ったように墓石の陰から躍り出たのだ。少年は恐怖に逆上し、日本刀を抜いてその仮面の少年を刺したのだ。

曽根がその気味の悪い神社の境内で田原屋を殴り倒したのもなんだかすこしこの話と似ていた。

田原屋は十数人の子分を従えて、夜更けに曽根とその兄を呼び出した。用件は単純ないいがかりであったが、曽根の兄貴がそれを断わると、田原屋は兄貴を殴りつけた。二、三発殴りつけたところでとうとうたまらず曽根が跳びこみざまに田原屋の顔面を殴りつけたのだ。そしてそれがすさまじいカウンターパンチになったのだろう。もとより空手をやっている彼の拳《こぶし》は、相当な破壊力をもっていた。田原屋はそのまま丸太が倒れるように石段をいくつかころげおち、曽根は兄貴とともにそのまま一目散に逃げてきたのだという。

「修さんはどうした」

と、おれは聞いた。修さんというのは彼の兄貴の名前である。

「やつは大丈夫だ。親戚《しんせき》の家に行った。問題はおれなんだ。つかまったら終わりだ」

「その顔の傷はどうした」

「逃げる時につまずいてなにかにぶつけたんだ。あぶなかったよ」

曽根はようやく押入れから這《は》い出してきた。泥《どろ》だらけの足は踵《かかと》の上あたりが白くすこし乾きかかっていた。

曽根はその後、とくに田原屋たちに襲われる、ということはなかった。しかしそれはかなり気持の悪いことであった。そしてしばらく後に田原屋の子分に長がいる、ということをおれは知った。気味の悪さはおれのほうにもじわじわとつながってきているようだった。

沢野と木村はそうしたおれの地元の仲間たちとじつに気分よく顔合わせをした。魚屋の曽根は家から酢ダコを持ってきた。おれは家の台所から半分ほど残っていた一升瓶《びん》を持ち出し、イサオはトリスウイスキーをまるまる一本提供した。

おれたちはその頃からみんな酒が強かった。たちまち清酒もウイスキーも空になり仕方がないので今度はみんなで金を出し合って合成酒を買いにいった。

合成酒を半分ほどあけたあたりで沢野が完全に酔った。残り少なくなってみんなで急いで飲んだウイスキーがじっくりときいてきたようであった。

「ああ、苦しいよオー、苦しいよオー」

と、沢野はイサオの部屋の隅《すみ》にころがって唸りはじめた。

「苦しいよオー、苦しいよオー、殺してくれえ、殺してくれえ」

と、沢野は耳ざわりな声でわめいた。

「うるせいぞ」

と、おれはやつに言った。

「うるせいぞ」

と、木村もうれしそうな顔で言った。

「苦しいよオー、苦しいよオー、殺してくれえ、殺してくれえ」

沢野はかえって大きな声でわめきはじめた。

イサオの部屋の隅にモスグリーンの寝袋がころがっているのが眼に入った。

おれもそろそろ酔いはじめていた。

「あそこにサ、あいつ、入れちゃおう」

と、おれは寝袋を指さして言った。

「うんうん、いいね」

と、木村がやっぱりうれしそうな顔をして言った。

まだいくらか遠慮して黙っていた曽根と小島もしっかりとうなずいた。うなずいたあとの行動は早かった。

おれたちは相変わらず「苦しいよオー、苦しいよオー」とうめいている沢野を寝袋に無理矢理押しこんだ。小島が素早く見つけてきた自転車の荷台用のゴムのロープでその上をぐるぐる巻きにしばった。

木村がタオルを見つけてきて沢野にサルグツワをかませた。

沢野の「苦しいよオー、苦しいよオー」といううめきは「むぐうむぐうむぐぐぐう」というくぐもった唸り声になった。

誰からともなしに、その巨大なイモムシのようになった沢野をかかえあげ、外にかつぎ出した。

「むぐう、むぐう」

と、おれたちの肩の上で沢野はなおもうめいた。

おれたちはイモムシ様の沢野を近くにあるバイブルバプテスト教会の前の小さな路地に置いた。それから部屋に戻り、また合成酒の残りを飲んだ。酒を飲むと真っ赤になるイサオはそのあいだに掛け布団《ぶとん》でかしわ餅《もち》のように体をくるみ部屋の隅で眠っていた。

おれたちはそのまましばらく酒を飲み、いろいろな話をした。そして三〇分ぐらいたってから沢野を見にいくと、彼は小さなイビキをかいて冷たい闇の中で眠っていた。

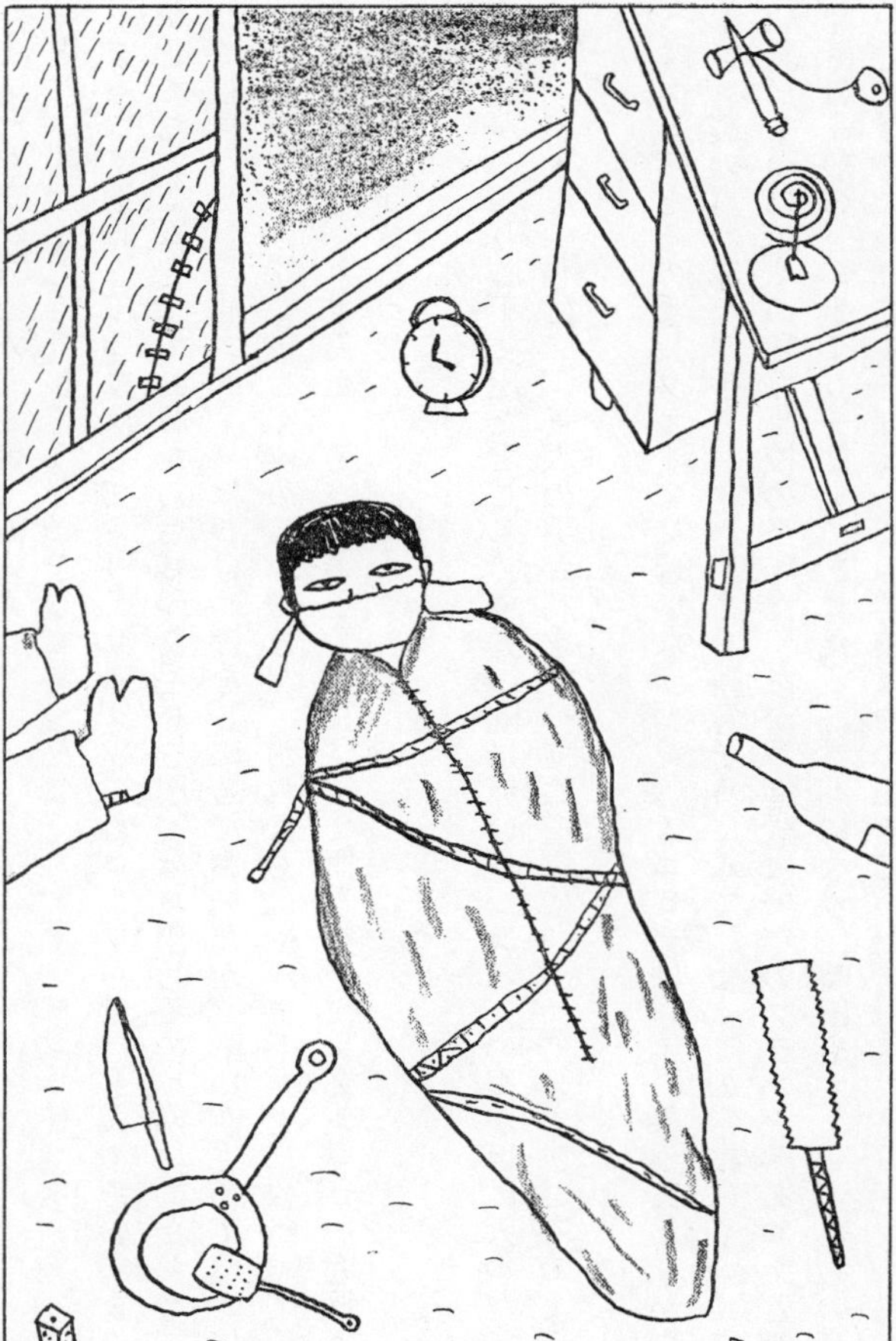

「あいつはあのほうがしあわせなんだよ」

と、木村がまたうれしそうな顔をして言った。

まもなく沢野を部屋に戻してやり、サルグツワとロープだけほどいてそのままころがしておいた。そしておれたちも残った毛布を引っぱり出しそのへんに横たわって眠ってしまった。石油ストーブはつけっぱなしにしておいたが、酔いがさめてくるにつれて冬の寒さは鋭く厳しく攻めこんできた。おれたちはやがて毛布を二枚重ねてその中に四人でもぐりこんだ。そうなると寝袋に入って眠りこけている沢野が一番暖かくしあわせそうであった。


部屋から渡り廊下に出たところで校庭の隅に赤いジャンパーの男が目に入った。赤ジャンパーを中心に二、三人の男が肩を並べて柔道場に向かっていくところのようだった。

オニヒデとその番長グループに違いなかった。オニヒデは昨年の暮れあたりからナイロン製の真っ赤な厚手のジャンパーを得意そうに着て、よくこの学校にやってきていた。やつは近くの私立高校の三年だったが、進級に一年のブランクがあったとかで、年齢は一般の三年生より一歳上であった。三学期になり、時田やオニヒデたちの卒業が近くなるにつれて彼らはよくこの学校にやってきていた。

教師たちの耳にまでは伝わらないようだが、オニヒデや時田たちのグループによって腕時計や金をまきあげられた生徒はかなりいるようだった。

時田のところにオニヒデたちが来ると、その日の練習はなんだか散漫なかんじになってあまりいい気分ではなかった。彼らは道場の裏の、以前兵隊学校だった頃の馬小屋の中でタバコを喫《す》ったりどうでもいい話をしたりしていることが多かったが、時々その中の誰かが空手使いのように奇妙な声を張りあげ板切れを叩《たた》き割ったり蹴《け》りつけたりしていた。

すこしいやな気持になりながら、おれは野球部の連中とちょっと立ち話をし、オニヒデたちのことを確認した。それからゆっくり柔道場に入っていった。兵隊学校の旧《ふる》い校舎を改造し、畳を敷いた道場はなんだかいつもひんやりと湿っているふうで、冬はとくに裸足で畳の上にじっとしているとじんじんと足がしびれるくらいに冷えこんだ。

三学期になって三年生はもうほとんど練習には顔を出さなくなっていたが、その日はオニヒデたちが来ているのでやはり思ったとおり時田がアンダーシャツの上に柔道衣をつけて、道場のまん中にどでん、と突っ立っていた。時田がいるといつもそうだが、部員たちは妙に黙りこんでおのおのバラバラになって準備体操や掃除などをやっていた。

三年生は時田のほかに沢井と大河原という小柄《こがら》な部員がいた。いつもよりいやに部員の数が少ないようでとくに一年生があまり見あたらなかった。

時田は入っていったおれを見てすこし頰《ほお》のはじで笑ったようだった。やつはあまりおれには話をしなかったし、もちろんおれのほうも自分から時田に話しかけたりはしなかった。しかしとにかくその時、時田はあきらかにすこし笑ったようだった。あまりいい笑いではなかった。時田はそれから腰に腕をあてたまま、首をぐるぐると天井に向けて回してみせた。

遠藤と小川が道場の北側の隅であまり気の入らない準備体操をしていた。おれは時田に軽く会釈《えしやく》をしながら遠藤たちのいるほうへ歩いていった。遠藤がおれの顔を見て目顔でなにか言っているのに気がついた。しかしそれがなにを言っているのかよく分からなかった。

注意してもっとよく見ると遠藤は道場の外を見ろ、と言っているらしかった。着がえるためのようなふりをして窓のほうに行き、外を見た。

道場の窓の下に、一年生たちがなんだか間抜けな兵士のようにズラリと横に整列しているのが見えた。そしてその前を赤ジャンパーを着たオニヒデとその仲間たちがゆっくりゆっくり歩きながらなにか小さな声で話をしていた。

(いやなものを見た)と思った。しかしとっさにはそれをどうしたらいいか、という考えはまるで浮かばなかった。なんとなく今日はここへ来なければよかった、とも思った。胃の中が重くなりすっかり体がくたびれてしまったようなかんじがした。おれはその窓ぎわでのろのろと服を脱ぎ柔道衣に着がえた。眼の隅に絶えず一年生たちの一列に並んだ姿が入っていた。

ずいぶん長い時間がたったような気がしたが、そのうちに一年生の一列横隊が崩れ、オニヒデたちがゆっくりひとかたまりになった。

そして一年生たちはなんだかひどくゆっくりと道場の裏手を回っていった。どうやらそのままひと回りしてここに戻ってくるようであった。

おれはすこし気を静め準備体操にかかった。しかしそれはさっきの遠藤たちと同じようにほとんどあまり力が入らなかった。

時田は道場のまん中にぺたりと腰をおろし全身運動を始めていた。三年生の沢井と大河原が摺《す》り足の練習を始めようとしていた。

どやどやと話し声のない騒音がして一年生たちが帰ってきた。一人ずつぺこんぺこんとおじぎをして中に入ってきた。

その時だった。一年生たちの一団にまじって吉野が学生服のまま道場に入ってきた。彼は相変わらず武将のような顔をして静かにやってきた。手に丸めた練習衣を持っていた。吉野が来るのは久しぶりだった。

「やあ」

と、吉野は道場の中の誰にともなく言った。

「こんちわです！」

と、四、五人の一年生がヘンにカン高い声で言った。吉野は摺り足の練習をしている沢井と大河原のそばを「やあ」と小さな声をかけて通りぬけ、おれたちのそばにやってきた。おれたちを見ながら、その時ようやくいつもとちょっと空気が違うな、ということに気づいたようであった。しかし彼はなにも言わなかった。おれや遠藤たちの顔を眺《なが》めて「やあ」ともう一度言った。あるいはもうその時、吉野は窓の外にいる赤ジャンパーのオニヒデたちの姿を見つけていたのかもしれなかった。

三年生も一年生もそれぞれ勝手な準備体操が終わり、自然に乱取り稽古《けいこ》に入った。乱取りというのは自由に相手を見つけて投げ合いの稽古を行なうことである。誰もリーダーシップをとらない時は自然に上級生が下級生の襟《えり》をつかみにいった。しばらくいつものように大小さまざまな気合を含めた攻めと守りの稽古が続いていった。

変化は、いつのまにか始まっていた。乱取り稽古の群れの中で、ひときわ大きな体の一組だけが、全体の動きを激しくかき乱すかんじで右に左に鋭く動き回っていた。

「うりゃあ！」

と、吉野の低くて太い気合が飛んで「どおーん」と時田の体が畳に叩きつけられた。どす赤く顔面を紅潮させた時田があせって上半身を起こした。吉野は起きあがってくる時田の襟首をつかみ間髪を容《い》れず今度は巻きこみ気味の内股《うちまた》を見舞った。時田の体は吉野の腰のあたりでぐるりと回転し、またそのまま「どおーん」と畳に落ちた。時田の赤黒い顔のまん中で血走った眼がカッと見開かれ憤怒《ふんぬ》にゆがんでいるように見えた。

ボディビルと空手の両方をやっている時田はやはり相当の力をもっていた。彼はゆっくり立ち上がり、吉野をその赤い眼で睨《にら》みすえた。そして両足を前後に大きく開き、両手をキツネの幽霊のように下げるおかしな恰好《かっこう》をしてじっくりと吉野に身がまえてみせた。それが時田のやっている流派の空手の構えである、ということは、やつが一、二年生を相手にふざけて時々やってみせていたので道場のみんなにはすぐ分かった。

吉野は用心深く身がまえ、じりじりと時田に迫っていった。

「うじえー!!」

と、時田が低いくぐもった声を張りあげ、吉野のふところに飛びこんだ。「ボコッ」とどこか拳《こぶし》で打たれた鈍い音がした。吉野と時田はそのまま横倒しに倒れた。倒れながらさらに吉野の腹あたりに時田の膝《ひざ》が叩きこまれたようだった。そして間髪を容れず時田は吉野の顔をはたいた。ビンタであった。そのまま時田は素早く立ち上がり今度は踵《かかと》で素早く吉野の腹を打った。二度目の蹴りを吉野はやっとの思いで両手で払いのけ、時田はバランスを崩してもう一度倒れた。今度は吉野が腹を押さえながらゆっくりと立ち上がろうとしていた。しかし同時に時田は吉野の柔道衣をつかんでいた。両手をからみつけてもう一度吉野をひきずり倒そうとした。その時だった。

吉野はくるりと反転し、逆に時田の上にのしかかっていった。左手が素早く時田の襟の裏側に伸び、右手が前襟にかかった。交差した吉野の両手がそのまますするどく激しく引っぱられた。「うぐぐぐ」と、時田の喉《のど》のあたりでいやな音がした。吉野の荒い息が激しくなった。

いつのまにか吉野と時田のほかには道場で動いている者はいなかった。おれも、遠藤もそして二人の三年生と十数人の一年生も、いつのまにか道場の壁ぎわまでさがってみんな固唾《かたず》を飲んで二人の動きを見ていた。

「うぐぐっ」と、時田の喉がもう一度鳴った。吉野は締めていた腕をとき、時田の襟をあらためて正面から持ち直すと、そのままゆっくり時田を立たせた。

時田はすこし咳《せき》こみ、二度ほど腰を落としかけた。いきなり吉野の跳ね腰が跳《と》んだ。今度もつかんだ襟首を離さなかったので、時田は吉野の体重をまともに受けながら畳に「どおーん」と叩きつけられた。そして吉野はそのまま時田を押さえこみ時田の体の上で、「ひゅうひゅう」とふいごのような荒い息を吐いた。

時田はもう起きあがれなかった。

いつのまにか道場の入口のところにオニヒデとその仲間がやってきて、二人の勝負を見ていた。しかし、オニヒデたちは見ているだけでなにもしようとはしなかった。

時田は腹を押さえてうつぶせになり、またすこし小さく咳こんでいた。吉野もそれからまわりで見ていたおれたちもしばらくなにも言わず黙りこんでいた。

吉野たちが卒業してすぐ、おれはようやく黒帯になった。もう道場にはオニヒデたちもやってこなかった。

おれたちが三年になる頃《ころ》には学校の規則が一段と厳しくなりまた何人か退学者が出た。野放図《のほうず》にやりたい放題をやる不良学生は目に見えて少なくなっていった。しかしそれは同時に学校の戦闘力が下がってしまう、ということでもあった。

その頃、その辺一帯の不良学生たちはやくざが自分のシマを武力でどんどん拡大していこうとするように、あちこちの学校に喧嘩《けんか》をしかけていって、自分たちの学校暴力支配圏を広げようとしていた。それはまさに戦国時代の〝陣取り〟そのものだったのである。

当然、はっきりした番長というものがいなくなったおれたちの学校はその恰好の狙《ねら》い目とされた。

校舎は高台にあり、駅から続いてくる通学路はまるでハイキングコースのように教室から一望のもとに見わたせた。

そうしてこの道に午後の授業のさなか、向こうから五、六人の人影が夕陽《ゆうひ》のガンマンのように長い影をひいて歩いてくるのが見えるとおれはいつも憂鬱《ゆううつ》な気分になった。それはたいていヨソの学校からの喧嘩刺客団で、最後の授業が終わる頃には、そいつたちからかならず呼び出しが来るのである。

刺客団は近所の空地や神社などで待っていた。向こうから代表の男が一人出てきて、そいつと意味もなく殴り合った。おれではなく、別の〝わが母校代表〟が立ち向かうこともあった。しかしたいてい勝負はつかなかった。

シャモの喧嘩のようにいっとき、ワッと近づいてボカボカッと殴りあい、ワッと引きさがってあとは低く唸《うな》りながら睨み合っている、というケースが多かった。攻めてくるほうも迎え撃つほうも別に相手に遺恨もなにもないわけだし、そんなにめったやたらに闘争好きというわけでもなかったから、一度闘って睨み合ってからまた再び激しく殴り合う、ということは双方とも本当はあまりやりたくなかったのでもある。

そういう場合は両校からウイットネス（勝負立合人）が出て、一種の判定勝負になることが多かった。そういう奇妙に整然としたルールはおかしくなるくらいきっちり確立していた。

三年の春から夏にかけて、おれは月に一度か二度、そういう勝負をやらなければならなかった。体はおれより二回りくらい小さいのに、ものすごい喧嘩巧者とぶつかり、あっというまに戦意喪失するほどの打撃を股間《こかん》に受けてKO負け、ということもあった。近所の工業高校の猿渡《さわたり》というその男は、下駄《げた》をはいてきて、右手を学生服のポケットに突っこみ、まるでナイフでも引っぱり出すようなしぐさをしつつ、いっぺんに攻めこんでくる、というトリックまがいの戦法をとった。不思議なことにこのころの闘いは勝っても負けてもあまりうれしいとも悔しいとも思わなかった。

「そんなこと、つまらないことだよ」

と、二年生の時に東京から転校してきた上田凱陸が時々不思議そうな顔をしておれに言った。

上田は詩とか小説を書くのが好きな男であった。世の中に「同人雑誌」というのがある、というのもそのころ上田からはじめて聞いた。上田はピースをくわえいっぱしの大人のような顔をして、

「今度おれのうちにおいでよ」

と言った。どういうわけか上田は東京の江戸川区から学校に通ってきていた。

「おれのうちにおいでよ」という上田の声には、沢野たちの世界とはもうひとつ別の新しい〝文化圏〟を感じさせた。

しかしその年の秋、学校の近くのバス停の前でかなり過激な刺客団と喧嘩をし、おれは左手と頭に怪我《けが》を負った。病院でぐるぐる巻きのハチマキ式包帯をされ、一週間後に控えた柔道の秋の試合には出られなくなってしまった。

教頭は月曜朝礼の時に、

「うちの学校には大バカものがいる！」

とそのことを全校生徒に報告した。ハチマキ式の包帯をしたまま、おれは朝礼の列の中で、

「うるせいやあ、もういいやあ、うるせいやあ……」

と、教頭がしゃべっているあいだ中、口の中でくりかえしくりかえしつぶやいていた。

6

ごったがえしのビートルズ

話はここで〝現在〟にちょっと戻る。まったくのリアルタイムでいうと、いまは昭和五六年九月一一日午前八時三〇分である。

今朝はすこし寒かった。七時に起きてわが家の名駄犬《だけん》「マル之介《のすけ》」を散歩させ、納豆と白菜のおしんこで朝めしを二杯食った。この時間になるともう家のものは誰もいない。納豆にカラシと分葱《わけぎ》のこまかく刻んだやつを入れ、醤油《しょうゆ》をたらして塗り箸《ばし》でモーレツにかき回しているうちに、このあいだ漫画家の東海林《しょうじ》さだおさんとある雑誌の対談で「日本のいちばんうまい朝めし」について話していた時のことを思い出してまたおかしくなってしまった。

その時は東海林さんと二人で、とにかくなんでもかんでも日本のうまいものベスト3というものを選出していたのだ。

うまいものは、それぞれ特定の分野でまず選び出す。特定の分野というのはたとえば酒の肴《さかな》であり、昼のドンブリものであり、中華部門であり、という具合である。輝け全日本うまいもの大会の地区予選というようなかんじでもある。

酒のツマミはビールの部、ウイスキーの部、日本酒の部とこまかく分かれている。日本酒の部ではぼくが、

「もう、これしかない！」と言って昂然《こうぜん》と推挙した。

「ウニ、ホヤ、ナマコ！」

の三点セットに対し、東海林さんは「なんのなんのそれしきの組み合わせ。真のベスト3は次のこの黄金のビッグ3だあ！」

と叫びつつ、

「塩辛、イクラ、わさび漬《づ》け！」

という陸海混合チームで真正面から対立してきた。

事態は早くも混迷と波乱の幕あけとなり、湯飲茶碗《ぢゃわん》は倒れワリバシは虚空《こくう》に飛んでバキリと折れた。

続くビール部門では、ぼくの掲げた「エダマメ、ソラマメ、シオマメ」の豆軍団に対して、東海林さんは、

「串カツ、ヒダラ、花らっきょう！」

という意表をつく顔合わせで「どおーん」とぶつかってきた。

ソース瓶《びん》は倒れマヨネーズはぶるんとふるえた。あまりにもあまりにも妥協点のない取り合わせであった。両者は重苦しく睨《にら》みあったままずるずるとそのまま朝ごはんの部に突入した。

東海林さんは、しかしさらに自信に満ちたまなざしで力強く言った。

「納豆、おしんこ、タラコ！」

ほとんど同時にぼくも叫んだ。

「納豆、おしんこ、タラコ！」

おお、なんということだ。これまでの二部門でまったくなにひとつ一致するものがなく、話し合いの糸口すらつかめず対立的に突っ走ってきた両者が、この重要な部門で期せずしてまったく同じ順列と組み合わせを口走ったのである。

場内はざわめき（三人しかいないけど）対立的両者は思わずお互いの顔を見合わせた。両者の歩み寄りは急速に進み、政情は早くも与野党一致の安定化路線に向かったようであった。

しかしそれにしても、炊《た》きたてのアツアツごはんにカラシのツーンと効いた納豆を乗せてフッハフッハと湯気を吹き分けながら食べていく寒い冬の朝ごはんというものは、もう本当に感動的な世界である。

こういうものにくらべたら、スクランブルドエッグにロールパンなどという毛唐《けとう》食など足もとはおろか門前六〇〇メートルにさえも近づけないのである。

「しかしですね」

と、東海林さんは言った。

「しかしアレですよ、この納豆というものもただめったやたらとかき回してごはんの上に乗せればいい、というものではないんですね」

と静かに言うのである。

重要なのは、そうやってワアーッと力まかせに納豆をかき回したあと、三〇秒か一分ぐらいしばらくそのままにしておかなければいけない。かき回してすぐ、ごはんの上にかけ、食べてしまってはいけないのだ。いいですか、納豆食いはここのところがポイントですよ、と言うのである。

「どうしてすこしのあいだ置いておくのですか」

と、ぼくは聞いた。

「それはね、納豆はワアーッと力まかせにかき回されてみんなものすごくコーフンしているでしょ。このコーフン状態をすこしさましてやらないと本当のうま味は出てこないのです」

さすがさすが「料理一本勝負」のヒトである。ぼくはただただ敬愛のまなざしで師の顔を眺《なが》め「納豆かきまわしコーフン鎮静の心得」を我が身に刻みこんだのである。

東海林さんがよく行く西荻窪《にしおぎくぼ》の「真砂《まさご》」という〝出てくるもの全部がうまい〟という感動的な活魚《いけうお》料理の店であった。ぼくと東海林さんは納豆問題で意見の一致を見たのでそこですこし気を落ち着けて酒を飲んだ。店の外から小さく低く「さんさ時雨《しぐれ》」が聞こえていた。

えーと、しかし、なんでにわかにこんな話になったのであるか。納豆はこの場合あまり関係はないのであった。

そうなのであった。朝めしを二杯食べたのである。

食べながらぼくは東海林さんの納豆の話を思い出し、それから次にその日の自分の行動について、

「えーといったい今日はどうするんだったかな」

と考えていたのである。

昨日ぼくは四谷の喫茶店「ルノアール」で木村晋介と会って、彼の知人で演歌の作曲と新宿の流しをしている大山さんという人を紹介してもらった。

木村はNHKの教育テレビで時々おかしなテーマの番組のレポーターおよびインタビュアーなどというのをやっていた。やつは弁護士の立場からしばらくはサラ金問題を追究し、いまは食品化学汚染と競馬について自分の追究テーマを集中させていた。大山さんとはその番組の件で知り合ったという。しかし大山さんはすこし遅れているようだった。「ルノアール」のお湯割りアメリカンの薄いコーヒーを飲み、ぼくと木村はボソボソと話しながら待っていた。

「背中がサ、このあいだっから痛くてしようがないんだよ」

と、ぼくは木村に言った。背中が痛くなると肝臓のあたりがいよいよダメになった

のではないか、という不安がつねにふくらんでくる。現在も、そしてかつての行動も肝臓を悪くするには身におぼえのあることばかりだった。そしてそれは木村も同じであった。

「もうな、おれたちぐらいの年になったらみんなどこか具合が悪くなっているものなんだよ。おれだってあっちこっち具合が悪くてしようがないよ。なあシーナ、どっちみちあと三〇年ぐらい体がもてばいいんだろう」

と、木村は相変わらず金太郎のような太い眉《まゆ》をギュッと中央のほうに寄せて、すこし怒っているような口調で言った。

(すこしぐらい背中が痛いからといってジタバタするな) と言っているのである。

「うん、まあな、そういうことだろうな」

と、ぼくは言った。

木村が紹介すると言っていた大山さんはなかなか来なかった。ぼくが「小説新潮」という雑誌で連載している人物探究のルポにまことにピッタリの人を見つけたから紹介しよう、と言われていたのだ。

「ま、しかしあまり無理しないことだよ」

と、彼は言った。

「お前もな」

「ああ、しようがないけどな」

このあいだまでの夏があっというまに消えてなくなってしまったように、その日も朝から肌寒《はだざむ》かった。

午後から別の件で二つの打ち合わせをすませ、夜は集英社の若手社員懇談会というのに呼ばれて出席した。酒まじりの懇談会は一〇時に終わり、その足で新宿のバーでの打ち合わせに出かけた。相手の編集者はもうすでにちょっと酔っていたので、事務的な話は七、八分ですませてしまった。二時間飲んで、そして車で家に帰った。京王プラザホテルのカンヅメから出たあとはそんなふうな行動を続けながらこの「六〇〇枚」の仕事を進めていたのだ。

「今日はどうするんだったたっけなあ」などと考えながら、ぼくは納豆とカブの味噌汁《みそしる》の朝食をすませ、お茶を飲みながらすこしぼんやりとしていた。

そうだそうだ、今日は「ストアーズ社」の菊池仁と会う予定だった。久しぶりに銀座へ行くことになる。一二年間通っていた銀座というところは、その時はどうということはなかったのだが、行かなくなってみると新宿や六本木などという街よりはるかに大人の風格のあるところなんだな、というのが分かった。

銀座に行ったら「ニューメルサ」の七階にあるスパゲティ屋でビールを一本飲み、ボンゴレビヤンコの大盛りを食べよう、と思った。そのあと八丁目の福家書店の二階にある喫茶店で菊池仁と会う、という段取りがいい。

「ストアーズ社」はその福家書店の正面にあったが、かつての職場に顔を出すというのはちょっと面倒だった。

サラリーマンをやめ旅のルポやエッセイや小説を書く生活になって八カ月たっていた。時間の使い方がまったく自由になり、すべてのスケジュールを自分でつくっていく、という生活は、考えてみるとじつにまったく久しぶりである。ちょうどサラリーマンになる前、学校へ行ったりアルバイトをしたりして沢野や木村たちと共同生活をしていた時以来、ということになる。一五年ぶりなのだ。

考えてみるとぼくはその頃《ころ》じつにさまざまなアルバイトをやった。沢野と一緒に日雇いの沖仲仕をやったり、六本木のレストランで深夜の皿洗いなどというのもやった。沖仲仕をやった時は組の親父《おやじ》にずいぶんこき使われたけれど、ひと夏の仕事が終わってやめる時に、

「おまえは将来立派な土方の親分になれる」と力強く励まされたものである。

石炭を運ぶ仕事が多かったので眼《め》と口を除いて顔や手足が黒人のように真っ黒けになった。ギロギロした眼で夏のまだ暑い夕陽《ゆうひ》の中を帰る時、パチンコ屋から三波春夫の「東京五輪音頭」が聞こえていた。

日本が高度成長の大波に乗りはじめた頃で、街中がひっくりかえされ、街中が東海

林さんの納豆のようにコーフンしていた。

そうして奇妙なことに、ぼくのやったアルバイトのいくつかは、なにかかならず街のはやり歌と一緒に記憶されているのだ。それぞれがはやり歌とともにすぎていった。それらの歌を思い出す時けっこういい時代がたくさんあったんだなあ、と思うのである。

高校を卒業すると、ぼくはなにも勉強しなかったなあ、ということに気がついた。恐ろしいことに気がついたのである。勉強しなかったから大学受験の自信はまったくなかった。しかしそのままボンヤリしているわけにもいくまい、ということは分かった。母親や兄貴たちがギロリと遠くから睨《にら》んでいた。

しようがない、予備校へ行ってちゃんと勉強するか、という気持になった。そして水道橋の研数学館というところに夜、通いはじめた。

昼は、近くの工業高校の土木建築科で実習助手という仕事をやることになった。楽な仕事で、三時すぎからはその高校の柔道部のコーチをやった。午前、午後、夜とそれぞれ違うことをやるようになったのでにわかに忙しいかんじになってきた。安かったけれど土木建築科から金も入った。柔道部の生徒たちはおとなしい連中ばかりで、コーチというのもなかなかいい気分のものであった。

沢野も木村も無事大学に入った。それぞれが新しい生活に入っていき、それぞれの生活に夢中の時代であった。

その学校の事務員に長い髪の毛をした色の白い少女がいた。昼はそこで事務の助手を勤め、夜は定時制の高校に通っているという。切れ長の眼がドキドキするほど美しかった。

こんなところにこんな美人がいたのか、とおれは息を飲んだ。ひと目見て逆上してしまったのでもう《ぼく》なんて言っていられないのだ。

年はおれよりひとつ下、高校一年の時からずっとそこで事務の助手をやっていたのだという。

土木建築科の事務室には五人の教師がいた。浦上という頭の上に髪の毛をたくさん盛りあげコテコテとポマードで光らせている二七、八の教師が、

「あの娘《こ》、ぼくの彼女よ、かわいいでしょ」

と、女のような口ぶりで言った。もちろんふざけて言っているのだが、つまらない男だな、というのがそのひと言で分かってしまった。

内藤という若い教師が、

「でもけっこう、ああいう娘はカマトトが多いからね、混血だしね……」

と言った。このあいだまで高校三年生だった男が、あっというまに学校の教師たちのムキダシの会話の中に入っている、というのはちょっとすさまじすぎる刺激だった。

「そうか、セン公などの世界というのはこんなふうになっていたのか」と、おれはす

こし腹の中で唸《うな》りながら静かに急速にそれらのことを理解しつつあった。

その女生徒は羽生理恵子《はにゅうりえこ》といった。頭コテコテの浦上先生に聞いた話ではフィリピン人と日本人の混血だという。それにしては反対に色が白すぎるのが奇妙であった。

「混血というのはいろいろムズカシイんだよね、血とか遺伝とかサ、いろいろ混ざるわけだからね」

と、内藤先生が言った。

時々なにかの用で事務室へ行くのが楽しみになった。羽生理恵子は生徒たちが授業料を払いこんだりする受付窓口のほうを向いていつもすわっていた。彼女の仕事はそれらの受付処理と代表電話の応対だった。

土木建築科の教師たちの言いつけで事務室へ行っても、用というのはなにか書類を届けたり、逆にもらったりする程度で、事務の人とふた言み言話をするだけですんでしまった。もうすこし事務室のテーブルにどっかとすわり四時間も五時間もそこにいなければできないような仕事はないものか、と思ったがそういう用事はまったくなかった。

「昨日ね、駅までハニューさんと一緒だったからね、お茶飲んでいこうかって誘ったら、ここの駅は生徒がいるからダメってね、そう言うんだよね。それじゃあセンセーとこの駅でどう？　って言ったら『それならいいわ』って言うんだね、うはは。どこまで本気だかね」

昼の休み時間に浦上が内藤とおれに向かってそう言った。

「だめだよ浦さん、ユーワクしちゃだめですよ。彼女はまだ高校生なんだから……」

内藤が眼鏡の奥の眼をまじめにしばたたきながら言った。

「うはは」

浦上がさっきと同じように笑った。

その部屋の教師たちはそうやってよく世間話ばかりしていた。

午後三時から道場に入り、二時間ほど練習してから水道橋まで行くと、もうあまり勉強どころではなかった。予備校の連中はどれもみんな小利口におさまりかえった〝東京文化圏〟の顔をしていた。おれはほとんど誰とも話はしなかった。

一方で昼間その高校へ行くのがだんだん楽しくなっていった。しかし相変わらず羽生理恵子とはひと言も話をする機会がなかったのだ。

夏休みの前に久しぶりに沢野の家に行った。彼は六月からワタ屋のアルバイトをやっていた。

「空気が悪いからね、あまり長くはやってられないよ、だけど金はいいんだよね」

と、沢野ひとしはタバコを何本も喫《す》いながらなんだか妙にリキんだような調子で長いことしゃべっていた。

中野の宮園通りにある「クレバワカル」というものすごい名前の飲み屋だった。

「木村君は合宿なんだよ。彼は弁護士をめざしているんだね。あいつはなにか精神のまん中のところがいつもしっかりしているから、すごいよなあ」

沢野はだいぶ酒に強くなっているかんじであった。

「千葉のほうはどうだい」

「ああ、相変わらずだよ。もうあまり殴ったり殴られたりというようなことはないけどね」

その日は沢野の家に泊まることになっていたのでおれたちは二人で遅くまで飲んだ。そのうちに沢野が先に口火を切り、自分の恋人のことを話しはじめた。

「島田典子っていうんだよね、遊びに行くと紅茶を薄めて出すんだな。いつもね。だけどいい娘だよ」

と、沢野はすこしロレツの回らなくなった声で言った。

「おれのはハニューリエコというんだよ、いい名前だろ」

と、おれは言った。沢野はしかしあまりおれの話は聞かず、そのあと酔いつぶれるまで自分の恋人の話ばかりしていた。

「街はいつでも後ろ姿の幸せばかり……」というキザなセリフの「ウナ・セラ・ディ東京」という歌がはやっていて、おれは妙にこれが好きだった。

外語大に入った小学校の時の友達の世話になってその夏おれはすこし集中して勉強をやった。

学校のほうが日中涼しかったので、夏休みのあいだ、日直、宿直の代役をずっと買って出て、おれはほとんどその学校で暑い時期をすごした。勉強はそこでずっとやっていたが途中で柔道部の合宿になり、なんだかじつに解放されたような気分になって合宿に加わった。

じりじりと体の底が暑さの中でイラついていた。

その夏の柔道の昇段試験でおれは弐段を取った。意外だった。二引分一敗で、そのうちのひとつはハリガネのようにやせて背の高いアメリカ人と引き分けたのだ。こんなことじゃまずダメだろうな、とまったくあきらめていたのでこの昇段はめったやたらとうれしかった。

うれしいことはもうひとつあった。道場にいる時に緊急の電話がかかってきたのだ。道場には内線電話がなかったので、羽生理恵子が走って知らせに来てくれた。

夏が終わったばかりだというのに彼女はちっとも陽に焼けてなくて、相変わらず悲しいほどに白い顔をしていた。

羽生理恵子と一緒に足速に歩きながらおれは礼を言った。

「いいんです。いつも部屋の中にいるから、こうして廊下を思い切り走ってくるのって気持がいいんです」

と、彼女はまだ息をはずませながら言った。土曜日の午後で生徒はもうそんなに残っていなかった。

「ハニューさんて、喫茶店みたいですね」

と、おれは言った。

「え？」

「いえ、ハニューさんていう名前、なんだか喫茶店の名前みたいだな、と思って……」

「あっ、そうですか。わたしの名前がですか……」

羽生理恵子はすこし笑った。

あまり急いで行きたくなかったのだけれど、呼びに来るのに彼女は走ってきたわけなのだから、ノソノソ歩いていくわけにはいかなかった。二人して速足で来たのでようやくそのくらいを話したところで事務室に着いてしまった。柔道衣の帯をきっちりしめて、中に入っていった。神田という事務長が眼鏡の奥から笑わない眼でおれをちょっと眺《なが》め、また自分の仕事に戻った。

羽生理恵子の机の上に受話器が置かれ、その横にカルピスの入ったコップが置いてあった。事務室にはそのほか中年の二人の女性がいたが、ここはいつもみんな黙って仕事をしていた。羽生理恵子は自分の机にすわり、何かのノートをとりはじめた。み

職員

んな黙りこんだ中で電話の話をするのはひどく気疲れがした。電話は母親からで、そんなに急ぐ話でもなんでもなかった。

「はい、はい」と、いつになくていねいに返事をしていたので母親はちょっと戸惑っているふうであった。

(おれはじつにじつにこの女の子がめったやたらと好きになってしまったのだなあ)

母親のくどくどした電話にバカていねいな返事をしながら、おれはそんなことをしきりに考えていた。

翌年おれは写真大学に入った。漠然《ばくぜん》とカメラマンになってみたい、と思っていたのだが、入ってみると写真屋の倅《せがれ》がやたらに多いのに失望した。あまり好きでない化学の世界である、ということも急速に夢を衰えさせた。沢野や木村たちにものすごい勢いで遅れをとってしまったのではないか……というあせりのようなものが身の内側にどっと噴出した。なんとなく、おれは写真大学に行っている、ということを彼らにかくすようになった。

「おい、カメラ大学のほうはどうかね」

と、すぐ上の兄貴がおれによく言った。おれは露骨に腹を立て急速にかつての殴り合いの頃の眼になって兄貴を睨《にら》んだりした。

そして、その年の秋、おれは曽根の運転する車に乗って帰る途中、凄絶《せいぜつ》な交通事故を起こしてしまった。曽根はハンドルで下腹をしたたか打ち、おれは頭を打ち顔を切った。そして救急病院で脳内出血のため二カ月絶対安静を言いわたされた。眼とコメカミのあいだを七針、頭を一二針縫った。

「治りますか」

と、おれは冷たい処置室の木の長椅子《ながいす》の上で医師に聞いた。

「君はいまはそんなことよりも『生きる』ということを考えなさい」

と、その医師はマスクの奥で悲しそうに言った。おれは黙りまたウトウトと不満足な眠りの中に入っていった。

入院は実際には五〇日間ですんだ。沢野、木村、イサオといった連中が交代で宿直をやってくれた。絶対安静だから大小便の面倒を彼らに見てもらわなくてはならないのだ。

彼らが勝手に宿直のローテーションを組むのでとうとう母親は一回も病室に泊まることはできなかった。そうして、夜になると、沢野や木村たちが枕《まくら》もとでトランプなどをやっていた。入院しているうちに秋はいつのまにか真冬になってしまっていた。

ベッドの中で寝たまま大便をするというのは大変なことなのだ、ということをこの時に知った。寝たきりだから運動不足となって普段にはなったことのないベンピというものになる。それでも退屈で食べることしか楽しみはないから出されるものは全部食べてしまう。当然ながらダムは溜《た》まっていく。しかしなかなか外に出てこない、というあまりにも圧倒的に未経験の苦しみをまとめて味わうことになったのだ。

その日は木村とイサオが宿直の日だった。

「おい、キムラ、しゃがんで思いっきりクソがしたいよオー」

と、おれは泣き言を言いはじめた。

「ばかやろう、寝たままクソができるなんて、お前はしあわせなんだぞ」

と、木村は言った。

「それに外は寒いぞ」

と、イサオが言った。

「ああ、本当に人間というのはしゃがんでクソができるということがいかにしあわせであるのか分かったよ、しかしそれにしても出ないなあ」

と、おれは不毛の唸りを続けた。

宿直のやることはこの大小便の管理とつねに脳内出血の頭を冷やしておく氷嚢《ひょうのう》と水枕の氷を割ることであった。木村は寒い冬の夜、病室の火鉢《ひばち》におおいかぶさるようにして法律の本を読んでいた。沢野はベッドの横に大きな白い紙を貼《は》り、そこにさまざまなあやしい眼《め》をした人々の絵を描《か》いた。彼の描く絵は高校一年の時に教科書に書いていたものとあまり変わらなかった。そうしてそれはいまこの本に書いているものとも本質的に変わらない、なんとも奇妙なウマヘタ絵であった。

ビートルズの『プリーズ・プリーズ・ミィ』が部屋のトランジスタラジオからその頃《ころ》絶えず流れていた。

病室の窓は六枚構成のガラス戸になっていて、下の四枚は曇りガラスだった。外は一番上のガラスからしか見えなかったが、隣の病棟の屋根が大きくせり出してきているので、結局そこから見える空は細長い三角形の空だけであった。

夜更《よふ》けまで法律の本を読んでいる木村は火鉢の隣で昼頃にぐっと寝入ってしまうことがあった。火鉢の上のやかんが時おりチリチリチリと小さく沸騰《ふっとう》する音がして、遠くを看護婦たちがあわただしく走り回る音がした。

木村のそばのトランジスタラジオで湯川れい子がビートルズの曲を解説していた。熱はもう出なくなっていたが、合計一九針縫った頭と顔のあたりはまだ腫《は》れぼったいかんじがした。運転していて腹を強打した曽根は自分の家の近くの外科病院に移っていき、時々彼からの差入れと自分のほうの経過報告があった。退院するといろいろ面倒なことが待っているだろうな、と思った。夜は寝てしまうから昼間眼をさまし、いろいろなことを考えていることが多くなった。

(退院したら、どうしようかな) 相変わらず小さく低く鳴っているビートルズの曲の中で、おれは三角の空を眺め、いろいろなことを考えつづけた。

「ビートルズ、分かんないとダメですよ」

と、菊池仁が長い髪と髭《ひげ》の奥でよく言っていた。彼はぼくらと同じ年であったけれど信じられないくらいロックやファッションにくわしかった。横浜で生まれ横浜で育った彼は、沢野や木村とは違う独得の〝横浜文化〟をプンプン匂《にお》わせている男だった。そしてまたぼくの気分で分かるものと分からないものをいつも半分ずつぐらい持ち合わせている不思議な男でもあった。

その日、銀座八丁目の福家書店の二階で、ぼくはいやに甘ったるいヨーグルトを食べながら菊池仁がやってくるのを待っていた。妙なところからからまってきた流通関係の仕事があって、彼のサゼッションが必要だったのだ。

甘ったるいヨーグルトをなんとか食べ終わった頃、彼はすこし疲れたような顔でその喫茶室に入ってきた。

「やあ、元気そうですね」

と、菊池仁は言った。

「うん、ドタバタしてるけどね、そっちはちょっと疲れてるみたいだね」

「いや、そうでもないですよ。まあ相変わらず不景気ですからね」

三七歳の菊池仁はしばらく見ないうちにやはりそれだけの年齢の顔になっているの

だな、と思った。

「音楽はまだ聞いてるの？」

「ええ、好きですからね。でも最近は機動戦士ガンダムとか、ドラえもんとかね、そういうものが多くなっちゃって……」

菊池仁は笑った。

「こっちも同じようなもんだよ」

ぼくも笑った。

「いまはどんな仕事ですか、書いているものは？」コーヒーを注文し、彼は聞いた。

「六〇〇枚のね、なにかちょっと奇妙なものを書いているの。むかしの話なんだけどそれがしかしちょっと同時進行ふうのやつでね。だから今日のこのことも書いてしまうんだよ。したがって仁ちゃんもあっちこっち出てくるの……」

「まいったなあ」

「でも、悪くは書かないよ」

「そうしてくださいよ」

喫茶室の中を知らない曲が鳴っていた。女が絶叫し、男のコーラスがその絶叫を追っていき、女がさらに逃げていく、というようなかんじの曲だった。

そういえばずっとずっと以前、この銀座七丁目のナイトクラブで知り合って、ふらふらとその女の人の品川のマンションまで一緒に行ってしまったことがある。あの時はぼくも女の人もひどく飲みすぎて帰ってそのままドスンと眠ってしまった。

翌朝、台所からFMの音楽が流れていて、その時の曲というのがたしかビートルズだったような気がする。この女性は朝からビートルズのレコードをかけていて、よっぽど好きなんだな、と思ったのだ。ところが曲が終わったところでアナウンサーの声が入り、それはレコードではなくてFMなのだというのが分かった。そうしたらおかしなもので急にあられもなく〝家庭的〟なものがむき出しになってしまって、ぼくはどうにもきまりが悪くてしようがなくなってしまったのだ。

その女の人に立てつづけに電話が二本かかってきて、FMはまたビートルズの別の曲をやっていた。女は柱の向こうに受話器を両手で覆《おお》ってかくすようにして、低い声で何度もうなずいていた。その後ろ姿を見ているうちに、ぼくはそのまま静かに音もなくその部屋から帰ってしまいたい、と思った。

会社の忘年会の二次会か三次会でその女の人に会ったのだ。暮れのまっただ中の朝に、低い声で何度も相手の電話にうなずいている女《ひと》の背中は前夜のこの女のマキシコート姿とは違ってなんだかずいぶんと果てしなく心細い風景であった。

7

六本木で夜だった

六本木のイタリアンレストランで皿洗いのアルバイトをやらないか、という話が来た。

夜八時から朝三時までの深夜の仕事だったが皿洗いはいつも足りないからペイのほうは昼間のアルバイトよりかなりよかった。

「うーん、なかなか面白そうではないか、皿洗いというのはアルバイトの原点、アルバイトの究極、アルバイトの頂上、アルバイトの真白き富士の嶺《ね》だ！」

と、例によってまたわけの分からないことをわめきつつ、沢野ひとし、木村晋介、上田凱陸、そしておれの四人がその話にすぐ乗った。

その頃《ころ》、木村晋介はもう司法試験のための授業しか受けない、という体制に入っていた。だから時間はけっこうあった。なんであっても目的や方向が決まると、彼はそこへめちゃくちゃに集中できる男であった。

「よし、目標は司法試験と皿洗いだ！」

と、彼は言った。

「うひゃひゃひゃ」

と、沢野は笑った。

沢野はとくになにかを将来にめざす、というものはなにもなかったが、なんとなくしようがないから大学に行っている、というようなかんじだった。おれも沢野と同じで、とくにガムシャラになにかをめざすということもなく、市ケ谷にある演劇の学校へ一日おきに行き、製薬会社の壁面広告を貼《は》りつけたビルの中で脚本の勉強をやっていた。

交通事故のあと、六カ月のブランクでカメラマンへの甘美な夢をあきらめ、フラフラしているうちにたいした目的もないままその学校に飛びこんだのだ。

六本木のそのレストランは「ピザハウス・ニコラス」といった。客席が三階まである大きな店で、皿洗い場と倉庫が地下にあった。

その店の皿洗いのアルバイトはあちこちから来たたくさんの学生がやっていた。だいたい常時一五名ぐらいのメンバーでローテーションが組まれており、一晩の人員は四、五人という人数になるようだった。おれたちはそれぞれバラバラにだいたい二〜三日に一回ぐらいの勤務体制が組まれた。それぞれが自分の出勤日を申し出たので、その日によって誰と誰が組まれるのか分からなかった。場合によっては四人のうち一人だけの日もあるだろうし、四人がそっくり揃《そろ》う日もあるはずだった。

「家族合わせのゲームみたいだね」

と、上田が言った。彼はそれまで自分の家の近所の金属加工所でアルバイトをやっていたが、深夜に仲間たちと一緒にやる仕事のほうがいいや、と言っておれたちの呼びかけに加わってきたのだ。

最初の日、おれはその上田と一緒だった。

「やあ、一緒でよかったなあ」

と、上田はダブダブのズボンに両手を突っこみ、「ニコラス」の従業員入口の前でおれを見つけ、うれしそうに言った。

「うん、はじめは勝手が分からないからなあ」

おれもはじめから仲間が一緒でうれしかった。従業員入口から地下に降りていく鉄製の重いドアをあけると、コンクリート製の急な階段があって高い天井に赤い電気がひとつ灯《つ》いていた。その店の地下は普通よりもかなり深そうだった。

階段を降り切ったところにもう一枚、木のドアがあった。それはノブがなくて、体ごと押していくとそのまま開いて、通りすぎればまたひとりでにもとに戻るという仕組のドアだった。

上田の先に立って、そのドアをあけた時、おれは思わずたじろいでしまった。なにかものすごく強烈で邪悪なかんじさえするモーレツな臭《にお》いが、地下からのちょっとした上昇気流のようなものに乗って、「どおーん」と吹きあげてきたからである。

それはケチャップと焼いたチーズ、そして腐った玉葱《たまねぎ》のような臭いが複雑にからみ合っているようなかんじであった。なるほどさすがイタリアンレストランなのだな、とおれはすこし感心してうなずいた。

地下室は広くて明るかった。あらかじめ指示されていたとおり、タイムカードを押し、ロッカールームに入った。

大きな戸棚《とだな》の中にきちんとプレスされた白いコック服のようなものが並んでいた。適当にサイズの見当をつけて、シャツの上にそれを着る。ズボンはそっくりはきかえた。白い帽子をかぶり前かけを締めると、たちまちおれたちは立派なコックの姿になった。

「面白いね」

と、上田が言った。小柄《こがら》な上田はそこでもズボンがすこしダブダブになっていた。

しかし問題は長靴《ながぐつ》だった。皿洗いはとにかく水びたしの仕事だから長靴をはかなくては仕事にならないのだが、そこに並んでいた長靴はどれもこれも中がびしょびしょだったのだ。

アルバイトの皿洗いは夜の八時からだが、店は夕方の四時頃から開いており、それまでのあいだは下っ端《したっぱ》のコックが皿を洗っているのである。そうしてその段階でもう長靴の中はびしょびしょになってしまっていたのである。

上着とズボン、そして帽子までパリリと糊《のり》のきいた白い服に着がえたのに、そこではく長靴の中がびしょびしょというのはいかにも残念な気がした。そしてまた、汗と洗いものの汚水がその中で蒸れてしまうのか、びしょ濡《ぬ》れの長靴の中はなんともいやな臭いがした。

「だめだ、みんなおんなじようなものだよ」

「ひどいなあ、サカサにすると水がこぼれてくるのがあるぜ」

おれたちはそこに並んでいた長靴をひととおり調べたが、結局はその中から水気の少なそうなものを見つけてはくしかないのだ、ということが分かった。

地下室は長さ二〇メートル、幅一〇メートルぐらいの広さで、中央に大きな金属製のテーブルが並んでおり、そこに三〇歳ぐらいの女の人がすわって熱心に編み物をしていた。片一方の壁面は大きな冷蔵庫の扉《とびら》になっており、その横には柄《え》の長いフライパンがいくつもぶらさがっていた。

おれたちが入っていっても編み物をしている女の人は顔をあげようともしなかった。相変わらずケチャップをメインとする強烈な臭いは鼻をついていたが、もうさっきほど息をつめて驚く、というほどではなくなっていた。

時々なにかカン高くコスれるような音が聞こえるのは、その編み物をしている女の人が聞いているトランジスタラジオの音であるらしかった。

おれたちの仕事場はその地下室の一番奥まったところにあった。

大きなステンレス製の水槽《すいそう》が三つあり、それぞれ湯と水の出てくる太い蛇口《じゃぐち》がその上についている。

すでに二人の学生が仕事をしていた。おれたちが入っていくとコック服のムネのところから青いチェックのシャツをじつに唐突なあざやかさでのぞかせている長髪の男がつまらなそうな顔をしておれたちを見た。

もう一人は上田ぐらいの小柄な男で、顎《あご》がしゃくれてその上に不精髭《ぶしょうひげ》がはえていた。

「はじめてなんでよろしくたのみます」

と、上田が低い声で言った。

青シャツがつまらなそうな顔のまま黙ってすこしうなずき、不精髭は眼《め》を気ぜわしくパチパチとしばたたき「どうも」と言った。

三つの水槽のうちのひとつにはアブクだらけの湯が入っており、残りのふたつは透明なぬるま湯だった。

青シャツと不精髭は白くて大きな皿を大量にアブクだらけの水槽に突っこみ、スポンジのタワシで熱心に汚れを落としていた。

仕掛けは大きいけれど洗う手順は要するに普通のものと同じであった。

「なにやりますか」

と、おれは二人に聞いた。不精髭がアブクだらけの手を休め、アブクのついていない腕のところでごしごしと自分の鼻のあたりをこすってみせた。そうしてスポンジの

タワシで水槽の隅《すみ》のほうを指さし、

「持ってきてくれよ」

と言った。

おれと上田はまだすこし両足に不快感がまとわりつくびちゃびちゃの長靴を引きずりながら不精髭の指さすほうに行った。「持ってきてくれ」と言われてもなにを持っていくのか分からなかったのだ。

ちょっと困っていると、

「あけるのあけるの」

と、不精髭がもう一度アブクだらけのタワシを振りかざしながら、おれたちの眼の前の壁を指さした。

「あっ、そうか」

上田が気がつき、彼は眼の前にあった青い色のひきだしのようなものを開いた。それはびっくりするほど軽いかんじで上にスルスルと開き、その向こうにびっしり並んだ皿が見えた。

調理場のほうから降ろされてきたフォークリフトだったのである。

「なんだなんだ、そういうことか」

と、上田がひとり言のようにして言った。

フォークリフトはけっこう大きくて、その中には汚れた皿やサラダボールがびっしり詰まっていた。皿はピザパイを乗せていた皿ばかりでピザをほとんど残したままの皿もあった。フォークリフトの横に青いポリバケツがあり、そこに皿の上のものを捨てて、水槽のほうに運んでいくのだな、ということは言われなくてもすぐ分かった。

不精髭と青シャツは友達というわけでもないらしく、両方ともいつまでたってもあまり話はしなかった。おれたちも黙りこみ、皿を運んだりそれを洗ったりした。

フォークとナイフを洗剤の中に入れたら、青シャツが、

「あっ」

と言った。

「あのね、それじゃダメなの」

青シャツは相変わらずつまらなそうな顔をして言った。

おれはなにもできなくなり水槽の前で立ちつくした。

青シャツはあまりおれの顔を見なかった。面倒くさそうに、おれの横に来ると、洗剤のアブクの中をひっかき回し、おれが入れたばかりのフォークやナイフを取り出しはじめた。

フォークやナイフは二〇本ぐらいだった。やつはそいつをひとまとめにして、自分の水槽のところに戻り、流しの下からステンレス製の大きなナベを引っぱり出した。

そうしてひとまとめにしたナイフとフォークをそこに突っこんだ。それからまた自分の仕事に戻った。

なんだかよく分からなかったが、あまりかんじのいいやり方ではなかった。おれはすこし青シャツを横から睨《にら》みつけた。しかし青シャツはそのあと、おれたちのほうをチラリとも見ずに自分の仕事に没頭しているかんじだったので、まもなくおれはおれの仕事に戻った。

すこしすると、地下室にコックの服を着た年寄りの外国人がやってきた。

「ごくろうさまね」とその外人はおれたちに顔を向け日本語で言った。それから部屋の中央のステンレス製のテーブルのところに行って、さっきからずっと編み物に熱中している女の前にすわった。

「夫婦だよ」

と、不精髭が汚れた皿をたくさんかかえてやってきておれの耳もとで言った。

皿洗いというのはやはり思っていたとおり汚れた皿を洗剤で洗い、次にきれいな湯ですすぎ、大きなアミの箱に立てて乾かす、ということのくりかえしで、仕事そのものはあまり面白くはなかった。

いつも午後九時頃から一一時頃までがピークで、この時間はひっきりなしに汚れた

皿が降りてきた。本当にまあよくこんなに食べるものだなあ、と思うほどたくさんの皿が行き来した。

そして一時をすぎるとがくんと暇になった。一時がアルバイトたちの夜食の時間で、毎日アルミの弁当箱に入ったドカベンのような弁当が出てきた。

そいつを食べると、もうひとつちょっとしたピークがやってきて、午前二時すぎからあとは仕事はぐっと楽になった。

ステンレステーブルの上でいつも編み物をしている女と年寄りの外国の人は菓子職人の夫婦で、旦那《だんな》のほうはパウロさんといった。チーズケーキづくりの名手という話であった。

一週間に一度ぐらいの割合でこの地下室で沢野や木村と一緒になった。そういう時はけっこうにぎやかに話ができた。おれはそれまで一度も会わなかったが、油井という国立大学の男がいて、そいつはなんだかいつもイラついているのだという。

「そいつと会ったらおまえ喧嘩《けんか》するなよ」

と、沢野は言った。

「ああ、おれはもう大丈夫だよ。ところでコウマスってやつ知ってるか。おれとよく一緒になるけれどほとんどしゃべらないやつでおかしな眼つきをしているんだよ」

「知ってるよ、あいつはなかなか面白い男だね、ロックにくわしくてさ……」

と、沢野は言った。彼はその頃、大学でウエスタン・バンドのクラブに入っており、スチールギターなどを弾いていた。

「ふーん、おれは音楽あまり関心ないからな」

「コウマスはいいやつだよ。ちょっと眼がにごっているけどね」

沢野はそう言って笑った。

フォークやナイフはステンレスのナベに入れ、大量の洗剤と熱湯をそこにぶちこんで、中をぐるぐるかき回す、という洗い方をするのだ、ということがやがて分かった。

夜明けの三時半になって仕事は終わってもバスや地下鉄は動いていなかったから、おれたちはその日のアルバイトの連中と揃《そろ》って浜松町の駅まで歩いて帰った。

一〇月から始めたこの皿洗いのアルバイトもいつのまにか一二月になって、冬の夜明けの通りはものすごく寒かった。

飯倉の角から東京タワーの下を通り、長い坂道を下りながらおれたちはわりあいいつも黙りこんで歩いた。何回かパトカーの職務質問に会い、何回かそのままパトカーで浜松町の駅まで乗せていってもらった。

そしてクリスマスの日、おれは木村と上田と一緒になった。そして沢野が注意しろよな、と言っていた油井という男ともその日はじめて一緒になった。

油井はボサボサの頭をして、すこし上眼づかいにヒトを見た。

「来年は新しい長靴を買ってもらいましょうね」

と、油井は火皿にそっくり残されてきたピザをつまみながら、誰にともなく言った。

その頃《ころ》、おれたちは腹がすいていると、上から降りてくる残りもののピザを時々つまみ食いしていた。もうすっかり冷えきっていたし、いささか悲しい〝残飯食い〟なのだ、という抵抗はあったが、深夜の皿洗い男が見栄《みえ》を張ってもしようがなかった。ハラが減ったらキチンと食べてしまう！　という、そういう毅然《きぜん》とした態度、姿勢というものがいまおれたちには大切なんだ、などと木村がおかしな演説をやったりした。

その日、倉庫に降りてきたコックが、

「上にさ、三島由紀夫が来てるぜ、案外チビなのね」

と、笑いながら言った。

「なるほどクリスマスだからな。しかしそれは、つまらない話だけどな……」

と、油井が言った。

「ちょっと行って見てみようか」

と、上田が言った。

「見てどうする。見てどうするんだよ」

油井が上田を挑発《ちょうはつ》するようなかんじで言った。

「どうってことないけどさ、まあちょっと三階まで散歩してくる、という口実でさ……」

とりあわず上田は笑って言った。

その時、フォークリフトのブザーが鳴り、汚れた皿がまた大量に降りた、ということを知らせた。土曜日にクリスマスが重なったということもあってまったくその日はひっきりなしに皿が降りてくる日であった。

浜松町の始発電車に乗っておれの家までちょうど一時間かかった。家に帰ってもまだ夜は明けていなかった。家の裏に回って直接自分の部屋にもぐりこんだ。建てつけが悪くて雨戸の閉まらないその部屋でしばらくコートにくるまってガタガタしていると、やがてうっすらと空が白くなり、ガラス戸だけのその部屋は家の中で一番早く夜明けをむかえるのだった。

深夜の皿洗いから帰ってきた朝はどういうわけかまるで眠くならなかった。立てつづけにタバコを二、三本喫《す》い、台所に行って粉末コーヒーをつくって飲んだ。

その年の夏、曽根と二人でこの部屋でウドン粉のようなぬるいコーヒーを飲んでいる時、地元のチンピラたちの大集団に襲われたことがあった。

「誰か友達が来ているみたいよ」

と、母親が知らせに来たのである。親しい友達だったらみんな家の裏手を回って直接おれの部屋に顔を出すはずだったから、ヘンだな、とその時ちょっと思ったのだ。

ゲタをつっかけて門の外に出た。家の前は三メートルほどの細い路地で、家の前に大きな椎《しい》の木が繁《しげ》っていた。その椎の木の暗がりの中に白っぽいシャツを着た背の高い男が一人立っていた。外燈《がいとう》のあかりがうまく届かずその男の顔はよく見えなかった。

闇《やみ》の中で男はふわりと動いた。おれが出てきたのですこしあとずさったのである。夜になってもじっとりとムシ暑い夏のさ中であった。

椎の木の暗がりの下にあとずさった男はなぜかすこし興奮しているようだった。

「ちょっと来てくれよ」

と、そいつは闇の中で言った。

その時そいつの押し殺したような声で気がついた。検見川《けみがわ》という隣町に住んでいる綱島という男だった。ずっと以前、駅の裏で曽根と一緒にそいつを叩《たた》きのめしたことがあったのだ。理由はどうということもなかったのだが、そいつは時々ナイフを持っている、と聞いていたので二人がかりで襲った。殴ってみるとたいしたことはなかった。なにもできないうちにそいつは駅の裏の便所の隅《すみ》にへたりこみ、

「やめろ、やめてくれ」と言った。曽根は綱島の顔にツバを吐き、おれはそいつの持っていた紙包みを便所の裏の水たまりの中に放《ほう》り投げた。そいつはおれたちの町によ

くやってきて、おれたちを見るとはっきり意図的な眼でこれまで何度か睨みつけていたのだ。

椎の木の闇の中でふわりと動いた男はあきらかにその綱島だった。

相手が分かると同時におれは身がまえた。綱島も身がまえながら二、三メートルほど素早く後ろにさがった。

その時だった。

路地のずっと先、夏の闇の中におびただしい数の人影が見えたのだ。そのうちの何人かがスリッパかセッタのようなものを引きずっておれと綱島のほうに駆けてくるのが見えた。

今度はおれが逃げる番だった。門の中に飛びこみ、そのまま突っ走って裏の自分の部屋に行った。週刊誌をぼんやり眺《なが》めていた曽根は、おれの緊迫した顔を見てすこし笑った。

「ツナの野郎だ。仲間を大勢連れてきた！」

「なんでかな、誰かつけてきたのかな」

曽根は腹の立つほど落ち着いていた。もっとも彼は外にいるあの大人数を見ていないのだ。

彼は、どうしてここに二人が一緒にいるということが分かったのだろう、ということに目下の関心があるようだった。

「誰か大勢家の前に来ているみたいだよ」

母親がまたおれの部屋にやってきて人のいい声で言った。

綱島たちは門から中には入ってこないようだった。

バサババサッと庭の横に人の走ってくる音がして、おれは首を伸ばしそちらのほうを見た。何人かがおれの家の横に広がっている野菜畑を通って家の裏側にやってきているのが分かった。

「だめだ、逃げよう!」

おれは曽根に言った。

「何人いる?」

「分からない、ものすごくたくさんだ」

曽根はゾウリをはき、おれと一緒に外に出た。

そのまま庭の裏の竹の垣根《かきね》を乗りこえ、おれたちも畑に飛び降りた。中腰で素早く闇の中を駆けた。綱島の仲間のうちの何人かがおれたちの逃げるのを見つけ、なにか鋭く押し殺した声で仲間に知らせているのが分かった。畑を抜けると三棟続きのアパートの敷地になり、畑との境界にボロボロに隙間《すきま》のあいた生け垣があった。すさまじい勢いでその生け垣に向かって突っ走っていったら、そこから二、三人の男が飛び出てきた。おれと曽根はとっさに左右に分かれ、そのままなおも突っ走った。生け垣から出てきた男もびっくりしているようだった。おそらく綱島たちに裏側に回れと言われてやってきた下《した》っ端《ぱ》たちだったのだろうが、まさかこんなに早くおれたちと出っくわすとは思っていなかったのだろう。垣根から飛び出てきた男のうち二人がとっさに身をよけているのが眼《め》に入った。しかしおれの前にいた男はしゃがみざま、おれになにかを思い切りぶつけてきた。畑の土のようだった。顔には当たらなかったが、ランニングシャツの肩から腹のあたりにびしりとそれはぶつかり、おれは威嚇《いかく》的に唸《うな》り声をあげた。

生け垣に頭から突っこみ向こう側に抜けると、もう誰も人影は見えなかった。アパートの下を走りながら瞬間的に女の部屋が眼に飛びこんできた。すだれごしに、若い女がシュミーズ一枚になって髪をすいていた。

おれのすこし後ろを曽根が走ってきた。

アパートの正面に出て、そのままアスファルトの通りを走った。すこし行くと中学校のグラウンドだったが、そこはかえってあぶないということをおれたちは体験的に知っていた。すこしスピードをゆるめ、そのまま大通りを走った。後ろを振り向いても誰もいなかった。

「とにかく山のほうまで行っとこう」

走りながら荒い息の中で曽根が言った。

自分の家から逃げていくようではもうダメだな。

と、その時おれはふいにそう思った。山というのは二キロほど離れたところにある神社で、そこまで行けばかくれるところはたくさんあった。

おれと曽根は神社の見はらしのいい石段の上でそのまま二時間ほどぼんやりすわって蚊《か》にくわれていた。

「みんな検見川のやつらだったのかな」

と、曽根は言った。

一年前に地元で一番恐れられている田原屋を殴って裸足《はだし》でおれの家に逃げてきた曽根は、その後、田原屋たちからなんの制裁も受けていないのを時おり真剣に心配していたから、その日の連中の狙《ねら》いが一番気になるようだった。

長《ちょう》の野郎がいたのかもしれないな、とおれはおれで自分のことを心配した。やつはどっちにしろ大勢の中でなにかする、という薄汚ない男だったのだ。

ぼそぼそとヤブ蚊の中で二時間ほど時間をつぶし、一二時すぎにイサオの部屋に行った。イサオはもう部屋の入口に鍵《かぎ》をかけて眠っていたので、外側から窓をはずして中に入った。

おれたち大きな男が二人、窓から入っていってもイサオは眼をさまさなかった。

曽根は六〇ワットの電燈をパチリとつけて部屋の隅にあるやかんの水をごくごくと飲んだ。

「ひゃあ、甘い麦茶だぜ。ヘンなものを飲むんだなあ、こいつ」

と、彼は頓狂《とんきょう》な声をあげた。

六〇ワットの裸電球の下で、イサオはうるさそうに寝返りを打った。

波乱の夜はどうにかそのまま静かに収まりそうであった。

綱島たちの一群は、それから再度おれの家を集団で襲ってくるということはなかった。あとで知ったことだけれど、その日やってきたのは五〇人以上の大集団で、おれの家に来る前に曽根の家にやってきたのだという。曽根の家は魚屋だったから、包丁などもたくさんあるし下手にそこで乱闘になり、大勢にやられてやつが逆上してそんなものを振り回していたらエライことになったかもしれないな、などとあとで笑い話のようにして話したのだった。

「ニコラス」は年末からまたぐっと忙しくなった。その店へ行く時は地下鉄の六本木で降りて、めったやたらと派手で騒々しい街の中を歩いていくのだったが、不思議なことにそこへアルバイトに行っている半年間というもの、おれたちは一度もその近所で酒を飲んだことはなかった。表通りにはおれたちが入っていけそうな店はあまりなかったし、そういう店に入れたとしても、しゃれたファッション娘やいまで言うシティボーイふうが陽気に騒いでいると、ついついイヌの眼になって彼らをじっとりとネバつく視線で眺めてしまう、という非常にハタ迷惑な性癖も自覚していたのでおれたちは六本木の駅を降りると一目散に〝職場〟に向かった。

その街があまり好きではなかったのは、もうひとつイカレタ三流外人がやたらに多い、ということも大きな理由であった。やつらはいつも三、四人でブラブラと喧噪《けんそう》の中を歩いていた。

そうしておれは知っているのだけれど、やつらはいつも基本的にウスラ笑いを浮かべて日本の街を歩いていた。なかでもとりわけ腹立たしい風景は、そういう三流外人とうれしそうに腕を組んではしゃいで歩いていく日本のファッション娘たちであった。むかし、おれたちより一〇歳以上年上の人たちは戦後のどさくさの中で、もっと民族的にやるせない、進駐軍と日本娘のしなだれ乱れた風景を見ていたのだろうな、と、その時おれはまじめにおれたちの兄貴らのその頃のむなしい気分を感じつつあった。

「まったくなあ、アメリカ野郎はめざわりだよなあ」

と、上田がすこしウイスキーの匂《にお》いをさせながらおれたちに言った。

一二月三〇日だった。その日は上田と沢野、それに油井と甲増《こうます》、おれというメンバーだった。甲増というのは「ニコラス」に最初に行った日、コック服の下から青いシヤツをのぞかせ、なんだかブキミに黙りこんでいた大柄《おおがら》な男の名前である。彼は理工科の学生で話してみるとおとなしくじつにまじめな男であった。

「アメリカ人とはかぎらないよ。いまはいろんな国のやつが入りこんでいるからな」

洗剤を大量に振りまきながら油井が言った。

「イタリア人とかサ」

沢野が言った。イタリアンレストランの中にいるからお笑いめかしてそう言ったようだったが、誰も笑わなかった。

「お前このあいだ、三島由紀夫を見にいったんだってな」

油井が上田に向かって言った。やつはなにかというと人に突っかかったようなモノの言い方をする男だった。

「うん、ちょっとね、三階から見た。女といたよ。それだけだったけどね」

「有名人を見るとなにか面白いことあるのかね」

油井が言った。それから勢いよく湯の栓《せん》をひねった。洗剤はたちまち白いアブクになってふくらんだ。

「面白くはないけどね、別に……」

「そうだろう。だったらやめろよ、みっともないからさあ」

上田は黙っていた。

「やめろよ」

甲増が油井に言った。

「あのサ、コックのやつに笑われてるんだよ、そういうことするとな」

キッと湯の栓を思い切り締めて、油井がヘンにキッパリと言った。

「やめろよ」

甲増が油井にもう一度言った。

「お前と関係ないだろ」

上田がすこし低い声になって言った。

「やめろよ上田……」

沢野がびしょびしょの手を振りながら、すこしおどけたようなしぐさをして言った。

アブクだらけの湯槽《ゆそう》に油井は水を入れはじめた。どどどっと水のほうが湯よりも勢いよく落ちた。甲増がフォークとスプーンをリフトの中から引っぱり出してきてナベの中に入れた。彼はそいつを両手に持って力まかせに振り回して洗うのが好きなようであった。

菓子職人のパウロ夫婦はその日もまた忙しそうだった。クリスマスのすこし前からもう奥さんは編み物をやらずに、ケーキの粉を練ったり、ミルクをかき回したりしてんてこまいのようであった。

コックにたのまれて、時々おれたちは地下室の大きな冷蔵庫の中に入った。奥のほうに白い木でつくった大きな箱があって、そこにはよくチーズケーキがたくさん入っていた。

午後一二時がすぎると、おれたちはそれぞれの弁当をテーブルの上に置いた。パウロさんの奥さんから特別に許可をもらって、その頃《ころ》おれたちは冷たい弁当をチャーハンにして食べていた。

玉葱《たまねぎ》をもらってきてそれをみじん切りにし、油でじゃっと炊《いた》めてドカベンタイプのめしを入れ、醬油《しょうゆ》で味つけをするだけ、という簡単なものだったが、冷えた弁当よりは抜群にうまかった。

上田はポケット瓶《びん》のウイスキーを持ってきて、時々そいつを素早くあおっていた。忙しくなると洗い場に立ちっきりになるので、どうしても長靴《ながぐつ》の中は水びたしになる。そこで、これじゃあ水虫が悪化するばかりだから、と言って上田はゴムゾウリを持ってきてそれをはくようになっていた。ダブダブのズボンをたくしあげ、ゴムゾウリでたくさんの皿をかかえてくる彼の姿はちょっとなかなかにブンガク的な風景であった。

一月の末に、おれははじめて羽生理恵子と個人的に江戸川の近くの喫茶店で会った。彼女は高校の夜学を卒業してもまだその工業高校の事務員を続けていた。たいした用件でもないのに苦労していろいろな理由をつけ、二、三度彼女に電話を入れ、ようやく会ってもらう約束をとりつけたのだ。

一年以上会っていないあいだに羽生理恵子はなんだかじつにしみじみと大人っぽくなっていた。ほっそりしていた体にすこし肉がつき、黒いセーターを通してびっくりするほど胸が盛りあがっていた。長い髪の毛は相変わらずで、黒いセーターと長い髪の毛の中の白い顔がおれにはどぎまぎするほどまぶしかった。

「元気でしたか」

と、おれはありきたりなことを言った。喫茶店の中は混《こ》んでいて、ガスストーブの暖房がききすぎていた。

「元気でしたよ」

と、ハニューは言った。すこしおどけたかんじであった。おれはそこでなんだか気が楽になり、タバコを立てつづけに喫《す》った。

「浦上先生とか、内藤先生とか、そういう人は元気ですか」

「浦上先生は結婚して、内藤先生はですね、えーと、あの先生は、そうそう土浦のほうに移りました。土浦のやっぱり工業高校です」

「ああ、そうですか、いろいろ変わったんですね」

「新聞で見ましたよ、椎名さんのこと」

と、ハニューは言った。

「え？」

と、おれは驚いた。

「事故に遭ったでしょう。一年ぐらい前に……」

「そう、そうだったんです」

「毎日新聞に出てました。全治三カ月の重傷だって……。びっくりして、お見舞に行こうと思って、でもちょっと唐突だし……、事務室でも話題だったんですよ。それで浦上先生がどこからか聞いてきて、命には別状ないって聞いて……」

「そう、そうだったんです」

「でも、よかったですね」

「ええ……」

ハニューの額に汗がすこしにじんでいた。ガスストーブがちょうど彼女の斜め向かいにあって、白い顔がほんのすこし赤らんで見えた。

彼女が二〇分ほど遅れて来て、そのあとぽつぽつと隙間《すきま》の多い話をしているうちにたちまち一時間ほどもすぎてしまった。店の中は必要以上に乾燥していて喉《のど》がやたらに渇《かわ》き、おれは水ばかり飲んでいた。

その店を出るともう夕方になっていた。「ニコラス」に行く時間まで一時間ぐらいしか残っていなかった。

近くに江戸川の河原があって、そこはよく恋人たちが歩く道であるというのは知っていた。けれど一月のこんな寒い夕方に歩いていくのはあきらかにおかしかった。しかしほかにどこか歩けるようなところも知らなかった。つまらない街で会ってしまったなあ、とつくづく思ったけれど、彼女に会える、ということが分かり、とっさに口に出た街がそこだったのだ。おそらくその時はすこしばかり逆上気味だったのだろう。前々から女の人と歩く時はなにか大きな川のフチの長い長い道しかない！　と心の中で決めていたので、ついついうれしさのあまり季節もなにも忘れてその街の名を言ってしまったのかもしれない。

しかたがないので、おれはその娘と街の中をすこしぐるぐると歩き回った。こういうことならば喫茶店などで待ち合わせず、駅前のちょっとしゃれたレストランかなにかで会えばビールでも飲みながらもっと全体にサマになる会い方ができただろうに、と悔やまれた。しかし、まだなんの関係でもないのに、最初からレストランでビールを飲みましょう、などと言うのは彼女の前でちょっとおれにはできなかった。

その日おれは上機嫌《じょうきげん》で皿を洗った。気分のいいことは重なるもので、その日のメンバーは木村と沢野とそれに新人の大学一年生であった。

しばらく見ないうちに木村は髭《ひげ》だらけになっていた。それに左の腕に包帯を巻いている。

「どうした？　その状態は」

髪の毛ボサボサ、髭ボウボウの木村は、

「噛《か》まれた噛まれたサノヨイヨイ」

と、ばかな言い方をした。

「すくなくとも女にじゃあないよなサノヨイヨイ」

と、沢野が言った。

「そう。ネコにね、ちょっと噛まれてしまったんだよな、うちのネコにね、カムネコっていうの」

「ばかだね」

「そう、ばかだよなあ。噛まれたところがヘンに化膿《かのう》しちゃってなかなか治らないんだ。よくないネコですよ、うちのネコはね。それにこの長靴はガバガバの水だらけだからね。やっぱり皿洗いもつらいよなあ」

一年のうちで一番寒い時期であったからなのか、その頃は深夜の客はあまりたくさんはいなかった。一二時がすぎると汚れた皿はほとんど降りてこなくなった。

おれたちはイタリアワインの入っていた木箱や大ナベの上に腰を下ろして、地下室の隅《すみ》でけっこういろいろとむずかしい話をした。ほとんどは沢野が質問して木村が自分流に考え、それに答える、という恰好《かっこう》だった。

新米の文学部の学生はそれを聞いているようなふりをしてうつらうつらしていた。

暇な日というのはやはりやたらと夜が長かった。

一時になると木村がパウロさんの奥さんから干し肉と卵をもらってきて大量の玉葱を入れた豪勢なチャーハンをつくった。パウロさんの奥さんは再び熱心に編み物を始めていた。しかしその奥さんのつくっているものはいつ見てもなにをつくっているのかなんだかさっぱり分からなかった。

「知ってるか?」

と、沢野が言った。

「去年のおおみそかにさ、油井のやつが金を払って皿を割ったの……」

「へーえ、聞いてないなあ」

「おかしなやつだよな。儀式だとか言って駐車場のところへ行って七、八枚のピザパイを乗せる皿を割ってたんだよ。そのあと店の人がなにか言ってたけどな……」

「つまらない話だよ」

と、木村がすこし眠そうな顔をして言った。

「それはずいぶんつまらない話だよ」

「やつは妙に上田につっかかるんだ。上田がちょっと怒ってたなあ」

おれが言った。

「いろんなやつがいるからな」

沢野が、もういいやどうだって、というような顔で言った。

客が少なくてなんだか申しわけないようなかんじだったが、いつものように三時には片づけはじめ、三時半きっかりにタイムレコーダーを押して外に出た。

一月の終わりの明け方の道はからからに乾いて冷え切っていた。

ボサボサ髪の木村は兄貴からもらったという毛足の長い大きなオーバーを着て、首のまわりをラクダ色のマフラーでぐるぐる巻きにしていた。

おしゃれな沢野はアイビーふうのジャンパーにおかしな登山帽のようなものをまぶかにかぶっていた。こんな明け方近くでも秋の頃は酒に酔ってもつれあった男と女がふらふらと歩いてくるのに出会ったりしたが、さすがにもうこのすさまじい寒さの中を歩いているやつは誰もいなかった。東京タワーから降りていくなだらかな坂のところで、木村はおかしな歌を歌いはじめた。ナニワ節のような民謡のようなあるいはお経のような、なにかわけの分からない歌だった。

「さみいさみい」

と、沢野が言った。

新米の文学部の一年の男は木村の顔を見たり沢野の顔を見たり相変わらずちょっと落ち着かないかんじで背中をまるめて歩いていた。

「さみいさみいさみいよオー」

と、沢野が木村のおかしな歌に合わせて自分の歌を歌い、ついでに長い手足を盆踊りのように大きくゆらゆらと闇《やみ》の中に振るわせてみせた。

8

女たちの夏

春になり、皿洗いの仕事は終わった。

冬のあいだ途切れがちだった一日おきの勉強にぼくはまた行きはじめた。

交通事故の時、ぼくの手術をしてくれた医者が、将来ひょっとすると季節の変わり目などに頭が痛くなったりするかもしれない、と気になることを言った。しかし、頭が痛くなりそのあとすこしヘンになるかもしれない、とまでは言わなかったのでまあ痛みぐらいならば……と安心していたのだ。

しかしそういうことがなくても、ぼくは毎年この「春」という季節があまり好きではなかった。

たとえば家の庭に大きな桃の木が何本かあって、春になるとそこにケムリのようなかたまりがいくつもできる。そしてこいつは放《ほう》っておくと、やがてそのケムリのようなかたまりの一部がふいに黒ずんできて、そこを見ると、何百匹というケムシどもが、

うじゃうじゃうじゃ

うじゃうじゃうじゃ

うじゃうじゃうじゃ

うじゃうじゃうじゃ

と、うごめいているのが見えるのである。ついでながらこのうごめくというコトバ

を調べてみたら「蠢《うごめ》く」と出ていた。なるほどなのだ。むかしの人はエライと思うのである。

蠢く蠢く蠢く
蠢く蠢く蠢く
蠢く蠢く蠢く

と書くとあのかんじというのはもうすこし文学的にあらわになってくる。

しかしいずれにしてもこいつを見ると、ぼくはすこし頭が痛くなってしまうのである。どうしてかというと、母親が圧倒的に眼《め》を三角にして、あの虫の巣を焼き払いなさい！　と言ってくるからである。

そこでいつも思うのだが、もうすこし早く、ケムリのようなかたまりがまだ小さなうちにどうして焼いてしまわなかったのか、ということである。

その「毛虫焼き払いの儀」は毎年ぼくがやらされているので、じつは早くからこのケムリのようなかたまりがまた今年もキチンと発生してきたな、ということは分かっていたのである。

しかしそういう小さなケムリのうちにはなかなかやれないものである。来週でもまだ大丈夫だな、もう二、三日のうちにやればいいな、と思っているうちにいつのまにかこの、

うじゃうじゃ
うじゃうじゃ
になってしまうのである。

そこで、母親の眼が三角になった日の午前中などに、長い竹竿《たけざお》を用意し、その先にボロキレを巻きつけて石油をしみこませる。そうしてその火でケムリのかたまりを焼いていくのである。そうすると、うじゃうじゃたちはたちまち何百匹ものボロボロ虫となってボロボロボロボロと下に落ちてくる。

そうしてここのところからぼくはいつも体中が果てしなくムズガユくなってしまうのである。

あれは焼かれるほうもいやだろうけれど、焼くほうだってとってもいやな仕事であった。

春はまた恋人たちの季節である。誰がそういうことを決めたのか知らないけれど、しかし世間ではそういうことになっている。これもまた気にいらないところである。

春ですね、ホント春だね、とか言って春の宵闇《よいやみ》の中を必要以上にくっつきながら歩いている二人連れというものを見ると、この桃の木のうじゃうじゃを火で焼いて何百匹ものうじゃうじゃがボロボロにこぼれ落ちるところを歩かせてみたいと思う。

そうして「わあ」とか「きゃあ」とかいってもっとボロボロの雨の中で激しくくっ

つきあってろテメエラ！　というような、どうにもむなしく果てしなく必要以上にギトついた心になってしまうのも春だからなのである。

さて、どうしてこういうことを書きはじめたかというと、この章は、今度は自分のほうのいささか悲しい、男と女の愛の物語を書こうと思うからである。だからこの章でいつのまにかさりげなく自分のことをまた再び《ぼく》などと言っているのである。

男と女の話を書いていくのはむずかしい。

自分のことを《おれ》なんていって愛の物語を書いていくと、

霧が流れてむせぶような波止場《はとば》であった……

などという書き出しで話を始めていかねばカッコウがつかないだろうと思うからである。

しかしぼくの話のほうはとりあえず霧は流れないのである。霧はおろか雲も流れないのである。そよ風も焚火《たきび》のケムリも流れないのである。なぜなら、その「愛の物語」の舞台は大きな倉庫の中であったからだ。そうして話はその倉庫から一歩も出ずに終わってしまうからである。

四月になって、ぼくはまたキチンと一日おきに脚本の勉強に出かけた。そこは一種の企業学校で、ある演劇資本が出資経営していた私塾《しじゅく》のようなところであった。同期の参加者は一二人で、みなぼくより年上であった。

四階モルタル塗りのビルの三階にその教室があり、駅から歩いていくと、そのビルの壁に描かれている製薬会社の古めかしい広告がところどころ剝《は》げているので、建物そのものがとてつもなくうらぶれたかんじに見えた。

教室のまん中に大きな円形のテーブルがあって、ぼくたちはそこに好きなようにすわって、だいたい一講義三時間ぐらいの話を聞き、ノートをとったりするのだ。

ぼくはそこで、京大を二年でやめて上京し親戚《しんせき》の写植屋を手伝いながらそれまでとはまったく別の勉強に精を出そうとしている四歳年上の小野良三という人と親しくなった。体の細い静かな人で、そのわりにはいつもキッパリとした口調でモノを言うところが不思議に魅力的な男であった。その教室でぼくはよく小野さんの隣にすわった。

講師はよく三〇分も四〇分も遅れることが多かったので、そのあいだ、小野さんから本の話を聞くのが面白かったのだ。歴史の本や民俗伝承話の本にめったやたらとくわしい人で、その中のいささか異常な面白話などをていねいに話してくれた。

その中でぼくは狐《きつね》憑きとか猫《ねこ》憑きなどの憑依《ひょうい》ものの世界にひどく興味をそそられた。ヒトに憑くものは動物だけでなく、石や木も憑くのだという。石に憑かれた男は、自分も石になろうとするのだろうか。ブナやカエデに憑かれた女は自分もそんな木になろうとするのだろうか。そこのところを考えるとなんだか奇妙にしんとした気持になった。

そこに集まってきている人はだいたいみんななにかしらのアルバイトをやっていた。本間という学生は通称ホンマちゃんといって翻訳の下請《したう》けのようなことをしていたし、能勢《のせ》は三日に一度新宿の大きなビルの守衛をやり、あまりうまくもないカットのようなものを業界紙に書いていたりした。

そういう人々と時々、新宿あたりに飲みにいくと、いつも最初に小野さんが酔ってしまって、カン高い声でちょっと女のような京都弁になってしまうのがおかしかった。

「京都の男なんていうのはだいたいつまらないのが多いからねえ」

と、ホンマちゃんが言うと、

「ぼくは京都なんかじゃないんです。生まれはオオムタですからね。冗談じゃあない」

と、ムキになって言ったが、ムキになるところがかえってまた面白かった。

能勢はふだんはうっそりと黙りこんでいるタイプだが、酒が入るとまるでもうあられもないほど好色になって、女の話ばかりしたがった。

新宿の南口、甲州街道沿いの録音スタジオの地下に、能勢のまたいとこがやっているバーがあって、この人がまた能勢に輪をかけたような愛想のない男だったが黙っていても気分はいい人なのでたいてい最後はいつもそこで〝大団円〟となることが多かった。

そのバーにフォークシンガーをめざしていて、一所懸命頑張《がんば》っているんだけれど、どうもなかなか芽が出ないので、このごろはアタマにきて午前中は毎日ずっと逆立ちしてるのよ、などとおかしなことをいう二〇歳ぐらいの女がアルバイトに来ていた。化粧はあまりしていなくて、眼のところだけくっきりとスミでフチドリをしている、というなんだか不思議な迫力をもった女性であった。

「どうして逆立ちしちゃうんですか？」

と、ぼくはそこで聞いたのだ。

女はすこし笑い、つまらないこと聞くなあ最近のやつら、というふうなかんじで、

「ヨガよ、わたしはね、ヨガを、やってるの」

と、小野さんのようにひと言ずつバラバラにキッパリとした口調で言った。

その店は七、八人が入るといっぱいになってしまうので、ぼくたちは客が入ってくるとそれぞれ身を寄せ合って、能勢さんのまたいとこに協力しなければならなかった。よいしょよいしょとすわったまま丸椅子《まるいす》を動かしていると、小野さんがもうかなり酔ってしまった声で、

「あれはねえ、能勢の女ですよ、こわいんですよオ」

と、ぼくの耳もとで言った。けれど酔っていて声が大きくなっているので、その声

はまるでみんなにつつぬけになっていて、ヨガの女は、

「まったくねえ、小野さんには氷なんて入れてやらないからね」

などと、それでもけっこううれしそうに声を張りあげたりするのであった。

イサオは前の年の秋から、彼の義理の兄さんが経営している東日本橋の金属問屋に就職した。そこは主に真鍮《しんちゆう》板とジュラルミンの棒を軽電機の加工メーカーなどに卸している従業員三〇人ぐらいの会社であった。

イサオはラジオやアンプを組み立てるのが好きで、休みの日にはいつも自分の部屋で電気鏝《ごて》とハンダを使ってなにか複雑でめちゃくちゃにこまかい電気の部品と格闘していた。学校も電気の専門学校を出たのだが、その時の友達と一緒に電気製品の修理会社をつくる計画を進めているようだった。

ところが相棒との足並がうまく揃《そろ》わず、時機を待ってブラブラしているうちに、人手不足の折から義兄に誘われてその金属問屋に入社してしまったのだ。

「まあしかし、やってみると営業というのも面白いものだよな」

と、イサオは小柄《こがら》な体にあまり似合っているとは思えないオールバックの頭をバイタリス・ヘアリキッドで鈍く光らせながら、分別臭く言った。

その酒はイサオのオゴリだった。浅草橋のガード下にある馬刺《ばさし》専門の店に入り、あ

まり酒に強くないイサオは白熱ランプの下でだいぶ顔を赤くさせていた。ひとしきり話のあと、

「ところで、ウチの倉庫でバイトをする気はないか」

と言ってきたのである。

倉庫というのはイサオのその会社と棟続きになっており、倉庫係の社員五人と常時アルバイトを二、三人必要としているのだが、春になって学生がいちどきに二人もやめてしまって困っているのだという。

「一日おきでもいいかなあ」

「聞いてみるよ、とにかく手が足りなくてしようがないんだから、そういう恰好《かっこう》でもいいと思うけどね」

と、彼はなんだかにわかにビジネスマンのような顔をして言った。

翌日になると、なるほどたしかに手が足らないようで、早速「いつでも来てもらいたい」という彼の会社からの電話が入っていた。そして夜更《よふ》けになってイサオから電話があった。

「そういうわけなんで、たのむよ」

「持っていくものは?」

「何もないよ。あっそうだ。肉体労働だからタオルを何本か持ってきておくといいな。

昼は弁当が出るからね」

そこは「中田金属株式会社」といった。翌日からぼくはつま先のところに鉄のガードが入っている安全靴《ぐつ》をはき作業服に身を固めた倉庫用員となり、たちまち「エイヤッエイヤッ」と重い金属製品を運びはじめた。

真鍮板は長さ一メートル幅五〇センチほどの板で厚さが〇・二ミリから五ミリぐらいまで二〇段階ぐらいに分かれており何十枚かが一束となって厚い紙にきっちりとくるまれていた。だから厚さによってその重さはマチマチだったが、ひとつの袋で軽いのが四〇キロ、重いので七〇キロほどあった。

その頃《ころ》、ぼくは体重がちょうど七〇キロぐらいだったので、重いやつはまさしく自分と同じくらいのメカタになる、というわけであった。

ジュラルミンの棒は、だいたい直径二〇センチぐらいの丸い柱のかたちになっていて倉庫の人は「ジュラ棒」とちぢめて言った。こちらのほうは太さと長さがいろいろあるので重量は真鍮の板の包みよりもっとマチマチで一〇キロから一二〇キロぐらいの幅があった。

倉庫の仕事は、まず一日に四、五回やってくる原料メーカーのトラック便から真鍮やジュラ棒を倉庫に移すこと、朝から夕方までひっきりなしにやってくる加工メーカーの注文品をそのトラックに乗せてやること、それから自分のところの車で先方まで届けてやること、のだいたい三つの業務に分かれていた。

倉庫長は浦辺というやたらに肩の筋肉がもりあがったまじめそうな男で、あと二〇代の男が二人と集団就職でやってきた一五歳と一六歳の少年がいた。

ちょうど季節的に製品が活発に動く時期にあたっており、最初に行った日から倉庫の前には何台も大型トラックが並んでおり、朝から作業はフル稼動《かどう》であった。

倉庫長の浦辺に簡単に運び方の手順を教えてもらい、ぼくはすぐにコツを飲みこんだ。高校生の時に千葉の港湾作業の組長に「お前は将来立派な土方の親分になれる！」と折り紙をつけられてから、ぼくはこういうことにかけてはおおいに自信があったのだ。

やってみると、それはまあ早い話がボディビルそのものであった。しかしボディビルよりちょっとむずかしいのは、平均五〇キロほどの包みをかついで歩くので、そのバランスの取り方がなかなか大変である、ということであった。〇・五ミリ以上の真鍮の板ならいいのだが〇・二ミリとか〇・三ミリという薄いものになると、持ちあげる時にそいつがくにゃりと曲がってしまうのである。そのまま手に持って歩くと、くにゃりくにゃりという振動が体にまで響いてきて、まずそのまま歩いていくことはできない。

だからこれはウェイトリフティングでいえばジャークの要領で「エイヤッ」とその

くにゃくにゃの重い包みを一気に肩の上にまでかつぎあげてしまうのである。そうしてタテにして肩にそいつを固定させると、歩いてももうたいしてくにゃくにゃしなかった。

そのコツを覚えるのはすこし練習がいった。

「でも、あんた、しかしなかなかリキがあっていいよ」

と、そこに出入りしている黒岩さんというい つも長いことダベっていく五〇年配のその会社と専属契約している運転手が感心したように言った。そうなのだ。こういうところではぼくはいつも感心されるのである。

真鍮板とジュラ棒のほかに時々五、六メートルもあるアルミの棒が入ってきた。そいつは二人してカゴ屋のようにしてかつぎこむのである。前と後ろで本当にカゴ屋のように「エイホエイホ」とかけ声をかけないとうまくいかなかった。

そんなふうにして、そこで一日仕事をやってみると、けっこうそれは市ケ谷の学校へ行ってノートにこしゃこしゃとした文字を書いているより楽しかった。

一日おきにまるで異質な場所に入っていく、というおかしな日々が続いた。そして週末になると、時々あの甲州街道沿いの能勢のまたいとこの店へ行って、あまり気合の入らないオダをあげ、安いウイスキーなどを飲んだ。

ある日ぼくは「ニコラス」のアルバイト以来あまり顔を合わせなかった上田凱陸と久しぶりに会って、おでん屋で二時間ほど飲み、その店に行った。するとき期待していたとおり、小野さんとホンマちゃん、それに二人の連れではじめて見る女の人が二人カウンターにすわっていた。

小野さんとホンマちゃんは「よオッ、よオッ」などとむきだしによろこび、ぼくと上田に封を切ったばかりのサントリーの角瓶《かくびん》を注《つ》いでくれた。

例によって小野さんはもうだいぶ酔っており、

「あのねえ、あのねえ」

と、すこしねばついたような声でその日出会ったいくつかの笑える出来事を話してくれた。そうしてすこしたってから、ぼくの耳もとで、

「あのねえ、それからもっと面白い話を教えようか」

と、言った。小野さんはいままでぼくが出会った人間の中では、もっとも知的で〝静かなオトナのヒト〟を感じさせる男であったけれど、酔ってくると、どうも口もとがだらしがなくなってくるようなかんじで、そこのところがぼくにはかなり気になった。

「いいかい、面白い話。教えてあげますね」

と、小野さんは酒飲みの声で言った。

た。

「それはね、ノッチがですね、君のことをとても大好きである、愛している、と言っていることですね。分かりましたか」

と、酔った声ではあるけれど、いつものようにやはりキッパリとしたかんじで言った。

ノッチというのは、この店にやはり一日おきにアルバイトでやってくるあの例のヨガをやっている娘であった。

ぼくは笑い、ウイスキーを飲んだ。

「分かりましたね」

小野さんはもう一度そう言って、ぼくのグラスに自分のグラスをカチンと当てた。

「いやだなあ、あの人は能勢さんの恋人でしょう。からかわないでください」

ぼくはそばに上田もいることだし、すこしあわてて言った。

「ばかですねえ、あの男にそういうことがあるわけないでしょう」

小野さんはにわかにすこしだけ真顔になって言った。そうして、能勢のまたいとこであるその店のマスターにそのことをもう一度言い、

「わはは、君は本当にすっかりまじめですねえ」

と、あきらかに大人の顔で言った。ぼくも笑い、そこですこしうなずいた。嘘《うそ》だか本当だか知らないけれど、女の人のほうからそういうことを言われたのははじめてで

あったし、それはじつに「わははは」というようなかんじでうれしい話であった。そしてぼくはその日、ますます陽気になってだいぶ長いことその店のウイスキーを飲みつづけたのだった。

遅くまで酒を飲んだ翌日の力仕事は午前中のあいだすこしこたえた。

しかしその頃になると、ぼくはもうかなり荷物運びのベテランになっていたから、仕事のとぎれた時は、どどっというかんじに真鍮板の山の上に寝ころんでしまうと、体の背面がすっと素早く冷えて、じつに気分がよかった。とくに七月に入って、汗だらけの季節になるとみんな昼休みにその上にゴロンと横になって昼寝をした。それは思った以上に涼しい昼寝であった。

夏になるとカーキ色の作業服を脱いでTシャツ姿が許された。そうしてすこし慣れてきたということもあって、ぼくはたいてい午後は外回りの配達の車に乗るようになった。運転助手というやつである。

ぼくと組んだのは運転手の黒岩さんで、車はいつもトヨタのハイエースであった。午後になると、ぼくと黒岩さんは伝票を調べてそこに書いてある品物を順序よく積んでいった。黒岩さんはよく冗談を言う人で、どちらかというと、いつも倉庫の中で黙りこんでいるほうが多いぼくにはちょうどいい相手だった。

ぼくたちの車は主に台東区や墨田区あたりの小さな加工メーカーを回ることが多かった。計器やハカリのメーカーや時計の部品メーカーというところがほとんどで、注文してくる品物も「ジュラ棒五キロ」とか「真鍮板一二枚」などといったように恐ろしく小口のものばかりだった。

その中で三日に一ぺんぐらいの頻度《ひんど》で、あの例の薄くてくにゃくにゃの真鍮板を二、三包み届けるという、唯一《ゆいいつ》の大口注文主があった。

田端《たばた》の町の中のお寺に隣り合わせている楽器の部品メーカーで、田舎の町の公民館のような、大きな屋根の二階建ての倉庫にその品物を定期に届けるのだ。

運んでいく真鍮板は日によって〇・二ミリから〇・七ミリぐらいの幅でマチマチだった。荷物はいつもぼくがかつぎ、黒岩さんはハイエースの中でタバコを吹かして待っていた。運転手と助手の違いはじつにここのところにあるのだ。しかしぼくはそうやって荷物をかつぎ「まいどー」などと声をかけながら先方の倉庫に入っていく、というのは好きな仕事であった。

そしてとりわけその田端の楽器メーカーに行くのはうれしかったのである。

その楽器メーカーの倉庫はおかしなつくりになっていて、入口の二重ドアをあけると、中は恐ろしく天井が高く床はびっしりとコンクリートで固められていた。そうして普通の家でいう一階のあたりには窓はなくて、公民館ふうの二階の部分から外のあかりが入っていた。

コンクリートの床の上には大小さまざまな金属の材料が積まれてあり、ぼくが届ける真鍮の棚《たな》は倉庫の一番奥にあった。

そしてその倉庫へ行くのが楽しみだったのは、ちょうど倉庫のまん中のあたりの山のようになった金属材料の谷間に、机がひとつ置いてあり、そこに女の人が一人、いつもすわっていたからだ。スチール製で両そでのひきだしがついている大きな机の上には電気スタンドがついており、その前にはなにかこまごまとした伝票や帳簿類の棚があった。

そうして女の人はそこでいつもポツンと一人で伝票の整理や帳簿づけのようなことをやっていた。年は二〇歳前後で、ゆるいパーマをかけていた。そしてその会社のいかにもヤボッたい緑色の上っ張りのようなものを着ていたがかなりの美人であった。そうしていつもそこに入っていくととにかくびっくりするほど気持のいい笑顔を見せてくれるのであった。

笑うとくっきり両頬《ほお》に笑くぼができて長い眉《まゆ》がお地蔵さんのようにやさしくふわりとまるくなった。

ぼくはこの人を見るといつも胸が躍った。そうしてややあせり気味に「まいどー」と挨拶《あいさつ》し、そうして荷物を納めてからその人に納品書を渡すのである。一枚は先方が受け取り、一枚にはその会社の受領証のスタンプを押してもらった。手続きはたったそれだけなのであったが、ぼくはその頃、そこの倉庫へ行くのが最大の楽しみになっていたのである。

男にはうぬぼれがある。甲州街道沿いのバーの「ノッチ」の件もある。やがてぼくは三日に一度ずつそこへ品物を納めているうちに、彼女のぼくへの笑顔の見せ方は絶対にタダモノではないな、と思うようになっていった。

あれは普通の事務手続きのための笑い顔ではない。なにか心に意図のある、つまりまあ早く言えば、このオレに気のある笑い方だ。絶対にそうだ。間違いない！

と、その頃ぼくは帰りがけにイサオと馬刺の店へ行ってモロキューにビールなど飲みながら力強くやつに話したりしていたのである。

イサオは基本的にそんなことはとりあえずどうだっていいやあ、というような顔をしていたが、でも黙って聞くだけは聞いていた。

その次の納品の時に、ぼくは前から考えていたように納品伝票をもらう時、思い切って聞いたのである。

「一人でここにずっといて退屈じゃないですか？」

彼女はそこでまたあの果てしなくやさしく、心の隅《すみ》のほうまでふんわりと暖かくなってしまうような笑顔を見せ、それからすこしゆっくりと首を振ってみせた。

7
8

羽生理恵子の時もそうであったけれど、そのとたんに「ああ、オレはめったやたらとこの人を好きになってしまったのだなあ」と思ったのである。それはもうがっしりと確信に満ちた〝オトコの激情〟であった。

しかし、その状況では基本的に気持も体もうわずってしまっているから、それ以上なにか続けて話をすることもできず、しかし表面的にはじつにさりげなく「ではまた、まいどオー」などと言いつつ、そこを出ていったのである。

しかしその〝最初の接近〟によって、彼女はあきらかにおれに気があるのだ、絶対そうに違いない、あの笑顔は絶対に普通のものではなかった、という確信をさらに深め、気持はたちまち豊かなものになった。

真正面から見た彼女はやさしい眉の中で眼《め》が光っていた。こんなに美しい人はこれまで見たことがない、とその瞬間に思った。

ぼくはその日もイサオに一部始終を報告し、夜には沢野にまで電話をした。誰かにこの豊かな気持をすこしでも伝えてやりたいと思った。豊かな気持の奔流のようになってその後の数日をすごした。

次の納品の時に、ぼくはまた彼女に話しかけた。前の日から考えに考えてきたセリフだった。

「あのう、名前を教えてくれませんか」

とりあえず考えられる最良のセリフであろうと思った。唐突に名前を聞いた、ということで彼女もぼくの心の内というものを分かってくれるだろう、と考えた。そうして名前を聞いたあとは、「あのう、突然ですが、今度、暇な時に外で会ってくれませんか」と言う計画であった。

「名前を教えてくれませんか？」

納品伝票にスタンプを押してもらったあと、ぼくはすこし頭をさげるような恰好《かっこう》をして言った。そんなにギコチなくならず、うまく言えたと思った。

彼女はぼくを見つめ、すこし困ったような顔をした。そうしてしばらくぼくの口のあたりを見つめていた。それからすこし笑った。それはいつものような果てしなくふわっとしたやわらかい笑いではなく、なんだか「困り笑い」というような表情であった。

ぼくは落胆した。あからさまであった。なにも答えてくれないという状況は予想もしていなかったから、そのあとどのようなしぐさをして帰っていけばいいのか分からなくなってしまった。

しかたがないので、ぼくは彼女に、すこしとりつくろうような、意味のない笑いを見せ、頭をかくような恰好もして足速にその倉庫を出ていった。

出ていく時にその会社の事務員の女性とすれちがった。いつも会社のほうに注文品と製品番号を電話で連絡してくる四〇年配の女性であった。

「まいどオー」

と、ぼくはすれちがいざまにその事務員に言った。彼女はなにも言わなかった。いやなやつだ、とぼくは思った。

落胆はしかし、そんなに大きなダメージにならなかった。こうなったら、もう正直に自分の心のうちを手紙に書いてしまおう。彼女に恋人がいればいたでいい。もしそのほうがうまくいく、ということになればその相手の男をぶん殴ってしまっていい。こうなったらなにがなんでも猪突猛進《ちょとつもうしん》、玉砕攻撃、勝負だ！　と思った。いささかうぬぼれ気味に自信をもって挑《いど》んだ緒戦に敗退し、逆上気味になっていたのでもある。

彼女にくらべたら羽生理恵子などまったくもう色あせて見えた。まして甲州街道そばのバーのヨガの女など問題にもならなかった。だいたいその女にこっちはなにも思ってなどいないのだ。

などなどとなぜか必要以上に鼻息荒く、その夜のうちにぼくは手紙を書き、そうして次の納品の時に、今度はなにもしゃべらず、納品伝票を受け取るのと引きかえに、彼女にその封筒を渡した。好きになった女に生まれてはじめて自分から手渡した手紙であった。

その次に行ったのは一週間後であった。どういうわけか三日あとの配達日にはその会社からの注文が来なかったのである。まさか自分の出した手紙がそういうことに関係があるとは思わなかったが、なんとなく気分の落ち着かない一週間であった。一週間後の納品はいつもと違って真鍮板《しんちゆうばん》が五包みになっていた。やはり一回分ほど多く注文されてきていた。その日は大口で急に亀戸《かめいど》にあるセイコー舎への納品が入り、田端に回っていくのは夕方近くになってしまった。倉庫は五時四〇分頃《ごろ》には閉まるので気が気ではなかった。八月のさかりだった。西陽《にしび》が走っていく道路の真正面から差し込んできて、アスファルトの照りかえしもひどかった。

ハイエースの窓から入ってくる風はまだ熱風になったままで、ハンドルを握りながら黒岩さんが、

「たまんないねえ、こういうのは……」

と、いつになく弱々しいことを言った。太い腕の付け根あたりに塩が浮いている。

その日は暑いうえに朝からけっこう仕事がひっきりなしに入っていたので、ぼくも普段よりは疲れていた。

「早く終わらしてビールだビールだ。なんちゃって、毎日そんなこと言ってるけどサ」

と、黒岩さんが笑った。

「あれだねえ、これであんたたち若い人っていうのはビールなんてどのくらい飲むの？」

たしかこの人は前にもまったく同じことを聞いたことがあるな、と思いながら、

「そうですね、まあワッとやってビール六本ぐらいかな」

ぼくは前と同じことを答えた。

「だろうねえ、元気いいもんねえ」

夕方になってしまったので上野あたりでかなり渋滞し、その田端の楽器メーカーに着いたのは五時半を回ったころであった。

「間にあった間にあった」

ぼくはハイエースを飛び出し、荷台にのぼった。

黒岩さんも降りてきた。ぼくはあわてた。

「今日は手伝うよ」

「いいですいいです。ぜんぜん平気ですから休んでてください。ホント大丈夫ですから！」

ぼくは必死でその人を押さえた。突然そんなことを言ってもらっても困るのだ。

「そうかあ、それじゃちょっと休んでるよ」

黒岩さんは歩道にしゃがんでタバコに火をつけた。

「まったくねえ、いつまでも暑いよなあ」

車が何台か突っ走っていき熱風がかき回された。

ぼくは荷物を引っぱり出し、肩に持ちあげて倉庫に向かった。入口のところに女事務員が立っているのが見えた。あのいつも注文を出してくる四〇年配の女だ。届けるのが遅かったので車が来たのを見て、出てきたのかもしれない。あるいはもっと別のことで立っているのかもしれない。

「まいどオー」

と、ぼくはまだムッとする夕方の熱気の中で言った。

「ご苦労さま」

と、その女は小さな声で言った。

「すいません、遅くなっちゃいまして」

女は横によけ、おれを門の中に通した。門をくぐったところで、

「ね、ちょっと……」

と、女は言った。

おれは立ちどまり女の顔を見た。

「あんたね。カワシマさんに手紙渡したでしょ」

女はさっきよりももっと低い声になっていた。

荷物をかついだまま、ぼくは黙っていた。急に思いがけないことを言われたのでなんと言っていいか分からなかったのだ。女は扁平《へんぺい》な顔をしていた。扁平な顔のまん中にくしゃくしゃっと眼や鼻が集まってきた、というようなかんじだった。

「あのねえ、カワシマさん耳がコレだから、しゃべるのもだめなのよネ……」

女は左手を左右にゆっくり振りながら言った。

「は……?」

「あのほら、カワシマさんはロウアの人だから、しゃべったり聞いたりすることができないのよね!」

女はまだ左手をゆっくり振りながらそう言った。

「どっちにしても気の毒だから……」

扁平な顔のまん中に集まった眼と眉がさらにキュッとまん中のほうに集まったようであった。

そうして、それだけ言うと女は自分で二、三度大きくうなずき、そこでやっと口をつぐんだ。

「ロウアの人、ロウアの人……」

ぼくは頭の中でいま女の言った言葉を反芻《はんすう》しながらそのまま倉庫の中に入っていった。

その時、ぼくははじめて気がついたのだけれど、その公民館のような倉庫は、このムッとする熱気の中で、びっくりするほどひんやりとしていたのだ。冷房はなにもしていないはずだから、その高い天井と、コンクリートの床、そしてその中にびっしり置かれた金属材料のためにその中の空気がひんやりと冷たくなっているのかもしれなかった。

コンクリートの床にスニーカーのラバーをキュッキュッときしませ、ぼくは倉庫の中に入っていった。

倉庫のまん中にあるスチール製の大きな机には誰もいなかった。電気スタンドが消されたその机のまわりはひっそりと悲しいほどに沈黙していた。いままで気がつかなかったけれど、スタンドのあかりが消えていると、そこはかなり暗いところであった。五時をすぎると、倉庫の事務はおしまいで、納品伝票は事務所のほうで受け取ってもらうようになっていたのをその時ぼくは思い出した。

誰もいない倉庫は夏の熱気の中だというのにひんやりと静まりかえっていた。耳をすませば表通りを走っていく車の音も聞こえるのだったが、しかし妙なことにそこだけぽっかりとじつに寒々としんとしていた。

彼女がいないとこんなにもひっそりとしたところになってしまうのか、とぼくは驚いてしまった。しかし考えてみると、彼女がいた時もこの中はいつも静まりかえっていたのだ。

ロウアの人……。聾唖《ろうあ》の人……。

その時やっと、彼女のあの困ったような笑い顔の意味が分かった。なんだかざわざわと、心の奥のほうから、ぼくは果てしなくせつなかった。

いいではないか、オレはいいぞ。オレはまったくいいぞ。なんだというのだ、それがなんだというのだ。

ぼくは〇・三ミリのくにゃくにゃの真鍮板をかついでその静まりかえった倉庫の中を往復した。

いいではないか、いいではないか——。

歩きながらぼくは何度も口の中でつぶやいた。倉庫はひんやりとしていたけれど、夏の終わりの熱気の中で、ぼくはぼとぼとと汗を流し、五つの真鍮板の包みを一回に一袋ずつ、ゆっくり時間をかけてその誰もいない倉庫の中に運んでいったのである。

9 なかがき

前の章を書いたらなんだか急にヨッパライたくなってしまった。今日で一週間、家から一歩も出ずに、書きづめに書いているのだ。早くこの長尺話を終わらせて四谷とか新宿あたりへ行って大勢でワッと飲みたいものだと思うのだ。

それからまた前の章を書いたら、その最後の終わり方が、ちょっと一編の青春小説の終わりの場面みたいになってしまったので思わず自分で感動し、

「わっカンドーしたなあ」

と、思ってしまった。話《もの》を書いている人がそういうふうに自分で感動してしまったらもう《おしまい》なのである。

しかし、感動してしまったのだからしようがないのだ。読んでいる人は他人の話なので感動なんかまるでしないで小僧寿司《ずし》など食べて今日も早く寝てしまおう、などと思っているかもしれないが、こっちは自分の青春時代の話を書いているわけだから、書きながら、あっそうだ、それからあんなこともあった、そうしてこんなこともあった、そうそう、アレはこうだったんだ、うんうん、思い出す思い出す、なつかしいなあ、青春時代だなあ、いいなあ、君たちがいて、ぼくがいたんだ、夕陽《ゆうひ》の丘にマロニエの花も咲いていた(嘘《うそ》だけど)、愛があり友情があった、ランラララランもあった、

もうなにもかもみんなあった……等々と少女雑誌のお花眼《はなめ》（お花見ではない、花のようにパッチリした眼のことである）になってしまっているからもうどうしようもないのだ。

そうして、書きながら思ったのだけれど、できるならば、青春は最後まで美しくさせておきたいので、この前の第八章ぐらいでこの話は「おしまい」ということにしておきたい、と思ったのである。

そうしてちょうどこのあたりで「あとがき」というのを書いて、怠惰なぼくの尻《しり》を叩《たた》いてくだすったA出版社のAさんのご尽力がなかったらこの本は書けなかったと思う。どうもありがとう。軽井沢にて（嘘だけど）――

などと記して花のようにおしまいにしていけばこれはもうものすごく理想的ではないか、と思ったのである。

と、いうのは、この不整脈発作的ゲドニカふうの話は、じつはこのあとからいよいよ本編の話に入っていき、そこではおよそ本に書くのもバカバカしい怠惰、貧困、空腹、嫉妬《しっと》、窃盗、転倒胃やけ胸やけ便所掃除という愛や感動とはまったく無関係の話がくりひろげられることになるからである。

そうなるといままでせっかく、一応は表面的にキレイキレイ青春小説ふうに来た我がドキュメンタル世界のイメージが、

「ああ無惨《むざん》、あれやこれもああ無惨」

　ということになっていってしまう。

「ね、だから、この原稿のずっと一番前のほうの章であの時はついついコーフンして書いてしまったけれど、あの上・下巻六〇〇枚というのはちょっとモノのはずみというこことでいったん取り消して、この話はこのへんでいったんおしまいということで、ここでとりあえずいったん『あとがき』を書いて、いったん外に出て、とりあえずまあそういうことでいったんまあとにかくぐずぐずぐずぐず……」

　などと〝恐怖の逃げ腰いったん男〟というものになり北北東の方向に逃げてしまおうと思ったのである。

　ところがであった。その話を聞くと、A出版社の男はにわかにかたわらにあった電気スタンドをつかんだ。

「なっ、なっ、なっなっなっ、なんということを……」

　コメカミは引きつり眼は二センチも飛び出てきた。

　沢野があわててそばにあったコンパス、T定規、丸ペン、サンドペーパー、ヤクルトの空瓶《あきびん》等を片づけ、自分は部屋の隅《すみ》のほうに静かに避難した。

「なっ、なっなっなっなっ……」

「分かった分かった！　分かりました分かりました……」

おれは事態を甘く見ていたことに気がつき、やつの凶器攻撃をあやうく直前にかわした。

しかたがない。それではやっぱりはじめの予定どおりこのあたりから「克美荘《かつみ》どしやめしゃ話」に入っていくしかないのだ。

「克美荘」というのはおれと沢野と木村そしてそのほか三、四人の男たちが一緒に生活した世紀の悪臭オンボロアパートの名前である。しかし考えてみるとそのアパートの生活が異常であったのは、そこで暮らした連中もかなり異常であったということであり、その人々のことをこのようにして事前にある程度書いてくるのは、やはり必要なことだったのである。

この本のさし絵を担当する、ということが決まって、沢野はカメラをもってA出版社の男と十数年ぶりに江戸川区小岩の克美荘に行ってきた。

そして彼は翌日いくらかコーフンしておれに電話をかけてきた。

「あったあった、あったんだよ、克美荘があのまんまありましたよ」

と、彼は言った。

「西に向かって突き出ている汲《く》み取り式便所もあのままだった。驚いたことにまわりのアパートは全部改築したり消えたりしているのに、克美荘だけあのままで、いまだにあそこだけ頑固《がんこ》に汲み取り式便所で頑張っているみたいなんだよ」

沢野はじつに汲み取り式便所に嵐《あらし》のように感動しているようであった。

「すごいなあそれは、カンドー的だなあ」

「そう、それからおれたちのよく行った銭湯とか飲み屋、それから質屋とか、ドロボーした酒屋までむかしのままで残っていた」

「ふーん」

「なにかおれたちに関係のあるヤバイところだけむかしのまんまで残っているみたいで、おれはちょっと気味が悪くなってしまったよ！」

電話の中で沢野は子供のようにはしゃいでいた。

さて、その「克美荘」の話は次の章から先、下巻のほうになる。

机の上にドサリと当時の沢野ひとしの異常なイラストに色どられた「克美荘日記」が八冊ほど乗っている。したがってこのあとまだまだ愛と不毛のデスマッチは続いていくのである。読むほうも大変だろうが書くほうはもっと大変なのだ。だからこのあたりまで読んで「おもしろくねー」もしくは「くたびれたー」と思った人はこのへんでやめるべきである。そのほうがお互いのためだ。そしてこのあとは中級および上級者むけ健脚コースというやつになるのである。ヤル気のあるやつにだけついてきてもらいたいと思うのだ。その意味ではこういう上・下巻というのは大変便利である。

しかしそれにしてもこういう唐突な、さてとこのへんでひと休みよっこらしょう、というかんじの傍若無人の章はいったいなんであるのか。識者とか正しい心をもった人々は「ん、まあ!」といって眉《まゆ》をひそめるだろうが、とにかくいまおれはそういうことに耳を貸している暇はないのだ。それでまあとりあえず思ったのであるが、これは「なかがき」というやつである。世の中に「まえがき」があって「あとがき」があるのだから「なかがき」があってなにが悪い。文句あっか、文句あるやつは前に出てこい!　と言っているのである。

10

おれたちに夜明けはない

おれたちの共同生活は唐突に始まった。計画的というコトバの反対が衝動的とするならば、それはむしろ発作的といってよかった。イサオは何か格安のモノを見つけてくる、部屋を見つけてきたのはイサオだった。イサオは何か格安のモノを見つけてくる、というのが得意であった。

イサオがそれまで住んでいた部屋は、木造三階建てのバイブルバプテスト教会の隣にあった。

日曜日になると、教会の日曜学校が始まり、いつもちょっとキーのはずれたオルガンに合わせて、讃美歌《さんびか》が高らかに鳴り響いた。

そしてまたその教会は幼稚園も経営していたので、平日は朝早くから鐘が鳴り、ヒヨコに似た声で園児たちがいろんな歌を歌った。

海産物問屋の海苔《のり》倉庫を改造したイサオの部屋は、いつもガラス戸をあけて中に入った瞬間、海べりの匂《にお》いがした。板敷きの正方形のその部屋にはバプテスト教会のほうに向いて小さな窓がひとつあいているだけだった。冬はまあなんとかすごせたけれど、夏の日中の暑さはひどかった。しかし、イサオはその暑さの中で、いつも六〇ワットの電燈《でんとう》をつけ、熱心にハンダ鏝《ごて》をあやつって電気工作をやっていた。

ハンダ鏝の先で鉛と松ヤニの溶ける臭《にお》いがすると、それは素早くその部屋の密度の濃い熱気の中に混じっていった。

がーっこがっこげっこ、がっこげっこぴょんぴょん、ラッパ吹いてラッパ吹いてがっこげっこぴょんぴょん

と、バイブルバプテスト教会のほうからてんでんばらばらの子供たちの合唱が聞こえてきた。

「まあ、どうせ移るんなら、おれは会社に近いほうがいいよな」

と、イサオはぶつぶつと大きな汗を額に浮かべて言った。

「まかせるよ、場所はどこでもいい」

おれはイサオのつくった洋服ダンス改造のベッドの上に寝ころがったまま、やはり汗だらけになって言った。

そのベッドがわりの洋服ダンスはイサオがバイブルバプテスト教会に住んでいるアメリカ人一家の孫悟空《そんごくう》のような顔をしたメイドから安く買ったものだ。アメリカ製のやたらに重い木でつくられているので頑丈《がんじょう》なことはこの上ないが、その孫悟空のような顔をした小柄《こがら》なメイドには、ひきだしをあけるのがひと苦労なのだという。

真空管がたくさんついた電蓄型ラジオの修理をたのまれてイサオがそのメイドの部屋で見つけたのである。

イサオはそのタンスを見つけた時、最初からそいつをベッドにするつもりで買った

わけではない。やはり彼は彼なりに洋服ダンスが欲しかったのだけれど、とても悲しいことになにも置いていないやつの部屋にアメリカ製の巨大な洋服ダンスを置くと、なんだかじつに圧倒的に洋服ダンスばかりが目立ってしまって、そこにすわっていると気持がイライラしてくる、というのである。

おれは洋服ダンスのために生活しているんじゃないんだ、とある日イサオはちょっとわざとらしいかんじで怒りはじめ、そいつを部屋の隅に横倒しにしてしまった。そうすると教会のほうに向かってあいているたったひとつの窓にそのタンスはちょうどうまい具合に似合っている、ということを発見したのであった。

その日からイサオはその上に布団《ふとん》を敷いてベッドがわりにした。頑丈一点ばりのその巨大な洋服ダンスは、上に乗っても普通のベッドのようにすこしもきしむ音など立てず、それはむしろベッドの上に乗る、というよりも、ちょっとした中二階に上がる、といったかんじでもあった。

共同生活をしよう、という考えはおれとイサオから始まった。

親もとのところでそのまま暮らしていてもよかったけれど、それではいかにも無能のような気がした。それからまたいつまでもその地元にいると、なにかいつかとてつもなくよくないことが起きそうな予感もした。まず、綱島とか長たちと町で出会ったらただではすまないだろう。

大江健三郎じゃないけれど、ここよりどこか他の場所がおれにはあるのじゃないか。小林旭《こばやしあきら》じゃないけれど、どこか知らない港の町へ行ってギターを弾き弾き（弾けないけど）さすらうという人生というのもあるのではないか。そうだ！　そういうところへ行っておれは逞《たくま》しく生きていくのだ、いくべきなのだ！　と必要以上にリキみかえり、おれはぎくしゃくとそのへんを歩き回った。そうしてイサオの部屋に行ったのである。

「どこか、よさそうなところを捜してみるよ」

と、イサオは気抜けするほどボワンとした声で言った。それから彼はワンテンポずれたかんじで右手に持ったハンダ鏝を高々とかざしてみせた。

「おまえも来いよ」

と、おれは木村晋介のプレハブ造りの勉強部屋で、すこしビールに酔いながら言った。

木村晋介は番茶を飲み、あいまいな顔で笑い、それからまた番茶を飲んだ。

木村晋介は自宅の中庭にプレハブの家を建て、母家《おもや》から別れてそこにカムネコと一緒に住んでいた。隠居したわけではなくて、そこでいよいよ本格的な司法試験の勉強に挑《いど》みはじめていたのである。

「おれはここで暮らしているだけでいいんだけどな。めしもオフクロがつくってくれるし……」

と、彼は言った。それはじつに正しい考えだった。

「でもおまえが来ないと面白くないからな」

と、おれは言った。

「うーん」

と、彼は唸《うな》った。彼は相変わらず金太郎さんのような太い眉《まゆ》をして、タフな体つきをしていた。そして落語と酒のガブ飲みがますますうまくなっていった。

「勉強なんかいいから来いよ、晋ちゃん」

と、おれはすこしネコナデ声になって言った。

「お酒を飲もうよ、毎日……」

流し目でにじりよった。

「銭湯なんかに入って、将棋やってカツ丼《どん》食べましょうよ、ネエ」

ひざを軽くつねった。

「うーん……」

と、木村晋介は唸った。

「それから、沢野ひとしも来ることになったんだよ」

おれはさらに追い撃ちをかけた。

「うーん……」

と、木村晋介は再び唸った。木村晋介の中で「正しい神」と「正しくない神」が激しく頭突きをかまし合い、サーベルとナギナタをぶん回して戦っているのが分かった。

「すこし考えさせてくれ……」

と、木村晋介は荒い息の下で言った。そして、もうほとんど入っていないお茶をすすった。

木村晋介の中で十中八九、「正しくない神」が勝ったな、ということが分かった。おれは満足し、二、三日後に中野の飲み屋「クレバワカル」で会おう、と告げた。

二日後に、おれは沢野ひとしと会った。

「絵描《え》き《か》っていうのは大変だねえ」

と、沢野は純喫茶「シャポウ」の薄暗がりの中でなんだかびっくりするほどしみじみした口調で言った。

「なんだって大変なんだよ」

と、おれは言った。

「明日、宮園町の『クレバワカル』で会おうよ。いい部屋が見つかったんだ。イサオがね、見つけたの」

「しかし『クレバワカル』なんて、すごい名前をつけるねえ」

と、沢野は再びしみじみした口調で言った。彼は最近「しみじみ」に凝っているのだ、と言っていた。

翌日「クレバワカル」に四人が集まった。

イサオが見つけてきた部屋は江戸川区の中川放水路沿いにあるアパートだった。家賃は六畳間で五五〇〇円。しかも水道、タタミつき、さらに押し入れと電気の傘《かさ》つき、というのである。

「よしよし」

と、木村晋介が言った。ちょっと投げやりな口調であった。

「サカナでも缶詰《かんづめ》でもとにかく安いのが一番だよ」

と、沢野がしみじみとして言った。

おれはすこし心配であった。あまりにも安すぎるのだ。その頃《ころ》、アパートの家賃はタタミ一畳あたり一五〇〇円ぐらいだった。四畳半で七〇〇〇円、六畳だと最低八〇〇〇円から一万円、というのが相場だった。

「窓はあるんだろうな、窓は?!」

と、おれはすこし暴力的な眼《め》つきで言った。

「ある、ある」

と、イサオは胸を張った。

「ちゃんと見てきたんだ。おれだってそのくらいはやるよ。ちゃんと幅一間の窓があったよ。しかも南向きの窓だ。南向きだぜ」

「よしよし」

と、木村晋介が言った。

「よくやったよくやった、ま、飲みなよ、イサオちゃん」

と、沢野が言った。

克美荘は東京の御茶ノ水から総武線に乗って一五分、小岩という駅を降りて北口の飲み屋街を越え、ごちゃごちゃしたマーケットを越え、薄汚ない風呂《ふろ》屋を越え、うらぶれた古本屋を越え、ありふれた質屋を越え、六軒島町内会事務局というところを越えた路地のずーっと奥にあった。こう書くとずいぶん遠そうに聞こえるが、小岩駅から歩いて七、八分というところであった。

すぐそばを中川放水路が流れており、あとはなにも見るべきものはなかった。

克美荘の玄関を入るとすぐ左側に汲《く》み取り式の便所があり、おれたちの部屋はその後ろ側にあった。

その部屋の窓はたしかに幅一間で、しかも南向きであった。しかし部屋を借りる時はやはり昼間来てきちんとその窓をあけて確かめる必要があったのだ。

その窓はたしかに南向きであったけれど、それをあけると、眼の前一五センチぐらいのところに隣のアパートがあったのだ。

「ありゃあ」

と、最初に窓をあけた沢野がむなしい声を出した。

しかし、引っ越しは土曜の夜にやったので、その部屋の本当の恐ろしさはその時には分からなかったのである。

引っ越しは沢野とイサオとおれの三人でやった。しかし運びこんだのは机が二つと布団のひとかたまり、それにナベ、カマ、食器のたぐいだったので、荷物を入れてしまうとあとはやることがなかった。

イサオが持ってきた目覚し時計を机の上に置き、その隣に買ったばかりのやかんを置くと、おれたちはたいして働きもしないのにどっと疲れてしまった。

この引っ越しにあたって購入したのはやかんひとつであった。やかんといってもそれは正確には笛吹きケットルというものであった。

「赤い色がいい、こういうのは赤い色が一番いいよ」

と、沢野が雑貨屋の店先でじつにしみじみとした口調で言ったのだ。

「火にあぶられるものはナベでもカマでも赤いのが一番いいんだよ」

と、彼は言った。どうして火にあぶられるものは赤い色がいいか、というと、それについての明確な理由など彼にはまるでないのである。

強《し》いて言えば燃える火は赤っぽい色でしょ、だからやっぱり赤がいいですネ、なんていう程度の理由なのだ。

しかし、おれとイサオは黙って沢野がしみじみと断定的に勧める赤い笛吹きケットルを買った。

その夜、一〇時頃、木村晋介が大きなトランクを引っぱってけたたましい勢いでやってきた。「正しくない神」に敗れ、たいして必然性のないままに、おれたちとの共同生活に参加することになった彼は、もうすべてをきっぱりと覚悟しているようであった。

そのトランクには彼の着がえと本がぎっしり入っていた。やつはこの生活のなかで無謀にも勉強するつもりらしかった。

「ネコも連れてきたかったんだけど、おふくろがダメだとさ、カムネコ」

と、彼は金太郎の顔で言った。

「あんなものいらんいらん」

と、沢野が挑発《ちょうはつ》的に言った。

「ネコに食わせるものなんかあるもんか」

と、おれが言った。

「ギッ！」

と言いながら木村晋介はおれと沢野を睨《にら》みつけた。彼はマンガに出てくる擬音を口に出して行動するのが得意であった。

沢野がその視線を睨みかえし、「バキッ」と言った。木村晋介の発射した殺人光線を、沢野のミサイル光線が迎撃し、空中で激しくぶつかった「音」であった。

さまざまにののしりあいながら、しかし最終的には疲れ切ってその日は素早く寝てしまった。翌日は日曜日でみんな静かに休みの日であった。みんな、じつにじっくりと眠った。果てしなく眠れるようなかんじであった。どういうわけか際限なく寝られるようなかんじであった。

しかしそれでも、その四人の中では比較的キレイ好きといわれている沢野がなんとなくもう眠るのにあきた、というようなかんじで起きあがった。タバコを喫《す》い、首の骨をバキバキ鳴らし、わざとらしいあくびを数回やった。

それから本格的に立ちあがり、水道の水を激しく流し、乱暴な音を立てながら新品の笛吹きケットルに水を入れ、ガスに火をつけた。

そうしてまた首の骨をバキバキ鳴らし、「ヨオ、もう起きろよ」と言った。

その時、おれもすっかり眠るのにあきてしまっていた。小便に行きたかったけれどその決断もつかず、頭の後ろに腕組みをして、沢野の一連の動きを眺《なが》めていたのである。

「もう起きろよ」

と、彼はもう一度言った。そうして、その時、薄闇《うすやみ》の中でおれと沢野の視線が合った。沢野はもう一度体をゆさぶってバキバキと腰のあたりを鳴らせた。やせて手足がやたらと長い沢野は体のいたるところの関節を大きな音で鳴らすことができた。

「何時だぁ……」

と、木村晋介が部屋の隅《すみ》の暗がりからうめくような声で言った。

ガチャリガチャリと腕時計をたぐりよせるような音がして、それから「ウッ」と木村晋介はうめいた。

「もうじき一二時だよ、キミたち！」

と、彼は言った。

雨戸のない窓ガラスの外は薄ぼんやりとしたあかりがさして、それはじつに平凡な明け方の午前六時、というような雰囲気《ふんいき》を見せていた。

小便のために部屋の外に出た沢野が、戸をあけたまま動きを止めてなんだかおかしな声をあげた。

「こりゃだめだ」

と、沢野は小さな声で言った。それから便所のほうへひたひたと歩いていった。

「諸君、もうじき一二時です」

と、木村晋介は半身を起こしてあたりに宣言するような口調で言った。

おれは体をよじり、一間幅の窓をすこしあけて、頭を突き出し、そこから上のほうを眺めた。

おれたちの部屋の窓にぴたりとくっついている隣のアパートとの狭い狭い空間のはるか上のほうにスッとマジックインキで線を引いたような青い空が見えた。外はじつに堂々とした秋の青空になっているようであった。

「こりゃだめだ」

と、便所から帰ってきた沢野がもう一度言った。

「この部屋だけ真っ暗けだよ」

と、沢野は言った。その時はじめてはっきり分かったのだけれど、ここは朝が来ても、ぴたりとくっついた隣の建物のために光はほとんど入らない部屋になっているらしかった。

察しの早い木村晋介はすでに事態のすべてを見抜いたようであった。

「イサオを起こしましょう……」

と、彼はいやにていねいな口調で言った。

「これは大変な部屋だよ」

と、沢野はなんとなくうれしそうな声で言った。

「不動産屋にだまされたドジなイサオを起こしなさい！」

と、木村晋介は言った。

「いいや、イサオの上に布団《ふとん》をかぶせよう」

と、おれが言った。

「そうだ！」

と、沢野が言った。

そうしておれたちはたちまちのうちにそこにあった全部の布団をイサオの上に重ねていった。

山のようになった布団のはるか下のほうから「ぐぐっ」とヘンな音が聞こえた。

「もっと布団をかぶせなさい！」

と、木村晋介が言った。

沢野が卓袱台《ちゃぶだい》を布団の上に乗せた。おれはその上に木村の重いトランクを乗せた。

「ぐぎっ」とまたヘンな音がして布団の山がすこし動き、上に乗っていた卓袱台とトランクがころげ落ちた。

そうしてその日からおれたちの三年間のおもしろかなしい共同生活が激しいキシミ音を立てながらスタートしたのであった。

11 原始共産生活の発生とその背景

「これからともかくも四人で暮らすことになったのだから、すこし基本的なことを決めとかなきゃならないようだな」

月曜日の夜、木村晋介は共同便所の入口と硝子戸《ガラスど》一枚で区切られている、われわれの部屋の小さな流しで、キャベツを刻みながら言った。まだマナイタがなかったので引きちぎった段ボールのフタがマナイタがわりだ。

「ま、それもいいけどとにかく早くしろよ、早く早く！」

沢野ひとしが三ツ矢サイダーの景品コップを握りしめて、さっきからしつこくわめいている。

イサオが洗面器の水の中に突っこんでおいたビールを三本引っぱり出し、雑巾《ぞうきん》でふきながら食卓の上に並べた。食卓といっても木村晋介が持ってきたコゲ茶色の巨大なトランクに新聞紙を敷いただけのものだ。

「おまえももうすこしなにか手伝えよ」

おれはサバの水煮の缶詰《かんづめ》を、なんだかめったやたらと切れない旧式の缶切りで、カキコキと必死にこじあけながら沢野を睨《にら》みつけた。

「だからな、おれはおいしいゴハンを炊《た》いたじゃないの。こういうゴハンはなかなか普通の人じゃ作れないんだよ。そういう一番重要なことをおれはもうやっているんだよ」

沢野が生意気にも憮然《ぶぜん》とした顔でそう言った。

「なんだとオ」

おれはさっきよりももうすこし目線に力を入れて彼を睨みつける。

「オッやめとけやめとけホラ、これで全部できたぞ」

木村晋介がプラスチック製のヘナヘナのザルにキャベツを山盛りに入れて持ってきた。

「よおし、ビール抜くぞ」

イサオが言った。

「乾杯だ乾杯だ」

ウスラ沢野が三ツ矢サイダー印のコップを頭の上に差しあげた。そこにイサオがビールを注ぐ。水で冷やしただけなのでほとんど冷えていないビールは「じゅわじゅわじゅわ」と、コップの中で大部分がアブクになった。

「うわあ、ともかく腹減ったよなあ」

木村が自分で切ってきたキャベツをトンカツの乗っている自分の皿の上にバサリと大量に乗せた。それから、

「このトンカツいくらだった」

とイサオに聞いた。

「三五円。ソーセージの三角フライが二枚で二〇円。ポテトフライが三個で一〇円」

「うーん、ゴチソーだなあ」

沢野がまたわめいた。

「今日は贅沢《ぜいたく》だよなあ」

「ま、お祝いだからな」

ぬるいビールは二杯目からはあまりアブクばかりにはならず、きちんと正しいビールとなって四人のコップを満たし、おれたちはじつに急速にしあわせでなごやかな気分になっていった。

克美荘の共同生活を開始して一週間目の月曜日であった。それまでおれたちはまだいろいろと自分の家からコマゴマとした荷物を運んでくる用があったり、帰りがそれぞれバラバラの時間帯であったり、ということから夕食は粗末な外食ですませたり、インスタントラーメンの合わせ味ダブル食い（別の味のものを二個分一緒に食べるということ）であったりと、どちらにしてもキチンとした食事は一度もできずにいたのだ。

だからその日は、われわれ四人が克美荘に住んではじめて全員揃《そろ》い、はじめてコメのめしを炊き、はじめてまともなオカズを皿の上に用意した、というはじめてづくしの記念すべき日であったのだ。

テーブルがわりのトランクの上にはイサオが「よおし、おごってやるぜ」と大フンパツして買ってきたまだあつあつのトンカツやフライ類が各自に一式ずつ、しかもキャベツとソースどっさり。サバの水煮とタマネギの輪切り、それにかつをぶしと醤油《しょうゆ》をまぜたやつ、さらにラッキョウとタクワンの大盛り、スルメとマヨネーズのゴールデンおつまみペア、しば漬《づけ》一袋、そして炊きたてのゴハンにトロロコンブという、本当にもうリッチな秋の夜の驚くべき豪華オールスター大スペクタクルおかず、というものが並んでいるのである。

「ビールビール！」

と、ウスラバカの沢野がまたわめいた。

「まあしかし、アレだよな、われわれもたまにはこういうゴチソーを食べないといけないよな」

イサオが大好物のソーセージ三角フライを頰張《ほおば》りながら言った。

「うん、そう、なんだよね、やっぱりこれはある程度めしを作る当番みたいなのを決めたほうがいいんじゃないかね」

木村晋介が言った。

「そういうの作ったほうが安心だよな」

「順番にやるか！」

「だけど、オレは煎《い》り玉子《たまご》とおじやと缶詰料理しかできないぜ」

イサオが言った。

「野菜炒《いた》めとかチャーハンとか玉子焼きとか、そういうものは自信はあるけどな」

と、おれはすこし胸を張った。

「おまえのは全部フライパン関係のものばかりネ」

木村晋介が言った。

「うん、しかし椎名のは危ないよな、どうも……」

イサオが曖昧《あいまい》な顔で笑った。

「ビールビール！」

と、ウスラ沢野がわめいた。

「やつはどうなんだろう」

おれは沢野を見ながら言った。

「ゴハンは炊けるな」

「しかもあいつはいま一番ヒマそうだしな。学校もあんまり行っていないようだし
……」

木村晋介が言った。

「ビールビール！」

と、ウスラ沢野がわめいた。沢野の皿の上のものはもうあらかたなくなっていた。アッという間に食べつくしてしまったのである。これが典型的な沢野の食べ方であった。この男は腹が減った時に眼《め》の前にうまいものを見るとまず「眼」が逆上するのである。続いて彼の精神の単純回路がショートする。まわりの物音が聞こえなくなる。そうして「ワアーッ」と、とにかく一気呵成《かせい》に食いこんでいくのである。「食いこむ」という言葉は本来は、たとえば机のカドにマサカリが食いこむ、というふうな使われ方をするのだろうけれど、沢野の人生を見ていると、この言葉はむしろ沢野が食物を前にした時にこそ一番正しく当てはまる言葉ではないか、と思うのである。

イヌもそうだが、こういう人間は空腹になるとたんに不機嫌《ふきげん》になってしまう。なんだかささいなことですぐイラだつ。だから沢野が空腹の時になにか彼に頼みごとをする、などというのはもっともまずいことであった。まとまる話もまとまらなくなり、愛は憎しみに変わり、信義は汚辱にまみれ、ネコはカンブクロに押しこまれた。沢野になにかやらせようとする時は、とにかくやつになにかハラいっぱいに食わせてからにしろ！　というのがわれわれの合言葉であった。話せば分かるやつだよ、という言葉があるが、彼の場合は「食えば分かるやつ」であった。

その食えば分かる男、沢野ひとしをおれたちは三人でじーっと見つめた。

「おいしいかい？」

と、木村晋介が妙にやさしく聞いた。

「ビールビール！」

と、沢野が言った。イサオが沢野のコップに素早くビールをついでやった。

「おいしいかい？」

と、木村晋介がもう一度聞いた。

ビールを半分ほど飲み、沢野はコクンとうなずいた。

「君はそれで料理というものはなにができるのかね」

「なんでもできるよ、オレは」

と、沢野は笑い眼ではあったがキッパリと言った。

「そうだ、そういえばこの前こいつにキャベツ炒めを作ってもらったことがあった。こいつの家でね。これがキャベツにかつをぶしをまぜただけなんだけれどなんだかものすごくうまかったなあ」

思い出しておれは言った。

「醬油が味のキメテだね、あれは……」

沢野がさりげないかんじで言う。

「よおし、決まったな」

木村晋介が言った。

「おまえがしばらく炊事当番をやってくれよ。なにを作ってもいいから……」

「いつも一番最初に食べていいよ」

「皿洗いはおれたちがやってもいいし……」

木村とイサオとおれの三人は口々に言った。

「うーん」

と、沢野はすこし唸《うな》った。眼が基本的に笑っている。

「ホントに作ってもいいのオ？」

「いい、いい」

「トリのカブ揚げとか、ポークピカタとか他人丼《どんぶり》とかニコラスのピザパイとか、そういうの作ってもいいのオ？」

「いい、いい」

おれたちは言った。どうせやつはそのうちのどれもまともに作れやしないのだ。

「ブタ汁とか焼きうどんとかけんちん汁とかコロッケ丼とか、そういうものだっていいの？」

「いい、いい」

いま言ったのはどうやら沢野が本当に作れるものらしい。

「コロッケ丼なんてとくにいい！」

木村晋介が言った。

「あれ、おいしいもんね。葱《ねぎ》をザクッザクッと切って甘からーい醬油味でさっと煮て、そこにコロッケをどおーん、と三個も入れちゃう」

「三個も！」

「そっ！」

「すごい！」

「それで葱とコロッケがやわらかくなってきたところに玉子ね、玉子をとろとろっと落として玉子とじふうにしちゃう」

「うんうん」

「それを素早くドンブリのあつあつゴハンの上に乗っけてハイできあがり！」

「うまそー」

「そっ！」

沢野の笑い眼が急速にヘナ眼になった。

「それじゃあ、やってみるかな」

「たのむよホント」

おれたちは沢野に向かってビールの入ったコップを差しあげ一同乾杯の姿勢を取っ

た。

「ビールビール！」

沢野が半分ほどになったコップを差し出した。

「はい」

イサオがいつになく快活な返事をして沢野にビールをついでやった。そしてようやく克美荘六号室の炊事班長が若干の不安をはらみながらもなんとか決まったのであった。

「しかし問題はこの家の経済だよな」

あらかたビールを飲み、皿の上のカツ類を食べ終わった頃《ころ》、木村が言った。

家賃は五五〇〇円であった。あと電気代、水道代などなにやかやの諸経費で一〇〇〇円ぐらいかかり、とにかく食費は別にして最低六五〇〇円の金は必要だった。

四人の中できちんと働いているのはイサオ一人。あと、おれと沢野が不定期のアルバイトをやっていた。木村晋介は司法試験の勉強をやる、ということがとにかくここ当面の目標なので、必要な生活費は家からもらう、という収入状況だ。

「まあ、アレだよね、金のあるやつがある時に金を出す、とまあ基本的にそういうふうにしたらいいんじゃないかと思うんだよね」

沢野が言った。そう言ってチラリとイサオのほうを見た。

「うん、それはいい考えだよな、沢野にしては珍しくも理知的な意見だ！」

おれも大きくうなずきイサオのほうをチラリと見た。

（ん？　なんだなんだ！）というような顔をしてイサオはあわてて自分のビールをゴクリと飲んだ。

「まあしかしそういうわけにもいかないだろうよ」

木村が笑いながら言った。

「だけどみんなで毎月キチンとわりあての金を出して、それで予算を組んでやりくりしていく、なんていうほうがもっと現実的じゃないぜ。第一誰がそれを管理するんだよ、そんなやつっていないだろう」

おれが言った。しかしその時、おれの眼の中にどーんと木村晋介の顔が大きくクローズアップふうに迫ってきた。

「そうだ！　木村がいるじゃないか。おまえがこの中で一番キチンとしていてアタマがいいんだから、おまえが管理してくれたらいいんだよ。そうだゴハンをつくる人が決まって、〝おかあさん〟ができたんだから、次に木村が〝おとうさん〟になればいいのだ！」

「そうだそうだ！」

イサオが早くもビールで赤い顔になりながら力強く言った。

「それがいい、木村だったらなんとか信用できる」

イサオがなんだかちょっと気になることを言った。おれと沢野は同時にイサオを睨みつけた。

「しかしねえ……。なにもそんなふうに役を決めなくたって……」

木村が口ごもった。

「いや、やっぱり決めといたほうがいいと思うよ。ここはイサオが不動産屋にだまされて入ってしまった陽当《ひあ》たりゼロのひどい部屋だけれど、大家というのがこんな部屋なのになんだかずいぶん疑《うたぐ》り深そうなやつで、学生たちが借りる、と聞いてじつにいやらしい眼つきをしていたしなあ」

沢野が言った。

「不動産屋にだまされた、というのをいつまでも言わなくてもいいじゃないか」

イサオが口をとがらせる。

「いや、こういうものは、イマシメのために最低二、三カ月は言ったほうがいいのだ！」

おれが叫んだ。

「ちくしょう！」

「当然のムクイだ。それでもまだ温情判決なんだぞ。本当なら皿洗い二カ月というところだ」

沢野がわめく。

「洗い方はおれたちが教えてやる。おれたちは皿洗いのプロだからな」

おれもわめく。

「ようし、分かった分かった。それじゃあいいよ。とにかくおれが当面はそのへんのことをやってみるよ」

事態がどうもおかしな方向に飛んで紛糾のきざしを見せてきたものだから、木村があたりをなだめはじめた。

「おれが犠牲になればいいんだ」

木村が言った。

「犠牲だなんて大袈裟《おおげさ》なこと言うな」

おれがわめいた。

「大袈裟なこと言うな」

わけも分からず沢野もわめいた。

そうしてひとしきり不毛の論争が続いた。わめきながらトロロコンブでめしを食った。

沢野の炊いためしはなかなか水かげんがよくてうまかった。そして四人で食べると互いにライバル意識が働いて、じつにたくさん食べた。

「残すなよ、残すくらいならはじめから食うなよ！」

食いながらおれはそう言ってあたりを威嚇《いかく》した。その頃、おれたちのあいだでつねに呼びかわされていた合言葉は、

「吐くなら飲むな、飲むなら吐くな」

というものであった。どういうことを言っているかというと、この頃仲間うちが集まると、じつによく酒を飲んだのだが、飲むとついつい飲みすぎて、しまいにウエーッと吐いてしまうやつがけっこういた。

そしてイサオの部屋で寄り合い酒をやると、どういうわけか入口においてあるみんなの靴《くつ》の上に吐くやつがかならずいた。靴の中に吐かれたやつはたまったものではないのだ。

だから飲んでいる途中にしだいに青い顔になってくるやつがいると、まわり中から、「吐くなよ」「吐くなよ」「吐くくらいなら飲むなよ」という声が激しくわきあがった。

そうしていつしかこのような口伝えの標語のようなものができあがったのだ。

しかしこれからは木村の言うようにかなりの「慢性的耐乏生活」をしていかなければならないのである。食料はムダなくムリなく摂取していかなければならないようであった。

「吐くなら飲むな……」より「残すくらいなら食うな……」のほうが、より現実的な標語になってきそうであった。

互いの大食いのライバル意識に危機意識が加わって、おれたちはその日も食えるだけ食ってしまった。そうしてそのままゴロンと横になり満杯の腹をかかえて溜息《ためいき》をついた。

「苦しいよオー、苦しいよオー、食べすぎて苦しいよオー」

沢野がうめき声をあげた。

「ああーオレも苦しいよオー、さっきまでの空腹の時がなつかしいよオー、苦しいよオー」

イサオがカン高い声で言った。

「おまえら、なんというくだらないことを……、しかしオレも苦しいよオー」

木村が唸《うな》った。

「うーん、うーん」

おれも唸った。

そうして克美荘開室記念の発作的パーティは、トンカツ、三角フライ、トロロコンブなどをテーブルの上にところ狭しと並べて、かなり甘美でリッチな一夜になるのではないか、と思われながらも、結果的にはまことにおぞましく視界不良、前途多難と

木村は
いたずら
をするな
イサオ
VAN

いった様相を秘めてギクシャクと暮れていったのであった。

しかしその日決めた中央予算管理体制はあまり長続きしなかった。その頃から書きはじめた大学ノート八冊分の「克美荘日記」を見ると、「えーい、もう勝手にしろ。家賃なんか全然残ってないよ……」という木村晋介のなぐり書きの一文が記されている。それだけではなんのことか分からないが、これはつまり第一次木村管理内閣の経済破綻《はたん》を意味しているのである。

最初の月に木村はそれぞれから二五〇〇円ずつ集めて一万円の予算を確保した。ここから家賃およびそれに付帯する諸経費約六五〇〇円を引き、残りの三五〇〇円でなんとかやりくりして、貧しく苦しいながらもつつましく生きていこう、美しく生きていこう、という愛と友情の感動路線を進路策定したのである。

彼はその予算を「家賃」「食費その他」と書いた二つの茶封筒に分けて入れ、鴨居《かもい》のところにある細い隙間《すきま》に差しこんでおいた。そこは壁と木で作られた小さなポケット空間になっていて、ちょっと手を伸ばせばすぐ取り出せるところであったが、あまりにも真正面にあるのでドロボーが入ってきてもまさかこんなところに金が隠してあるとは思いもしないだろう、というきわめて堂々とした秘密の場所であった。

そしてこの部屋の取り決めは、その日一番早く帰ってきたやつがマーケットに行ってなにかその日の中心的なおかずになる、しかしとびきり格安のしかもけっこううまい、できればみんなの喜びそうなものを素早く買ってくること、というふうになっていた。その〝必殺買物人〟は、この鴨居の秘密のポケットから「食費その他」の封筒を出し、買物に行ってくる、ということになっている。

そして、われわれのもっとも心配な「酒」については、その時金を持っているやつがなにか買ってくる、という作戦を取った。予算は安定化し、市民の暮らしは保証され、人々はようやく明るい日々が過ごせそうであった。事実しばらくのあいだは、このシステムでうまくいった。

炊事班長の沢野は、二〇〇〜三〇〇円の予算で買ってくるコマギレ肉や野菜類を常備品の味噌《みそ》、塩、醬油《しょうゆ》のゴールデントリオでうまく味つけ調理し、けっこう甲斐甲斐《かいがい》しくその炊事業務に励んだのである。

しかし破綻というのはなんにしてもまことにあっけないものである。その日は用ができてイサオが実家に帰ってしまい、夕食は三人であった。三人ともほとんど金がなかった。サラリーマンであるイサオがいないとこの三人はまことに心細い三人であった。

心細いけれど同時にこの三人はまことに酒が好きな三人であった。

「ちょっと今夜あたり冷えるねえ」

と、木村晋介が古典落語ふうの言いまわしで風呂《ふろ》から帰ってきた。それから、

「めしはできてるかい？」

と長屋の頭領ふうに沢野に声をかけた。

「えー、こんにゃくと里芋を煮ております。かつをぶしをまぶしてですね。これから醬油で味つけする、という段階になっているわけですね」

沢野はなんだかめし屋のおやじのような口調で言った。

「うーん、そいつはたまんないねえ。ちょっとイッパイやらなくちゃいけませんねえ」

と、木村はまた落語ふうに言った。

木村が帰ってくる前におれと沢野は話していたのだ。

「こういう日はアツカンだねえ」

「だけどトックリがないねえ」

「やかんがあるよ、赤い笛吹きケットル……」

「うーん、なるほど、悪くないねえ」

……そういう話をしていたのである。

しかし二人とも金がなかった。合わせても三〇円ぐらいしかなかった。

「しかし金がないのだよ」

「ないのだよ」

沢野ひとしも同じことを言った。

「しかしまったくどこにもない、というわけでもないんだよな」

「そうだよな」

そう言って二人してチラリチラリと鴨居のほうを眺《なが》めた。

「考え方しだいだよな」

「そうだよな」

そう言ってまた二人でチラリチラリと眺めた。

問題は木村がどう出るか、ということであった。いやしくも彼はこの部屋の管理主任である。われわれのしあわせと平和をあずかる総勘定元締めの大任を負うお方である。なんだか妙にバカ丁寧な言葉使いになってしまったけれど、とにかく目下のおれと沢野の文無しのよわしい立場の者から見たら、唯《ただ》一人の管理職、直属の上司、団体役員、政府為政者、という位置にいる人物である。

「いいねえ、こんにゃくでイッパイなんて……」

木村の顔を見上げて、おれは部屋の隅《すみ》から言った。

木村はもともと頭から足の先までお酒大好きの男である。おれの顔を見て一〇〇パーセントの喜び濃度を隠そうともせず、

「いいねえ……」

と言った。

「いいねえ」

と、おれも言った。

「だけどねえ、晋ちゃん、おれたちお金一銭もないんだもんねえ」

沢野が四合入りのプラスチック容器のヒゲタ醤油を眼《め》の前にかざしながら、いかにも残念そうに言った。

「あっそうか！　うーん、オレも二〇円ぐらいしかなかったんだよなあ、うーん、悔しいなあ」

木村がその金太郎のような太い眉毛《まゆげ》を激しくユガミ踊らせながら言った。

「そうか、そろそろ月末だもんなあ、おふくろにすこし早めに送らせときゃよかったなあ、電話するの忘れちゃったんだ」

「うーん、まいったなあ」

「だけど晋介、この部屋にまったくお金がないというわけじゃないんだよねえ」

おれは部屋の隅からいやらしく眼を光らせながら言った。

「あっ、そうかそうか！」

木村はおれの言っている意味を即座に理解した。

「そうだそうだ、金は一応あるんだ！」

「そうなんだよ晋ちゃん」

沢野が台所のほうからヘンに明るい声で言った。

「そうなんだよ晋ちゃん！」

おれも言った。さあ一気に攻めこんでここで勝負だ！　とおれは思った。

「うーん、そうかそうか」

木村は濡《ぬ》れタオルを持ったまま、部屋のまん中ですこし考えこんだようであった。

「うーん、しかしアレをなあ、こんなに早くなあ！」

彼は、ひとり言のような、そうでないような曖昧《あいまい》な声になった。

「あとで使った分を戻しときゃいいよ、同じことだもんな」

おれはシビアにじっくりと攻めこみはじめた。プロレスの技でいえば背後からがっちりと四肢《しし》をからめるコブラツイストというかんじである。

「どっちにしたってちょっとのあいだだけだよ」

ぎりぎりと締めあげた。

「うーん、そうだなあ、なるほどなあ！」

コブラツイストは着実に効いているようである。

その時だった。

「よし、行くぞ！」

という声がして、沢野がぐつぐつと煮えたぎっているこんにゃくとぶしの鍋《なべ》の中にヒゲタ醤油をどどっとぶちこんだのである。

こんにゃくと里芋とかつをぶしがとろとろと醤油にからまりプルプルと震えているようなまことにもって香ばしい匂《にお》いが部屋の中に鋭く流れた。

ついに沢野の必殺技バックドロップが炸裂《さくれつ》したのだ。

コブラツイストをかけられたままバックドロップを決められたのだからたまらない。

「うーん、うーん」

と苦しそうに木村は一、二秒のあいだ、うめき声をあげ、そして言った。

「よおし、これでひとまずタテカエちゃおう、なんとかなるよなあ！」

ついにやつはギブアップしたのである。

「うんうん、そうだよ、心配することはないよ。おんなじことだもんなあ」

おれは素早く立ちあがり、木村が引っぱり出した封筒から一〇〇〇円札を受け取ると、そのまま外に飛び出した。

克美荘から歩いて三分のところに大和屋酒店があった。この店にはどういうわけか美人の三姉妹がいて、おれたちは目ざとく、「酒を買うならココ！」と決めてしまったところである。

二級の一升瓶《びん》を買い、タバコも一箱買った。

そうして速足で帰ると、木村と沢野はデカトランクのテーブルのまん中に鍋を置き、しば漬《づけ》とヒグラ、福神漬なども さりげなく配置して静かに酒の到着を待っていた。そうしてその後はまことになごやかに「銭湯の正しい入り方」「ゆうべの残りのめしの驚愕《きょうがく》的美味再生法」などについて話し合い、秋の夜の更《ふ》けるのも忘れてしまったのであった。

しかしこの夜の「まあいいんじゃないかネ、あとでなんとかすれば……」という軟弱方針によって、鴨居の下の予算袋の中身は急速に減りつづけ、それを誰も補充しようとはしなかった。そして克美荘六号室の経済は約三週間ほどであっけなく破綻してしまったのである。

家賃五五〇〇円は木村晋介が家から送ってもらってなんとか払い、おれたちは表面的にすこし浮かぬ顔をして緊急対策会議を開いたのであった。

「やっぱりこれはさあ、その時金を持ってるやつが払う、というやり方が一番いいんじゃないかな。もちろん、おれだってアルバイトいろいろやるよ」

沢野ひとしがいつになく真顔で静かに言った。

「おれもそう思うよ。みんなまったくあとがなくなってしまったら皿洗いがある！」

おれが言った。

「おまえは心《しん》から皿洗いが好きみたいだな」

木村が言った。

「そんなに皿洗いが好きなのならもっとこの部屋の皿を洗えよ。このごろいつもオレがやっているんだぞ。誰だ、料理を作ってくれるならオレたちがいつも皿を洗うよ！なんて言ったやつは。はじめだけじゃないか！」

沢野が突如として逆上しはじめた。

「それとこれとは違うじゃねえか」

「おんなじだよ。おまえは調子いいぞ」

「なにオ！」

「まあ待て！」

木村が割って入った。

「みんなすこし飲みすぎるんじゃないの。だからすぐ金がなくなっちゃうんだよ」

イサオがちょっと遠慮がちに言った。

「まあそれもあるだろうな。でもしようがないと思うけどな」

木村が言った。この部屋で一番酒が好きなのは木村であった。

「飲んべのとうちゃんのいる家だからしようがないよな」

沢野が言った。

「なんだとオ。おまえはなあ、酒を飲むなら吐くな、と言ってるだろ。この前も吐いてたじゃないか。もったいないことするんじゃないよ」

木村がちょっと激しい調子で沢野に言った。

「あれは酒を吐いたんじゃねえや。めしのほうを吐いたんだい！」

「そんな器用な話があるか」

「まあ待てよ」

こんどはおれが二人のあいだに入った。

「沢野はいま腹が減っているんだよ。かなりイラついているだろう。なにかあいつに食わせたほうがいいよ」

「オレ、なにか食いたい」

沢野が言った。

「だからなんにもないんだよ、コメだってあと一合ぐらいしかないんだから……」

イサオが言った。なんだか長屋のおかみさんのような口調でもあった。

「なあ、だからそういうことになっちゃったんだよ。おまえが酒ばかり飲んでいるから！」

「おい、本当に怒るぞ」

木村の眼がすっと細くなった。

「やめろよ、そんなこと言ってたってしょうがないよ」

イサオがすこし困ったような顔になって言った。

「おれも沢野もみんな同罪だよ。一番最初に煽《あお》ったのはおれたちだったからな！」

おれもすこしシリアスな気分になって言った。

「こういう調子だと早くも解散ということになる。それじゃあちょっとだらしないよな」

イサオはしきりにこの場のとりなしにかかっているようであった。

「それじゃあともかくとりあえず、金を持っているやつが出せる金を供託すると、そういうことにしようじゃないの」

おれが言った。

木村がうなずく。

「そうだな、それしかないみたいだな」

「どうだ沢野は」

「だからおれはそういうふうにしたらいいじゃないかと最初から言っているんだよ、まったくもう……」

彼はまだイラついていた。

「よし！　財政建て直しだ。決定しよう！」

木村が「議会終了」のようなかんじで言った。

それぞれの自主的供託金はやっぱり鴨居《かもい》の秘密のポケットに入れることにした。封筒などに入れるのではなくて、その木と壁の隙間《すきま》のポケットにじかにポイと放《ほう》り投げる、ということにしたので実際に一〇〇円玉なども投げ入れてみると、なんだか神社にお賽銭《さいせん》を放り投げるような気分になった。

そうしておつかい当番の買物や銭湯代や酒代などは、使う者がこの秘密のポケットに手を突っこんで中をかき回し、とりあえず必要なものを持っていく、という方法になった。まことにもって発作的不確定型暫定《ざんてい》措置というものであったが、しかし意外なことに実際にやってみるとこの「原始共産制経済」はなかなかに具合がよかったのである。

秘密のポケットに投げ入れられる金は圧倒的に一〇円玉が多かったが、しかしちょっとつま先立って手を伸ばし、そのポケットの中をまさぐってジャラジャラといっぱい溜《た》まった一〇円玉をひとつかみしてみると、赤銅色《しやくどういろ》の一〇円玉と白色チャラチャラの一円玉にまじってぐっと存在感の大きい一〇〇円玉や五〇円玉がまじっている。そして当座に必要な金の分だけそこからつまみ出していく、というのはなかなかに「生活安定」「家業繁盛」というかんじで基本的に豊かな気分になれるものなのである。

そしてまもなく沢野は約束どおり冬場のアルバイトに出かけ、おれも脚本学校の先輩などの紹介で三流週刊誌の下請《したう》け原稿などの仕事をもらうようになった。

木村は驚くべきことに、昼でも真っ暗でおまけにじっとりと湿っている穴ぐらのようなその部屋で本当に司法試験の勉強を始めようとしていた。

すなわち彼の持ってきた巨大なトランクの中身は全部その勉強のための本であった。彼はその部屋の六〇ワットの裸電球の真下に食卓兼用のトランクをどっかりとすえて、その上できちんと勉強をはじめた。

サラリーマンのイサオは朝八時二五分まで寝ていて八時三〇分に半分眠りながら部屋を飛び出していき、夜は七時から一〇時のあいだに帰ってくる、というただ一人の規則正しい生活を始めた。それぞれがどうにかそれぞれの生活スタイルを作りながら、その奇妙な共同生活に歩調を合わせていく、という恰好《かっこう》になっていった。

しかし困った問題も起きてきた。沢野がアルバイトを始めたので帰りが遅くなり、夕食の仕度がほとんどできなくなってしまったのだ。

こうなると主婦を失った欠食児童ばかりの悲惨な家庭、というようなありさまになり、経済状態は持ち直したが、食生活と一家の団欒《だんらん》、そしてみんな揃《そろ》って明るい笑顔、という大切なものをしだいに失っていく、という憂慮すべき状態になったのである。

部屋に一番長くいるのは木村晋介であった。彼は炊事当番がいつまでたっても帰ってこないので仕方なくコメを自分で研ぎ、近くのスーパーにおかずを買いに行く、と

いうことを毎日のようにやらなければならなくなった。

彼は自分で料理を作ったことはほとんどなかったのだが、おれたちの場合はめしを炊《た》いて味噌汁《みそしる》を作り、缶詰《かんづめ》のひとつ二つをあけて生野菜を刻めば、それで立派なゴチソーになったので、そんなに大変ということもなかった。

「いいよ、気分転換にオレがやるよ。オレがおかあさんになるよ」

と、ある日、木村は自分から言った。

「悪いな」

と、沢野はあまりすまなそうな顔をせずに、むしろブッキラボウなかんじで言った。

「やっぱりオレ、いまいろいろ忙しいからな、仕事とか学校とかさ……」

やつはあからさまにカッコウをつけてそう言った。

「いろいろ仕事が増えたしな……」

おれもついでに部屋の隅《すみ》からいっぱしのサラリーマンのような顔をして自分のことを言った。

「うん、そうだよな、だからオレがやるよ、めしの仕度はサ」

「わりいな」

おれが言った。

木村は台所で大根を大きく輪切りにしていた。

「二階の小沼さんに教えてもらった大根とかつをぶしの煮ものだ。うまいんだそうだよ」

「まあ、なんでもいいよ、食えるものを作ってくれればサ」

沢野がまだカッコウをつけたまま、ちょっとしたニワカ亭主のような口調で言った。

コトコトコトと真新しいマナイタの上で木村の包丁が軽やかな音を立てた。

「だけど、ひとつだけ条件がある！」

木村がちょっとフシギにきっぱりした口調で背中を向けたまま言った。それからゆっくり振り向いておれたちの顔を見た。どういうわけかハッとするほどきびしい眼《め》をした二〇歳の法律青年というような顔になっていた。

（ムッ、なんだなんだ……）

おれと沢野はすこしだけたじろいでやつの言うことを待った。

「そのかわりな」

「そのかわり……、なんだよ？」

「カッポーギを買ってもらいたい！」

「ん？……」

「あのネ、カッポーギが欲しいんだよ」

「む？……」

「やっぱり水仕事をするといるね、ああいうのが」

「カッポーギか」

「うん、エプロンじゃダメなんだよね」

よく見ると彼はワイシャツをエプロンがわりにしてズボンの上に巻いていた。

「よしよし、買ってやるけん」

沢野とおれはすこし安心して木村に言った。

「うれしいわあ」

ダイコンと包丁を振りかざし、木村はなかばやけくそ気味にシナを作ってみせた。

12 サバナベの夜は更けて

それにしても暗い部屋であった。引っ越してきた秋のうちはまだよかったが、晩秋となり初冬になってくるとその部屋はじわじわと陰にこもって暗さを増してきた。南に向いた一間幅の窓をあけると二〇センチの空間をおいて隣のアパートがどでんと迫ってきていて、眼《め》の前に向かいの部屋の曇り硝子《ガラス》の窓がいつもピシャリと閉ざされていた。そこにも当然誰かが住んでいるわけで、朝は八時頃《ごろ》まで電気がつき夕方はたいてい七時頃に電気がつくから、その部屋に住んでいるのはきっとひとり者の勤め人だな、と木村晋介が言った。

その部屋にしても眼の前におれたちのアパートが迫っているわけだから部屋の中はおれたちの部屋と同じように昼でも夜でも静かに果てしなく暗い部屋であるのに違いなかった。

「たぶん女だな」

と、ウスラ沢野が確信に満ちた顔で言った。

「一人でな、都会の片隅《かたすみ》で暮らしているんだよな。顔はまあまあ十人並よりちょっと上、というところかなあ。福島県あたりからやってきて両国あたりの衣料問屋に勤めている、といったところだろうなあ。福島の実家ではもう帰ってこい、と言っているんだけど、それでも当人はまだ都会に夢を求めてひっそりとこの暗い部屋で寝起きしている、とまあそういうところだなあ……」

砂糖の入っていない紅茶をすすりながら沢野が勝手な想像をめぐらせていた。

「窓を絶対にあけないいんだよな」

この部屋に毎日もっとも長い時間暮らしている木村が言った。

「だからこっちの部屋の男どもを警戒しているんだよ。男ばかり三人も四人も薄暗い部屋に住んでいる、なんていうのはともかくマトモじゃないからな」

紅茶をすすりながらウスラ沢野は相変わらず断定的に言った。

「そろそろコタツ欲しいよなあ」

部屋の隅でトランジスタラジオを聞いていたイサオが突然大きな声を張りあげた。

「そうなんだよ。コタツとストーブだな。ストーブはおれの家で余っているやつがあったからひとつ持ってくる。問題はコタツだな」

木村が言った。

「コタツねえ……。買うのはバカバカしいし……」

おれはいろいろコタツの余っていそうな家を思い浮かべながら言った。

その頃おれたちは必要なものがあるとどこからともなくそいつを調達してくる、というのが得意であった。棚《たな》が欲しい、と思うと二、三人で夜更けにひょいと街に出ると三〇分後ぐらいに棚板にちょうどいい三メートルぐらいのラワン板が持ちこまれていた。

生ゴミ入れがない、ということになると大きなポリバケツがいつの間にか台所の隅におさまっていた。

「コタツというのはそのへんに立てかけてあったり道ばたに置いてあったりするものじゃないからなあ……」

「やっぱり誰かいらないやつを捜してもらうようにしよう」

「しかし余分なコタツを持っているやつなんているかな？」

「魔法瓶《まほうびん》なら余分のやつがあるけどな」

ウスラ沢野が言った。

おれたちは彼を無視し、もし購入するとしたらどのようにすれば安く手に入れることができるだろうか、ということを研究しはじめた。こういう話になると、とにかく安いものを見つけてくるのが得意なイサオにそっくりまかせておくのが一番よさそうだった。

「ああそうだ」

と、木村が言った。

「コタツよりも前に必要なものがあるんだよ。ゴミバケツのフタね、あれが欲しいんだよ」

ある日どこからともなく持ちこまれ、台所の隅にどすんと置かれた大型のポリバケツはフタなしであったので、木村が料理を作っているとどうにも臭くなってしまうがないのだという。

「いまはまだ部屋の中に火の気がないからいいけれど、そのうちストーブでも入ってあったかくなってくると生ゴミはみんな腐るだろう、そうするとたまらない臭《にお》いになると思うよ」

「なるほど」

「台所をあずかる者として一日も早くポリバケツのフタが欲しい、と要求するね、おれは……」

「なるほど」

木村の言っていることはたしかに説得力があった。

「なんとかしろよ」

おれたちはイサオを見つめて言った。

「まずはじめにバケツのフタ。それからコタツだよ。分かったねイサオちゃん」

木村がやさしい声を出して言った。イサオがうなずき、沢野があくびをした。

イサオの勤めている中田金属株式会社は日本橋小伝馬町にあった。小岩の駅から浅草橋まで約一八分。そこから都営地下鉄に乗って二つ目の駅の人形町で日比谷線に乗りかえてひとつ目が小伝馬町の駅だったが、たいていは歩いて通っていた。そこには半年間ほどおれ自身もアルバイトで通っていたので、このルートはよく分かっていた。克美荘からの歩きを入れてざっと三〇分というところだった。

イサオの会社は九時から始まる。するとすさまじいことに毎日八時二五分まで寝ているのである。八時二五分に仕掛けた目覚し時計が鳴ると、彼は恐ろしいほど簡単に眼を覚ました。そうして恐ろしいほど簡単に顔を洗い、やかんに水を入れてガスコンロに乗せ、そのあいだに便所に行って恐ろしいほど簡単にクソをした。そうして便所から出てくると大急ぎで背広を着てネクタイを締めた。そのあいだに笛吹きケットルに三分の一ほど入れた水は沸騰《ふっとう》している。彼はそいつで一杯お茶を飲み、「ハアーッ」とひとつ熱い息をついて、そのままバッと外に出ていくのである。しめてそのあいだ正味五分。そしてそのあいだ、おれたちはピクリとも動かず寝入ったままであった。

残りの三人は九時頃にゴソゴソと起き出した。小便がしたいのと腹が減ったのとがまざりあい、しかし起きると布団《ふとん》をあげたり掃除をしたりゆうべのめしの食器洗いをしたりで、いやだなあできるならばこのままずーっと生涯《しょうがい》寝ていたいなあ、しかし小便はしたいし腹は減ったし、困ったなあ、しようがないなあ……などという気持がぐるぐると舞い踊り、互いに布団の中から眼だけを出してそれぞれ様子を探り合いなが

ヤサイ
イカ

ら本格的に起き出すタイミングをはかっている、という圧倒的に怠惰きわまりない午前九時の攻防ラインといったものを通過していくのである。

それでもそのうち誰かがとうとう我慢しきれなくなって便所に起きあがる。便所はいったん部屋を出て、おれたちの部屋の台所の向かい側に廊下ひとつへだてて三つ並んでいた。二階にも三つ並んでいて、これがじつに圧倒的に存在感に満ちた汲み取り式の便所なのである。二階の便所からは太いドカンが三本、下までどおーんと伸びていて、二階でした大小便は一階までそのまま垂直に加速をつけて落下していく、という方式になっていた。

だからおれたちの部屋で静かに寝ていると、二階からの小便がドカンを伝わって流れ落ちる「しゃわしゃわしゃわ」という音が、深い山の谷川のせせらぎのようなかんじで聞こえてきたし、大便のほうは「どどどどっ」と夜更けの冬山の表層雪崩《なだれ》ぐらいの迫力で聞こえてくるのであった。

寒い朝など三人で便所に行きたいのを我慢してじっとそれぞれの布団にくるまっていると、この二階から落下してくる大小便がじつに気分よさそうな音で聞こえてきてまことにユーワク的であった。ああ、寒いけれどおれもあんなふうにどすどすしゃわしゃわと大小便を放出したいなあ、そうしたらどんなに気持がいいだろう。しかし起きていくのは寒いからなあ、勇気がいるよなあ、ちくしょうしかしそれにしてもいい音だなあ……などというふうにうつらうつらとしながらも、二階からのどすどす音に胸をときめかしてしまうのである。そうしてそのうちついにそれ以上こらえることができなくなってエイヤッ！　と布団をはねのけ、毅然《きぜん》と便所に行く、ということになる。呼び水というのはよく聞くけれど、「呼び便」というのも世の中にはあるのだなあ、とつくづく思ったものである。

しかし、この二階からの加速度付き垂直落下便はすこし離れて聞いている分には冬山の表層雪崩のようでちょっとした風情さえあるのだが、下の便所に入っている時に上からやられると、どうもこれはあまりにも頭上直撃的なリアルな迫力に満ちていて、なんだか落ち着かなかった。

克美荘は一階と二階にそれぞれ四部屋あり、二階に中年の夫婦ものが二組、一人住まいの女が二人、一階はやはり中年の夫婦ものが二組いた。そしておれたちの部屋の並びにあるもうひとつの陽《ひ》のまったく差さない部屋は空室のようであった。

二階に住んでいる中年夫婦に小沼さんという人がいた。旦那《だんな》はなにか中小企業の会社の経理をやっているとかで、いつも朝早く出て夜遅く帰ってくるようなので、ほとんど顔は見せなかったが、奥さんはきさくで陽気な人でわれわれにアパート生活のきまりとかちょっとした料理のアドバイスなどを親切に教えてくれた。

小沼さんの部屋の隣は斎藤さんといって五〇歳ぐらいの夫婦と二人の女の子が住ん

でいた。女の子は上が一〇歳でまゆみ、下が六歳でゆみといった。なんだかどちらもホステスのような名前だったけれど、まもなくそれは親父《おやじ》さんの趣味によるものだということが分かった。斎藤さん夫婦はちょっと東北なまりがあってあけっぴろげで気分のいい人々であった。

「たまにあんだがだうちにテレビ見にきだらいいのに……」

なんて斎藤さんは大きな金歯を丸出しにしてそんなふうに声をかけてくれた。

おれたちの向かい側の部屋は西村さんという夫婦が住んでいて、この奥さんは細い眼をしていつも陰気に押し殺したような声でしゃべるのがちょっと不気味であった。亭主は背は低かったが、妙に肩幅が広い男で、無愛想きわまりなかった。玄関で会ってもまともにわれわれの顔を見ようともしないのだ。

学生たちが大勢向かいの部屋に住むというとこれはまあ当然ながら静かなことにはならないだろうから、おれたちが越してきたことをこの夫婦は露骨に警戒している、というかんじだった。

その西村さんの部屋の隣、つまりおれたちの部屋の斜め向かいは本間さんという若い夫婦が住んでいて、共働きらしく二人ともほとんど夜更けにならないと帰ってこないようであった。

そして、ここに越してきて細眼の西村夫人が最初に言ってきたことは便所掃除の件であった。

「こういうことはどっちにしてもお互いさまですからね」

と、西村夫人はおれたちの部屋のドアのむこうで低い声で言った。しかしその言い方はいかにもいやなかんじであった。

「便所掃除はこういうふうな割り当て当番になっているんですよ」なんていうように普通に言えばいいものを、いきなり「お互いさまですからね……」などと言うのはよくないなあ、と、西村夫人の応対に出たイサオは小さな声で言った。西村夫人などというとなにかタイソウなかんじがしてよくない。こういう場合は西村カアチャンでいいのだ、そうなのだ。

が、ともかく便所掃除は月割りであった。当番になると一カ月のあいだずっとその担当になる。これは大変だった。そのほか廊下掃除というのが別のサイクルで回ってきて、これも当番になると一カ月ずっとやらねばならなかった。

「おれたちの便所掃除は来月からだって……」

と、イサオは言った。しかし毎日が掃除というわけではなく二日に一回やればいい、という話である。

「まあみんなでやるしかないな。お互いさまだからな！」

いつの間にか家長のような存在になった木村晋介がその太い眉《まゆ》をピクリと動かし、

きびしい顔をして言った。

「共同生活だからな!」

「ちゃんとまじめにやれよな!」

「逃げたらそいつはクソをしてはいかんということにしようよな!」

おれとイサオと沢野は口々に誰に向かって言うこともなくそんなことを言い合った。それぞれが勝手にそれぞれを牽制《けんせい》した一瞬であった。


さて、おれと沢野と木村の三人がゴソゴソと起き出してからのつづきである。起きると沢野がたいていまず窓をパアーンと思いきり大きくあけてしまった。その部屋の住人の中では意外なことにこの沢野が一番キレイ好きであった。しかし一日中陽の差さない穴グラのような部屋でゴキブリのような生活をしている人々のなかでのキレイ好きであるから、それもたかが知れている。せいぜい布団を押し入れにぶちこんだあと、手ぎわよく部屋のぐるりを小さなほうきで掃いてみる、というようなことであったが、しかしそれでもその部屋では彼の存在は貴重であった。

「お茶飲もう、お茶……」

と、沢野は部屋を掃きながら言った。台所の流しは前回の夕食で使った食器がたいていゴミの山みたいになっていて、ちょっと簡単にはヒトを寄せつけないようなすさまじいありさまになっている。しかし、その中から湯飲み茶碗《ちゃわん》をいくつか引っぱり出し、簡単に水でジャーッとゆすいで、同時に赤い笛吹きケットルをガスコンロに乗せる。

部屋を掃き終わった沢野は、続いて素早くテーブルがわりの木村のデカトランクを部屋のまん中に引っぱってきて、そこに灰皿を乗せる。

お湯が沸くと、そのトランクを囲んでまずはともかく朝のお茶を一杯いただくのである。そのあとすこしグズグズしてなんとなくゆうべのつづきのような話をして、それからジャンケンをひとつやる。ジャンケンで負けたやつが食器を洗うのである。そのあいだ、顔は笑っているが眼《め》は笑っていない。食器洗いというのはやはり面倒でいやなものであるからだ。

朝めしはたいていインスタントラーメンとパンである。インスタントラーメンのスープに食パンをひたして食べるとけっこううまいのだ。ラーメンがない時は味噌汁《みそしる》。タマネギやジャガイモの味噌汁でパンを食べる、というのもなかなかうまかった。もちろんゆうべの残りのめしがある時はラーメンか味噌汁に冷やめしをどさっと投入しておじやふうにする。

「これに葱《ねぎ》をこまかく刻んだやつを入れるとうまいんだよな」

「海苔《のり》をパラパラもみほぐしてふりかけてもいいし……」

「それにあとは玉子だな。とろとろの玉子とじふうにするの」

「隠し味は梅干だ。あれ一個か二個ひそかに入れとくとうまいんだぞ」

「なるほどそれはうまそうだ」

「うーん。スーパーゴールデンデラックススペシャルおじやというものになるな」

などという現実と大違いの話をしながら朝食をすませ、そのあとまたすこしグズグズして、そうしてそれから自分のその日の行動のために外に出ていく、という具合になるのだった。

司法試験の勉強をなんとなくやらねばならない木村はそのまま部屋に残って自分の勉強を始めることが多かった。

彼は出かけていくおれと沢野に、

「今日は帰りは何時頃《ごろ》になる？」

と聞いた。夕食の仕度の都合があるからそういう主婦のようなことも気にしなければならないのだ。

その頃おれは一日おきに脚本の教室に通い、一日おきに二つの小さな雑誌社にアルバイトに出かけた。ひとつは神田鍛冶《かじ》町にある電子計器関係の専門技術雑誌であり、ひとつは外神田の古着屋の二階にある小さな経営分析誌であった。

鍛冶町にある電子計器関係の雑誌社では、銅でできている写真製版を洗ったりメーカーから借りてきた電子機器を返しにいったりあるいは借りにいったり、という使い走りだったが、一週間のうちに一日か二日行けばいい、という条件だったので気は楽だった。

経営分析誌は「税田アナリストジャーナル」という個人誌に近いもので、いいペイになるからと言ってそこを紹介してくれたのは、脚本の学校で一緒の小野さんであった。そこでの仕事はいくつかの似通ったパンフレットや新聞記事を組み合わせてひとつのまとまった論文にする、というあきらかにイカサマふうの原稿づくりであった。パンフレットは企業の業績報告書のようなもので、新聞記事は日本経済新聞や日刊工業新聞、あるいは経済専門誌などの切り抜き記事であった。全然知らない世界の会社ばかりなのではたしてそんなものができるのだろうかと思ったが、いったんコツを飲みこんでしまうと簡単だった。そうしてその仕事は長いこと小野さん自身がやっていたものであった。書き方のコツは小野さんからあらかじめ教えてもらっていたのだ。

外神田の古着屋の二階にあるその会社に顔を出すと、税田という顔色の悪い四〇年配の社長がいつもきたならしくガムを噛《か》みながら、すでにスクラップ記事が入っている大きな茶封筒を二つか三つ黙って差し出した。

そいつを一週間ぐらいで仕上げて持っていくと引きかえにギャラをくれた。ひとつの記事で五〇〇円から八〇〇円ぐらいだったが、それだけあるとちょっと二、三人で軽く酒が飲めたからそんなに悪くはなかった。

税田の隣の机に秘書および雑用全般担当というようなかんじの女性がいつもすわっていた。長いパーマの髪の毛を顔の前面に大きくたらしていて顔があまりはっきり見えなかった。

「クマちゃん」と、税田はその女のことを呼んでいた。

女はいつも顔を伏せ、なんだか怒ったようなかんじで電話を取ったり書類を整理したりしていた。

ある日事務所に入っていくと、どうしたわけなのかクマちゃんは机の上に突っ伏してうめいていた。税田が自分の机に両肘《ひじ》をついて憮然《ぶぜん》とした顔をしていた。びっくりしてドアのところで立ち止まり、そのまま帰ってしまったほうがいいみたいだな、と一瞬激しく迷っていると、税田は目顔で「いいから入れ」というような顔をした。

まもなく机の上に突っ伏しているクマちゃんは怒っているのではなく嗚咽《おえつ》しているのだ、ということが分かった。

どうしてそんなことになっているのか分からなかったので、部屋のはじのほうに立って呆然《ぼうぜん》としていると、税田はどうせもうどうだっていいやあ、というようなあからさまなかんじで、

「やめなよあんた。うちはもういいからさ。薄情なようだけど薄情も情のうち、とい

うからな」

といようなことをガムを嚙みながら言った。言い方がいかにも薄情そのものであった。

クマちゃんはそれを聞いてもう一度「ううう！」とくぐもった声を張りあげ、机に突っ伏した肩と背中のあたりを大きくぶるぶると震わせた。

電話が鳴り、ちょっと税田がおれの顔を見た。笑っているような困っているような奇妙な眼が税田の景気の悪い色をした顔の中にあった。

電話が終わると、税田はいつものように大型の茶封筒を二つひょいと放《ほう》り投げて寄こした。おれはかわりに原稿になっている封筒を二つ渡した。いつもだと下を向いたクマちゃんが原稿の枚数をざっと勘定して、かたわらにある手回し式のタイガー計算機でなにやらすっと簡単な計算をしてから出金伝票に金額を書き、金と一緒に封筒に入れて寄こすのだ。

しかしクマちゃんがやっている計算がはたしてどういう数式の中でギャラをはじき出しているのか、どう考えてもよく分からないのである。というのはかならずしも枚数が多いからギャラがいいというわけではなく、また本数があってもギャラがいいというわけでもなかった。

一度枚数が少なくて自分でやっていかにも出来が悪い、と思っていたような時にびっくりするほど多めのギャラをもらったことがある。すなわちそのギャラの計算はいつもらうまでまったく予測がつかないのである。

しかしその日はクマちゃんがまるでどうしようもないので、はたしてギャラのほうはどうなるのだろうか、と思っていると税田は黙って自分の内ポケットから大型の財布を引っぱり出し、そこから一五〇〇円を出してそのまま差し出した。出金伝票も計算機も関係がなかった。なんだかちょっと基本的にバカにされたような気持になって、その日はおれもすこしムッとしてその部屋を出てきたのだ。

そのことがあった翌週に税田の事務所に行くと、おそらくもういなくなっているのだろうなと思っていたクマちゃんが、なんだかいつになく快活に電話の応対をしているところだった。

クマちゃんはいつもは低い声でぺたぺたしたしゃべり方なのだが、その日はいやに早口でまるではずんでいるかんじなのだ。

その隣で税田がいつもと同じように顔色の悪い無表情のまま経済新聞を読んでいた。

税田はその日、帰りがけに、

「あのネ……」

と、おれを呼び止めた。それからなんだかちょっと言いにくそうなかんじで、

「あのネ、あんたの原稿はたいへん手ぎわよくまとまっていていいんだけどね、もう

ちょっと文字を丁寧に書いてくれるとありがたいんだよね。たとえばカタカナのフとひらがなのつの区別なんかがちょっとまるでよく分からなかったりするんでね……」

などと言った。

税田がひどくあらたまったかんじで言いはじめたので、はじめはもうやめていいよ、と言うのかと思ってちょっとギクリとしたのだが、たいしたことではなかったのだ。

おれは真剣にうなずき、「気をつけます」と言った。

その時、税田の隣でクマちゃんが顔にたれさがった髪の毛をひょいとたくしあげるようにして、「そうそう」というようなかんじでうなずいているのが眼に入った。よく分からなかったけれど、原稿の中身などについてはクマちゃんは一切関係ないのだろうなと思っていたので、このクマちゃんのうなずき方はちょっと意外であった。

「ね、そういうことでこれからもがんばってくださいよ……」

と、税田はすこし笑って言った。思った以上に気の小さな男であるらしかった。クマちゃんはもうそれにはうなずかなかったが、その時、この女性はもしかすると税田の女房なのかもしれないな、と思った。そう思うとそれは確信に近いものになった。

わはは、それには気がつかなかったな、となんだかおれは急におかしくなってしまった。

沢野は小岩まで帰ってくると克美荘に戻る前に駅の近くのパチンコ屋に寄ることが多かった。彼はなかなかパチンコの名人であった。小一時間ほどそこで勝負して三回に一回くらいの割合で缶詰《かんづめ》やインスタントコーヒーなどの食料を大量に持ち帰ってきた。

沢野がパチンコの景品をたくさんかかえて帰ってくると、台所をあずかる木村は露骨にうれしそうな顔をした。

「よくやったよくやった」

と、彼は息子が試験でいい成績をとってきたのをほめるようにしてウスラ沢野の頭をなでてやった。沢野もうれしそうに、

「ウン、最初はちょっとタマの出が悪くてどうなるかなあ、と思ったんだけれどだんだん調子があがってきたんだよね、ふふふ」

などと言い、うれしそうに手を洗ったりしていた。

そういう時はなんとなくみんな豊かな気分になった。

「よおし、それじゃあ今日は飲まなくちゃならないな」

と、木村がうれしそうに言った。

「そういうことになるな」

と、おれも明るい表情で言う。

「じゃあちょっと買ってくるか」

イサオが立ちあがる。

「空瓶《あきびん》もってけよ」

木村が言った。

空瓶を持っていくと一升瓶で八円、ビール瓶で五円の値になった。買う酒は世の中で一番安い合成酒である。「ゴールデン利久」というのがたいていこの頃の指定銘柄《めいがら》であった。化学薬品でアルコールを作っているので清酒にくらべて三割がたは安い。

こいつはあまりアツカンにするとアルコールがムキダシになってそのまま鼻についてよくないが、ぬるめの燗《かん》にしてコップでグビリとやるとけっこう清酒そのものでうまかった。

ゴールデン利久が買えない時は焼酎《しょうちゅう》である。焼酎に梅干を一個落としてそのままグビリとやるとなんだかたちまち生気が湧《わ》いてくるような気がした。

酒はたいてい毎日飲んでいたが、ゴチソーを前にしてみんなで飲むという「酒盛り」は三日に一度ぐらいだった。

冬に入ると、おれたちが共同生活を始めたという話があちこちに広まってずいぶんいろいろな客がやってくるようになった。客たちはたいてい礼儀としてなにか食べものを持ってくることが多かったので、客が来るのはありがたかったのだ。

上田凱陸は家が近いということもあって三日にいっぺんはやってきておれたちと一緒に酒を飲み、そして泊まっていった。彼はいつもジャガイモ六個とかキューリ三本とか、なにかいつもこまごましたものをみやげに持ってきた。

その日も酒盛りを準備している時に、上田がみごとにタイミングよく豆腐を二丁持ってやってきた。

彼は不定期のアルバイトをしながら小説を書いたり詩を書いたりと自由なことをやっていた。

「わあ、わあ、いい具合だなあ」

と、上田は言った。

部屋の中は木村が焼くサバのヒラキの煙でいっぱいになっていた。なにしろ換気扇などというものはもちろんのことウチワひとつないのだから、魚などを焼くと部屋の中はいつもひどいことになった。

しかしサバのヒラキというのは、この頃おれたちがもっともひんぱんに食べていたものだ。理由はカンタン。うまくて安いのである。サバは缶詰もよく食べた。サバの水煮の缶詰にたっぷり醬油《しょうゆ》をかけ、そいつをあつあつのゴハンの上に乗せて食べるともうなにもいらなかった。

サバの水煮の缶詰はまた特製克美荘ナベの素《もと》にもなった。

作り方は簡単だ。まずサバの水煮の缶詰の中身をそのまま鍋《なべ》に入れる。水を入れてぐらぐら煮立てる。そこに白菜やハルサメ、もしくは糸コンニャクを入れ味噌で味つけしてハイできあがり、というものであった。

この「サバナベ」はそのころはやっていた白菜ナベ（白菜を煮立てて醬油をつけて食べる）ではあまりにも味けないので、もうすこしこれをなんとかしようということから、木村が発作的に研究開発したものであった。

みんなでトランク・テーブルを囲み、このサバナベをつつきながらゴールデン利久をぐびぐびと飲んでいく、というのはなかなか豪勢な気分であった。

上田が来たので、その日はサバナベに彼が持参した豆腐をどおーんとぶちこみ、沢野がパチンコの景品で取ってきた日水の魚肉ソーセージを二本分輪切りにして投入した。これでサバナベは史上空前のデラックスふうになった。

「うまいうまい」

と、沢野は細眼ニカニカ笑いになって言った。

「うまいうまい」

と、おれたちもにこやかな気分になって言った。考えてみるとおれたちはなにか眼の前にうまそうなおかずと酒類があるとたちまちみんなあっけなくなごんだ気分になった。

いろいろな客が来るたびにサバナベを食べ、合成酒で酒盛りをした。しかし客が来なくても酒だけはキチンと飲んでいた。考えてみるとこの克美荘の生活というのはとにかくひたすらその毎日が酒にまみれていたようなのである。酒にまみれ酒におぼれていたのである。しかし幸か不幸か誰一人として女にまみれ女におぼれるということはなかった。というよりも不思議なことに、そうして男ばかりで連日のように酒盛りをしながらさまざまなことを話していても、女に関する話や卑猥《ひわい》な話は一切話題にならなかった。そのへんは妙にかたくななところがあったのである。

十二月に入ってイサオがどこからか電気ゴタツを持ってきた。姉の家の物置きで古いのをようやく見つけてきたのだという。

電気を入れるとニクロム線がぶうーんと驚くほど大きな音を立てるのでこわれているのかと思ったが、しばらくじっとしているとやがてすこしずつ暖まってきた。

「よしよし、イサオちゃんはよくやった」

と、おれたちは彼をきちんとほめてやった。

イサオはそういう時は（まあな、こんなもんだよ）というような顔をしていっぱしに「酒、酒!!」などと言うのだった。

コタツが入ったおれたちはなんだか奇妙にうれしい気持になり、その日も四人でぐいぐいと飲んでしまった。そして夜中の一二時頃にとうとう酒が切れてしまったのだ。

その時間ではもう酒屋はどこもやっていない。

あともうちょっと、合成酒でいえば一人ほんのコップ一、二杯。ビールでいえば大瓶一人一本ずつぐらい飲みたいなあ、というきわめて切ないところでの酒の切れ方であった。駅のほうに行けば酒を飲ませる店はいっぱいあいていたが、それだけの金は誰も持っていなかった。

「うーんうーん、飲みたいよオー」

と、おれたちは大袈裟《おおげさ》にうめいた。そうしてしばらくもだえているうちに木村がちょっと意を決したように立ちあがった。

「よし」

と、彼は低い声で言った。

「おい椎名、ちょっと一緒に来いよ」

と、彼は言った。

こういう時に「なんだよどこへ行くんだよ」などということを聞くと野暮になるから、おれは黙って立ちあがった。

「待ってろよ、酒持ってくるからな」

彼はコタツにもぐって相変わらず「飲みたいよオー、もうちょっとだけ飲みたいよオー」と手足を震わせてうめいているイサオと沢野にそう言った。

そうしておれたちは外に出た。

「大和屋からもらってこようぜ」

と、木村は小さな声で言った。もらってくるというのは盗んでくる、ということである。

さて、これから書く話はちょっとした本格的ドロボーの話である。青春の頃になにかドロボーをした、という話はよくある。人生論やなにかで「私も若い頃は金がなくて、しかしどうしても欲しいリルケの詩集を万引きしたことがあるのです」などとすこし自慢げに語っているのをよく見たりする。

しかしこういうのはものすごくイヤミなかんじなのでいやだなあ、と思っていたのだ。

だからこの話についてもどうしようかと迷ったのである。こんなこと書かないでもうすこしキレイにまとめておこう、という気分になっていたのである。ところがこの本の「上巻」を読んでウスラバカの沢野ひとしが言うのである。

「あのなあ、どうせ書くんならヘンなふうにとりつくろわないでつねに本当のこと書いたほうがいいぞ。それでなけりゃこういう本は意味のないことだからな。小説なら話は別だけれどお前の書いているのはスーパーエッセイとかいう異常なシロモノなんだからそういうことはキチンとこだわったほうがいいぞ」

「おれはなんだかこの本の上巻がおれの青春回顧譚《たん》みたいになってきちゃったんで書いていながらすこしイヤになってきてしまっているんだ。どうも恥ずかしくってしょうがない」

四谷の飲み屋「ぴったん」でおれは彼にそう言ったのだ。

「そんなふうなものにするつもりはまったくなかったんだよな。もともと克美荘の話だけ書くつもりだったんだ。そうしたらおかしなことになってしまってな……」

「青春譜なんていうもの書いたらもうおしまいだからな」

沢野がニコリともしないでそう言った。

彼は珍しくシニカルにそして全体的にハードボイルドなのである。

「そうか、よく分かんないけどとにかくつねにシリアスにとりつくろわないで書いていくよ」

おれはそう言ってなぜかにわかにウスラバカではなくハードボイルドなヒトになってしまった沢野ひとしとその夜は別れたのである。

よおし、それじゃあやっぱりすべてリアルに書いていこう。しかしそれでももうひとつ気になることがあった。

それは、ドロボーの首領・木村晋介は現在、ちゃんとした弁護士になっているということである。そういうヒトの昔のドロボー話を書いてしまうというのはもしかすると大変ヤバイことではないのか。昔といってもほんの十数年前のことである。昔といっても罪は罪、といって警察に取り調べられ彼の弁護士の資格が剝奪《はくだつ》されるようなことになったらちょっと申しわけない。だから木村に電話したのである。

「おまえのそういう昔のドロボーのことを書いちゃうけどいいか」

と、彼に聞いた。

「ああいいよ。しかしあの頃《ころ》は面白かったなあ」

と、彼は言った。

「おまわりに改めてつかまらないか、法律的にみてどうだ？」

「まあつかまらないだろうな。あの時の被害はビール四本だったからな」

「しかしあれがビール四〇本だったらどうなんだ？」

「うーん、四〇本でもなにしろもうだいぶたっているから平気だな」

「ビール四〇〇本だったらどうだろうか？」

「うーん四〇〇本か……」

彼はすこし考えこんでしまったようだった。おれはたたみかけた。

「四〇〇〇本だったらどうだ！　エッ！　これでもまだつかまらないか、どうだどうだ!!」

「……」

「四万本ならどうだ!!」

「あのなあ」

木村が言った。

「あのなあ、あの時おれたちが盗んだのはビール四本だったんだよ」

「じゃあなにか！　ビール四本盗んだら罪ではなくて四万本なら罪なのか。盗みということは重量によって罪の度合が変わるのか。それじゃあ罪というのはキログラムで表示されるのか、エッ、どうなんだ、そこのところはどうなんだ！」

おれは法律の専門家になんとなく鋭いことを言った。

「あのなあ！」

と、木村は電話のむこうでもう一度言った。

「おまえヒマみたいだなあ。だいぶ忙しいらしいとまわりから聞いていたけれどたいしたことないみたいだな」

「……」

「近々どこかで飲むか？」

「いやあやっぱりここのところ忙しいんだよ。本を書かなければならない。だから電話したんだよ」

「ああ、あの本か。おれのことはうまく書いといてくれよ」

「真実のみを書く！」

おれはきっぱりとした口調で言った。

「ははは」

もとドロボーの弁護士は電話のむこうで陽気に笑った。


「大和屋」はおれたちがいつも合成酒を買っている酒屋だった。この店にはちょっと酒屋に置いておくのはもったいない、と思うようなかんじの美人の三姉妹がいるのだ。

「裏が物置きになっているだろう。あそこにビールがたくさん置いてあるのをこのあいだ見たんだ」

木村が闇《やみ》の中で言った。

冬のはじめの一二時すぎの道は誰も歩いていなかった。そして「大和屋」はぴしゃりとシャッターを閉ざし、物置きに入る裏の門もきちんと鍵《かぎ》がしまっていた。

「おまえ登れるだろう？」

と、木村は門を見上げて言った。

「簡単だよ」

おれは二メートルほどの木の門にとりつき懸垂の要領でその上によじ登った。木村は門からすこし離れたところで小便をするようなふりをして、道の両側をすこしのあいだ見張っていた。

門のむこう側にまわるとすぐねじ込み式の鍵をあけた。するりと木村が入ってくる。物置きの鍵は南京錠《ナンキンじよう》であった。これは両手でしっかり握り思いきり左右に揺さぶっているとやがて差しこんでいるクギごとストンと抜けた。

「ビールにしよう」

と、木村が低い声で言った。

「必要な分だけだ」

そう言って彼は手さぐりでビールのケースが山と積まれている奥のほうにどんどん進んでいった。

あかりがひとつもない物置きの中は本来ならば真っ暗闇であるはずなのだが、ほんのすこしウスボンヤリとした明るさがあった。

(どうしてなのだろう?)とおれは不思議に思った。その理由はまもなく分かった。物置きの壁にフシ穴がいくつかあってそこから母家《おもや》のあかりが差しこんできているのである。

(ということは母家とこの物置きは板一枚へだてただけなのだろうか?)

(すると大きな物音を立てたりしたらすぐ聞こえてしまう)

おれはすこしあわてそのフシ穴のひとつにとりつきのぞいてみた。案の定、物置きの隣はすぐ母家になっていた。しかし物置きの板一枚というわけではなく、そのあいだに硝子戸《ガラスど》が一枚入っていた。

母家に人がいるのが見えた。ストーブの前で壁によりかかりこっちを向いて週刊誌のようなものを読んでいる。

そしてその時おれは（ハッ）とした。

それは美人の三人姉妹のまん中の娘であった。壁によりかかりこちらを向いて足を立てているので、スカートの中のパンツがまる見えなのである。

「ムムムッ」

おれは暗闇の中を奥に進み、木村の袖《そで》を引っぱった。

「おい、大変だ、あそこのフシ穴からここの娘のパンツがまる見えなんだ！」

おれは闇の中に押し殺した声で言った。

木村は（なんだ？）というような顔をした。

「ホラ、見てみろ！」

闇の中でおれは木村にもう一度言った。

「あのなあ椎名！」

と、木村は言った。

カルピス
大和屋
止まれ
酒
イカリソース
大和屋
酒店

「おれたちはビールを盗みにきたんだぞ。パンツを見にきたんじゃないんだ！」

暗闇の中で木村の言っていることはじつに理路整然として説得力があった。

そう言いつつ彼はビールの大瓶《おおびん》を二本おれに渡した。二人で二本ずつビールを持ってそのまま静かに物置きを出た。四本のビールを道ばたに置き、中から門の鍵をかける闇の中で正常なかたちに戻った。南京錠のクギを元のところに差すと物置きは再び闇とさっきと同じようにそれを乗り越えた。そしてビールを胸にかかえて急ぎ足で克美荘に戻った。

しかし部屋の中ではイサオと沢野がだらしなくコタツの中に半分ずつ体を突っこんで小さないびきをかいていた。

「いいさ、二人で飲もう」

おれたちは二月の夜の闇の中に放置されていてほどよく冷えたビールを一息に飲んだ。

「やっぱりうまいなあビールは……」

「うん」

「せっかく持ってきてやったのにな」

「いいさ」

部屋の中は暖かかったけれど耳の先と鼻の頭がすっかり冷えて痛がゆくなっていた。

おれたちはそれから一時間かけてビールを三本飲み、一本だけ彼らに残して静かに眠ったのである。

13

ひらひら仮面あらわる

その夜は珍しく軽く一、二杯の酒を飲んだだけでおれと沢野と木村は素早くめしを食った。お惣菜《そうざい》屋で買ってきたかき揚げをネギと醤油《しょうゆ》で煮て、それをドンブリめしの上に乗せて食べるという簡易天丼《てんどん》である。ドンブリめしであると、この頃《ころ》おれたちは普通で二杯、空腹の時は三杯から三杯半は食べてしまった。お互いに損得勘定で食っているようなところがあったのだ。

部屋のまん中にあるコタツにそれぞれ思い思いの方向から足を突っこんで、木村は相変わらず分厚い法律の本を読んでいた。沢野は大学のウエスタン・バンドに入っていたので、なにかそっちのほうの音符だらけの本をパラパラやっては時折ずずずっと鼻をすすりあげていた。彼は冬になるとつねに鼻のへんをずるずるいわせていたのだ。

おれは週刊誌を眺《なが》めていた。週刊誌といっても古本屋からまとめて一〇冊ぐらい買ってきた古週刊誌だ。部屋にあった本は、仕事や勉強に使うもの以外はほとんど古本屋に持っていって売ってしまっていた。本を売った金で酒を買い、そこでまだすこしお釣《つ》りがあると古い週刊誌を買ってくるのである。

秘密のポケットにはほとんど金が入っていなかった。ひと月のうちでも二〇日すぎというのはもっとも経済状態が苦しい時であった。

「あっそうだ、かつをぶしがもうなかったぞ」

思いついて急におれが言った。

本に没頭している木村はピクリとも動かなかった。沢野は音符の本を見てフンフンフンフンなどと鼻でリズムをとり、時々ずずずずっと鼻汁をすすりあげている。誰もまともに聞いていないのだ。それぞれがそれぞれの世界に入りこんでいた。

おれはまた週刊誌のどうでもいい二カ月前のスキャンダル記事を読みはじめた。たったひとつの窓のむこうで小さく低くビング・クロスビーの「ホワイトクリスマス」の曲が聞こえていた。

「あっそうか。もうクリスマスだよな」

ずずずずっと沢野が鼻をすすりあげ、フンフンフンフンとなにかのリズムを鼻の先でやっている。バサリッと木村が法律の本を大きな音を立ててめくった。

「ああ苦しい。腹がいっぱいで苦しい」

こんどは誰にともなく言った。彼らは相変わらずなんの反応も示さなかった。

その時だった。

「ドタン！」とものすごい音を立てて部屋のドアがあいた。そして、

「わっはっはっはあ」

と大きな声で笑いながらイサオが入ってくるではないか。

「わっはっはっはあ、クリスマスおめでとう、わっはっはっはあ」

イサオにしてはいささか派手すぎる赤いマフラーを首にぐるぐる巻きつけて、彼はすこぶるいい機嫌《きげん》で立っているようであった。

「飲もうよ。アレ？　どうしたの。勉強なんかしちゃってよくないなあ」

イサオは乱暴にドアを閉め、オーバーの裾《すそ》をひらひらさせながら「飲もうよ飲もうよ」を連発した。

さすがに木村も沢野もそのイサオのあまりに激しい変貌《へんぼう》ぶりに驚いたようであった。あきらかにやつは酔っぱらっていた。

「そうか金がないんだな。そうか、よし、金ぐらいくれてやっから酒買ってこい。清酒だぞ。合成酒じゃないぞ！」

そう言ってイサオは一〇〇〇円札を三枚ほど畳の上に放《ほう》り投げた。

「そうか！　ボーナスか。やつにボーナスが入ったんだ」

沢野が言った。

「そうかそうか」

「うーん、恐ろしいことよ」

木村が言った。

「ヤイ！　これでもまだ足らねえか。金ぐらいやっから急いで酒買ってこい！」

イサオはまたどなった。いかにも気持よさそうであった。

おれたちは顔を見合わせた。三人ともドンブリめしを二杯以上食べて、さすがにもうあまり飲む気はしない。しかしみすみすこのイサオの大盤振舞《おおばんぶるまい》を見のがす手はなかった。

「よおし、ひとっ走り行ってこよう」

おれはコタツから出てジャンパーをひっかけた。その時間だったら駅前まで行けばまだ一軒遅い酒屋があいているはずだった。

「ツマミも買ってこいよ、ホラ、チーズとかな。今日はちょっとましなのを買ってこいよな」

「よし、お湯沸かせ、お湯だ。久しぶりの清酒だからちゃんと燗《かん》つけて飲もう」

木村も立ちあがった。

「イサオちゃん、こっち来てすわんな、コタツに入んな」

沢野がネコナデ声を出してイサオをコタツにすわらせた。

「うひゃあ、クリスマスだもんな。もうすぐクリスマスだもんな」

イサオは両手を振り回し、なぜか拍手《かしわで》をパンパンパンと大きく三度ほど打った。

「酒、酒、早く酒買ってこい、ホラ、木村、なにやってんだよ、もたもたすんな！」

「椎名がいま行くから」

「よし、走って行ってこいよ！」

あのおとなしいイサオがもう上機嫌ではしゃぎまくっているのである。これはもう、ちょっと大変な話である。

おれは急いで駅前まで行って清酒一級一升を買った。ついでに真空パックのスライスハムとチーズ、イカの燻製《くんせい》、コンビーフの缶詰《かんづめ》なども買った。ハムやチーズを肴《さかな》に清酒一級を飲むなんて本当に久しぶりだ。腹いっぱいだったが、無理すればまだいくらでも飲むことはできるだろう。

部屋に戻ると沢野がイサオの肩を揉《も》んでいた。揉ませるほうもどうかと思うが、揉むほうもかなり露骨、あからさまである。しかし久しぶりに景気のいい話が舞いこんできたのである。おれたちだってコーフンしてくる。これで当分リッチな夜の食生活が保証されるというものである。

二合徳利で手ぎわよく燗がつけられ、コタツの上にはつまみが配置された。

「さあさあイサオちゃん、それじゃあぐーっといこうぜ、ぐーっと」

沢野が景気よく徳利を差し出した。猪口《ちょこ》はないので湯飲み茶碗《ちゃわん》で一同乾杯をする。

「うっとと、そのくらいそのくらい……」

「いやあ久しぶりだねえ一級酒つーものは……」

「かおりがいいからねえ」

などと大袈裟《おおげさ》にいっぱしのことを言いつつ、そいつをグビッと飲む。

イサオはひと騒ぎしてコタツにあったまり、もうハチきれそうなほど真っ赤な顔になっていた。

ひとしきり話をしたあと、誰もが聞きたかったことを沢野が聞いた。

「ところでイサオちゃん、ボーナスはいくらぐらい入ったのかねえ？」

「そうそう、いくらぐらいだった？」

「うーん、ボーナスかあ？」

イサオが上機嫌で湯飲み茶碗の底の酒をごくりとやる。

「たいしたことはないんだよ、ボーナスなんかさあ……」

イサオは一瞬、律義《りちぎ》なサラリーマンの顔になって言った。

「だからどのくらいなんだよ」

「面白くないよなあ、だいたいさあ、ボーナスなんてなあ」

すこしロレツの回らなくなった舌で、イサオはなんだかちょっと飲み屋でクダを巻くような口調になっていた。

「もらったってたちまちなあーんにもなくなっちゃうんだよ、ボーナスなんてさあ」

「うん、だからどのくらいだったの？」

おれたちは次第に真剣な表情になってくる。

「だからさあ、もらったってたちまちなあーんにもなくなっちゃうようなボーナスなんてくだらない、と言っているんだよネ、おれは！」

「うんうん」

「なあーんにもないんだよ、もらったってさ……」

「なんにもないって、ホントになんにもなくなっちゃうの？」

「そうだよ！」

「ホントにまったく？」

「うん」

「どうして？」

「どうしてったって前借りだろ。前借りの六カ月分だよ。それから月賦《げっぷ》の借金だろ。背広のさあ。それからエートなんだっけな、エート、そうそう、会社の連中の借金だろ、麻雀《マージャン》の負けとかね。それから昼めしの共済会の金だろ。それから社内貯金だろ。そういうものが全部どおーっと来るからね、あっという間にもうなんにも残らなくなっちゃうもんね、オレなんか……。悲しーよオー」

「……」

「ホントか？」

「あーたり前だよ。ね、だからつまんないの。ボーナスなんてさあ」

「……」

「だから飲もうよ今日はよ。せっかくだからねえ、もうじきクリスマスだしさあ」

どうもイサオの酒はボーナス支給おめでとうの酒、というのではなくて、ボーナス瞬時消滅のヤケ酒というものであるらしかった。さっきまでのはなやいだ気分がとたんにシュンとなる。ここ当分のリッチな夜のゴチソーの宴《うたげ》などというものは夢の話になってしまった。

ずずずずっと沢野が再び鼻汁をすすりはじめた。

「もうちょっとつけようか、晋ちゃん」

沢野が木村に聞いている。

「まあな、せっかくだから飲んでおくか。しかしもったいないね、一級酒をこういう時、無理矢理ねえ……」

木村はいかにも残念そうであった。

バクハツ的に顔を赤くほてらせて、まもなくイサオは押し入れの襖《ふすま》に背中をそっくりあずけ、小さな寝息を立てはじめてしまった。

「ちくしょう、喜ばせといてなあ……」

「だいたいドジなんだよ、こいつは」

「すぐ前借りだろ」

「麻雀は負けてばかりいるみたいだし……」

「自分だけいい機嫌になっちゃってなあ」

「ちくしょう、悔しいなあ……」

うれしがらせてあっという間に裏切ったイサオは、たちまち三人の批判の集中攻撃にあった。

「だいたいもったいないよなあ、こういう時にワザワザ一級酒飲んじゃってなあ」

木村が言った。彼は心から酒が好きなので、いい酒を飲むにはそれなりのお膳立《ぜんだ》てをしてゆっくりしみじみ味わって飲みたい、と考えているのである。

仕方がないのでおれたちはそのまま三人で酒を飲み続けた。酒を飲みながら、木村はまた法律の本を読み、沢野は音符の本の研究に戻った。そうしておれはまた二カ月前の週刊誌のむなしい熟読に戻った。時間は夜中の一時をすこし回っていた。沢野がイサオを蹴《け》とばし、「洋服を脱いでちゃんと寝ろよ」と言った。

忘年会シーズンに入っていたので、イサオは翌日も赤い顔をして夜遅く帰ってきた。

「わっはっはっはあ」

と、イサオは昨夜と同じようにけたたましい音を立ててドアをあけ、派手派手の赤いマフラーを六〇ワットの裸電球の下でひらひらと震わせてみせた。

ゆうべ、ヘンな時間に満腹のまま清酒を飲んで、結局そのままずるずると三人で一升あけてしまったのでヘンな酔い方になり、おれたち三人は遅くまで寝坊してしまった。そうしてその日も珍しく酒を飲まずに夜遅い夕食を食べ、コタツで三人三様の仕事をしていたのである。

「わっはっはっはあ、頑張《がんば》っているかね、君たち、今日は酒は飲まないのかね」

イサオは赤いマフラーの「ひらひら仮面」のような顔をして昨夜と同じようにおれたちを挑発《ちようはつ》してみせた。

しかしその夜はもう誰もイサオのペースには乗らなかった。イサオはそのあと一人でひとしきり騒ぎまくったあと、

「そうだ、明日はおはようボウリング大会があるから、いつもより早く行かなくちゃならないんだ。わっはっはっはっはっはあ。おれはボウリング大会の選手に選ばれたんだよね。女の子だっていっぱい来るんだぞオ」

イサオはまたその日も上機嫌であった。適当な相槌《あいづち》を打っていた沢野に向かってその日の忘年会でのいろいろ面白い出来事などをしゃべりつつ、素早く自分の布団《ふとん》を敷き、モモヒキとシャツになるとスルリともぐりこんでしまった。そうしてしばらく布団の中で「琵琶《び》湖《わ》周航の歌」とか「高校三年生」などといった気持の悪い歌をカン高い声で歌っていたが、そのうち体のわりにはびっくりするほど豪快ないびきをかいて

眠ってしまった。

「この野郎まったくもう台風みたいな男だな」

「一人でしあわせになっているんだよな」

おれたちはコタツの中で顔を見合わせ、またしばらくイサオの悪口を言い合った。

前の日に三人揃《そろ》って寝坊していたので、おれたちはそのまま長いことコタツに入って本を読んだりウトウトしたりしていた。気がつくと三時になっていた。

「さあ、おれたちもそろそろちゃんと寝るか」

外へ出て小便をして帰ってきた木村が言った。

「外はずいぶん冷えているよ。イサオのやつ明日早く出かけると言ってたけど、目覚し時計もかけずに寝てしまったな」

「何時に起きるつもりなんだろう」

「さあ、とくには言ってなかったなあ」

「やつはいつも八時二五分に起きているから、せいぜいその一時間ぐらい前に鳴るようにしといてやったらいいんじゃないかな」

「そうすると七時三〇分ね。早いっていったってたいしたことはないんだな」

「あいつはまあ、そんなとこだよ」

そんなことを言いながらおれたちはそれぞれ自分の布団を敷いていった。

その時だった。沢野が突然「うひゃひゃひゃひゃひゃ……」と一人で笑いはじめたのだ。

「なんだよ、どうかしたか?」

「あのなあ、いいことを思いついたんだけどな、しゃくにさわるからちょっとあいつを騙《だま》してやろうじゃないか」

「え?」

「あのね、目覚し時計をいじっておいて、あいつを早く起こしてしまおうじゃないの」

「うんうん、それは面白い!」

木村がすぐ乗った。

「目覚し時計もあいつの腕時計も直しておく必要がある。念のためにみんなの腕時計の時間も変えておこう」

こういうことになると沢野はやたらとテキパキとしている。これらの時計が指している本当の時間、つまり三時ちょっとすぎの針を七時二五分にみんな変えてしまった。

そうして目覚しの針を七時三〇分にセットして、みんなが布団に入りしばらくしてから鳴りはじめるようにした。

おれたちは電気を消して素早くそれぞれの布団にもぐりこんで、目覚し時計のベルが鳴るのを待った。

まもなくきちんとベルが鳴った。いつも時間ぎりぎりまで寝てこのベルの音とともに飛び起きる生活を続けている彼は、もうなかば条件反射のようになっているのだろう。まもなく常夜燈《じょうやとう》のあかりの下でモゾモゾと動きはじめ、片手を伸ばすとジリジリ騒ぎまくっている目覚し時計をつかみ、ベルを止めた。それから「うーん」と彼はうめいた。そうして闇の中で苦労してその時間を確かめているようであった。

眠っているふりをしておれたちはじっと彼のやることを眺《なが》めていた。

イサオの脇《わき》に寝ている木村が、いまのベルの音でちょっと眼をさましたようなふりをして「うーん」とうめき、それからいつものようにイサオの布団を蹴とばした。

「おーい、時間だぞう。今日は早く行くんだろう。ボウリングやるとか言ったろう……」

まだ半分眠っているようなだらしのないしゃべり方で木村がイサオに言った。こういうことをやらせると彼はまるでもう圧倒的にホンモノそのものだった。

「うーん、眠てえ……」

「遅れていいのかよう、知らないぞ」

木村はもう一度イサオを蹴とばし、それから寝返りを打った。

イサオはそこであきらかに眼が覚めたようであった。カチャカチャと枕《まくら》もとに置いてある自分の腕時計を取りあげて、時間を確かめているようであった。

「ああ、ちくしょう、頭が痛いなあ……」

ぶつぶつ言いながらやがてやつは布団の上にすわった。それからすこしよろけながら立ちあがり、そのまま台所に行って水道の蛇口《じゃぐち》をひねった。そこでまず顔を洗い、口をすすぎ、その次に笛吹きケットルにすこし水を入れてガスコンロにかける、というのがいつもの彼のコースである。布団からそっとのぞいていると、まさしく彼はそのとおりの手順をのそのそとやっていた。

「あ、あ、あ」と小さなあくびをしながらゴキゴキと首を回した。やかんをコンロに乗せるとモモヒキのままトイレに行くのだ。

「あ、あ、あ」ともう一度小さなあくびをしながらドアをあけ、外に出ていった。小便をしに行ったのである。おれたちはそこで三人とも首だけカメのように起こし、常夜燈の薄闇の中で声をしのばせて笑った。実際に、みんなでヒトをかつぐということは、とてつもなくおかしいことであった。

イサオが便所の戸を閉める音を聞いて、おれたちはすぐまた寝たふりをした。

「まあったくなあ……」などと小さい声でつぶやきながらイサオは部屋に入ってきた。靴下《くつした》をはきワイシャツとズボンをつけている音がする。ネクタイを締めて、背広を着ると、やがてやかんの湯が沸くのである。

ドビンを洗い、そこにホージ茶を入れている音がした。

「クククククッ」とおれの隣に寝ている沢野が布団の中で必死に笑い声をこらえている音がする。イサオはまもなく沸騰《ふっとう》したお湯をドビンに入れてそいつを茶碗に丁寧に注《つ》いでいた。そいつをひと口飲んで「ハアーッ」と溜息《ためいき》のようなものをつくのが彼のクセなのだ。

こういう時に朝が来ても絶対に明るくならないわれわれの部屋は完璧《かんぺき》に有利であった。彼にはまだ夜が明けていないということに気がつきようがないのだ。そうして「ハアーッ」といつものように長い溜息をついた。

「あ、あ、あ」と小さなあくびをまた一つして彼はお茶を飲んだ。

「クククッ」と沢野が布団の中でさらに必死に笑いをこらえているのが分かった。木村の布団も小さくコキザミに動いている。彼も布団の中で必死に笑いをこらえているのだ。

まもなくイサオはドアをあけ、玄関のほうに出ていった。下駄箱《げたばこ》をあけてタタキに靴を置いた音がする。

布団から顔を出して沢野がハアハアと荒い息をつき「やったやった！」と低い声で言った。イサオはそのまま真っ暗闇の外に出たようである。おれたちは暗闇の中で寝たまま手をたたき足を震わせた。

まもなくイサオがあわただしく部屋に戻ってきた。

克美荘
電話
西村

「ヨオー、あのさあ……」

と、彼は部屋のドアをあけ、誰にともなく言った。おれたちは再び全員布団をかぶり、寝入っているふりをしながら必死で笑いをこらえている。イサオはやがて木村の布団の枕もとのところにすわり、彼の腕時計を眺めたようであった。

「おっかしいなあ……」

イサオがそこでひとり言を言った。その時、ついにおれたちはこらえきれなくなって大声で笑い出してしまった。イサオはそこでようやくすべてを理解したようであった。

「ちっくしょう！」

イサオはうめき、布団の上にぺたりとすわりこんだ。

「わっはっはっはははは」

おれたちはそれぞれの布団の中でそれから長いこと笑いつづけたのであった。

14

シルクロードの夜は更けない

一五分ほど遅れてA出版社の男がやってきた。A出版社というのはこの本を作っている出版社である。

「遅れましてえらいすいません」

と、彼は言った。この人との打ち合わせによく使う四谷しんみち通りの「ルノアール」という喫茶店である。時は現在。つまり昭和五六年一一月一八日のことでありますね。

ぼくは前の晩ずいぶん遅くまで酒を飲んでしまったのですこし胃のあたりがむかついていた。日本橋新川の鳶《とび》の親方と築地《つきじ》の魚市場の中にある寿司《すし》屋で一〇時頃《ごろ》まで酒を飲み、そのあと新宿のおでん屋で一時すぎまでコップ酒を飲みながら小説雑誌の編集者と打ち合わせをしていたのだ。

その月の末頃から急に中国へ二週間ほど出かけることになってしまい、そのために雑誌連載の仕事を中心とした時間繰りの打ち合わせがいっぺんに重なってしまったのである。

「元気ですか？」

と、A出版社の男は言った。

「ええ、まあ、すこし二日酔いですけどね……」

彼は笑い、

「椎名さんはいつも二日酔いみたいですねえ」

と言った。その日、A出版社の男はいつになく基本的に眼《め》が笑っていた。彼はコブ茶をたのみ、ぼくはアメリカンコーヒーのおかわりをたのんだ。

「この店はアメリカンというと単にコーヒーにお湯を差すだけらしいですよ」

と、A出版社の男はちょっと声を低めて言った。

「いいんです。どうせ二日酔いだから……」

ぼくは笑い、すこし顔をしかめてみせた。

「どうですか調子は？」

と、彼は言った。原稿はうまく進んでいますか、ということなのである。

「ええ、まあなんとかいっていますけれど……」

「お願いしますよね」

と、彼は言った。「どうですか」の次に「お願いしますよね」というのがこの人のクセであった。その年の一〇月に出したこの本『哀愁の町に霧が降るのだ』の上巻が意外によく売れて、大きな書店ではベストセラーに顔を出したりしたものだからA出版社の男はこのごろようやくすこしだけなごんだ顔つきになっていた。しかしぼくの仕事が遅れていて下巻の原稿はまだ全然彼に渡せないでいた。本当は一冊分で出すつもりが書いているうちにどんどん延びていっていつの間にか上・下巻の長尺ものになってしまったのである。そして普通だったらこういう上・下巻ものは両方同時に発売するようになっている。そのほうが読者サービスであり販売面でも大いにプラスになるのだった。しかし、上巻が出たまま下巻はずっと遅れ気味なのである。

「たのみますよね」

と、彼はもう一度言った。ぼくはまもなく運ばれてきたお湯割りコーヒーをひと口飲みながらじわじわと本格的にユーウツな気分になっていった。なにしろ今日は、中国へ二週間ほど出かけてしまうのでこの本の下巻の原稿がもっと遅れてしまうことになりました、ということを彼に話さなければならないのである。

「たのみますよね」

と、彼はまた同じことを言い、眼の前のコブ茶をひと口「ずずずっ」とすすった。

「コブ茶うまいですか?」

と、ぼくは聞いた。我れながらつまらないことを聞いたな、と思った。

「ええ、まあ相変わらずの味ですけどね」

と、彼は言った。それから二人ですこしのあいだ黙ってそれぞれの飲みものをすすった。

しばらくしてぼくは意を決し、

「エートですね」

と、A出版社の男に言った。

中国へ行くのはテレビの仕事であった。テレビ東京とテレビ大阪という新しい局の開局記念番組で二時間のスペシャルドキュメンタリーを作る、というのである。テーマは「北京《ペキン》─烏魯木斉《ウルムチ》・中国大陸鉄道横断四〇〇〇キロの旅」というものであり、この番組のレポーターをやらないか、という話であった。要するに冬のシルクロードの鉄道横断というわけである。

中国にはその年の五月にも出かけていた。しかもやはり同じシルクロードの鉄道に乗ってゴビ砂漠《さばく》を突っ走り、敦煌《トンホワン》まで行ったのである。この時は「週刊ポスト」の短期集中連載というやつで、シルクロードは早くも夏の陽気であった。

そこへまた冬の季節に行く、というのは魅力的な話であった。しかもこんどはもっと先、西域のもっとも奥地にまで入っていくのである。

この話を聞いた時、ぼくの頭の中に即座にA出版社の男の顔が浮かんだ。

「な、なななな、なんとなんと……」

A出版社の男が逆上して眼を吊《つ》りあげ、左右のコメカミを激しくピクピク震わせ、そのへんにころがっているゴミ箱、看板、ヌンチャク等を振り回してくる、という状況が頭の中にすこしのあいだ、チカチカと点滅した。

「うーむ、そうですか」

ぼくはその話を電話で打診してきたテレビプロダクション、TUCの橋本さんという女性に言った。

「もうすこし内容をくわしく教えてくれませんか」

「結構です。お目にかかれそうな日を教えていただけませんか？」

電話のむこうの声はクールで知的な響きがあった。A出版社の男の、

「な、ななな、なんと……」

というアブラガミ踏みちぎりどうするどうする声とはかなりのへだたりがあった。

眼の前に雪が見わたすかぎり真っ白に広がるゴビ砂漠、そしてタクラマカン砂漠がチラついた。

（最後の手段は、ともかく徹底的に姿をくらませてしまえばいい……）

ぼくはA出版社の男との抗争とその修羅場《しゅらば》を頭に描き、早くも最終的な対処の方法といったものを考えはじめていた。つまりその段階でぼくは、よおし、これはもうとにかく冬のシルクロード行きの話に乗ってしまおう、と決めてしまっていたのである。

中国ロケのスケジュールは一一月の末から一二月の上旬にかけて約二週間、ということであった。

ぼくはまたコーヒーを飲み、すこし天井のほうを眺《なが》めた。この「ルノアール」という店は天井が高くてなかなかいいのだけれど、換気装置があまりうまく働かないのかいつも煙草《たばこ》の煙がこもっていた。天井から下がったペンダントタイプの光の中でカスミのようにたなびいている。

「まあひとつ、どおーんとやったろうじゃないですか」

A出版社の男はこの小さな沈黙の中で突然前後の脈絡もなしにそう言った。それから「ずずずっ」といってまたコブ茶をすすった。

「あのですね」

と、ぼくは言った。

「どおーん、とやったりましょうよね」

A出版社の男は茶碗《ちゃわん》の湯気のむこうで相変わらず基本的に笑い眼のまま言った。

「じつは……」

「次の下巻でひとつどおーんと勝負ですね」

A出版社の男はとにかくこのところ「どおーん」というのに凝っているようなのである。

意を決し、ぼくは言った。

「それがね、どうも大幅に遅れてしまいそうなんですよ」

「…………」

「ちょっと予期しない仕事が入っちゃってね、外国に半月ほど行かなければならないようなんです……」

A出版社の男の動きがすこし止まった。しかしコブ茶の湯気のむこうの眼はまだ笑っている。冗談かなにかだと思っているようである。ぼくはそのまま早口で目下の状況を説明した。本も書きたいけど、でも冬のシルクロードの魅力には抗しがたい。期間はさっき半月と言ったけれど、半月というのは別の表現ですると二週間である。二週間をもうすこし分解すると一週間が二回分である。半月と考えるとけっこうな時間だけれど、これは要するにたかが一週間が二つ分なのである。しかもちょっとこのごろぼくは原稿を書くのがペースダウンしているから、時々二、三日ぐらい家でボーッとしていることが多い。つまりボーッとしているうちに二週間ぐらいすぐたってしまうようでもある。だからここで二週間外国へ行くといってもとくにとりたててどうということもないのではないか。むしろ行けば行ったでかならず面白いオミヤゲ話ができて、それをまたこの本に書くことができるかもしれないではないか、しかるに、だから、したがってぼくはこういうことについてはとくにそんなに深刻にはモノを考えたりしないから、とにかくくどくど、だからくどくど、したがってくどくど、くどくどくどくど……。

いっぺんにセキを切ったようにしゃべりはじめたのである。A出版社の男はそのあいだ黙ってコブ茶の残りをすすり、天井を眺めたり、自分の指を眺めたりしていた。

ぼくの説明が終わると、A出版社の男はすこしまじめな顔になり、

「分かりました」

と、ひとこと言った。それからしばらくのあいだ、二人で黙りこんだ。A出版社の男が逆上気味に立ち上がり「な、ななな、なんと……」と言わないところがかえって果てしなく不気味であった。

なにかすこしぐらい逆上してほしい、と思った。逆上して「そ、そそそんな呑気《のんき》なことを……」とか「あなたねー、いったいなにを言っておるのですか……」などということを激しく言ってもらいたい、と思った。

ひとつの会社と契約していながら、ちょっとやっぱりこれはまずかったかな、と思った。しかしこの気まずい沈黙の七、八時間と引きかえ、ということであっても冬のシルクロードの魅力のほうがはるかに大きかったのである。

四日後、ぼくはまた同じ「ルノアール」でTUCの橋本さんという女性プロデューサー、それに演出担当の岩垣さん、カメラマンの三好さんといった人々と会った。橋本さんは二〇代の中ごろ、演出担当とカメラマンは三〇代のはじめ、というところだった。

「いやあ、なかなか面白そうなところですねえ」

岩垣さんは顔を合わせたとたん、人なつっこい顔で笑いながらテーブルの上に広げられた写真の本を指差した。集英社から出された篠山紀信《しのやまきしん》のとてつもなく大きな『シルクロード』という写真集である。粒子の粗いカラー写真のむこうにSLが突っ走っており、遠くに雪をいただいた大きな山脈が見えた。

「はじめまして……」

カメラマンの三好さんがぺこんとおじぎをした。顔中が髭《ひげ》で覆《おお》われてインド人のようなかんじの男である。

「とても寒いらしいです。いちばん西の端の烏魯木斉まで行くと零下三〇度にまで下がるのだといいます」

プロデューサーの橋本さんが言った。

「ほとんど情報らしい情報は入らないのですけどね。とにかく冬の烏魯木斉にテレビカメラが入るのははじめてのことなのだそうです」

岩垣さんがやはりうれしそうに言った。

「テレビカメラどころか普通の写真だって冬にここまで入ったことはないそうですよ」

三好カメラマンが髭の中から言った。全体的にどうもみんなうれしそうな雰囲気《ふんいき》である。

その年の五月にぼくが行った時、二日間のあいだずっと汽車に乗って外を見ていたのだが、ずっと列車の左右はゴビ砂漠ばかりであった。赤茶けた土の丘の上に五、六歳の子供が泥《どろ》で真っ黒けの顔をして二頭の羊とすわっていた。どろんとした半熟玉子のような夕陽《ゆうひ》を浴びて赤土の丘の上の少年はじっといつまでも列車を眺めていたのだ。烏鞘嶺《ウーシャオリン》という高度三〇〇〇メートルの山岳地帯を列車が登っていく時は、ほとんど人間が歩いていくぐらいのスピードになってしまった。

（雪の烏鞘嶺はどうなっているのだろうか）

三人のテレビスタッフといろいろな打ち合わせをしながら、ぼくの思いはさまざまにふくらみ、早くも西域の砂漠のかなたに飛んでいるようであった。

出発までの一〇日間はずいぶん忙しいことになった。まず仕度である。しかし零下三〇度の極寒は未経験であるからどのような装備をしていったらいいか、とにかくまるで分からないのだ。情報はまったくないし、そこへ実際に冬に行ってきた、というルポというのもいくら捜してもまるでなかった。そこで仕方がないので白水社から出ている『西域探検紀行全集』を引っぱり出し、約八〇年前にヘディン博士が歩いた記録を読んでみた。

たしかに気温はマイナス三〇度ぐらいまで下がり、モノを書こうにもペンの中のインクが凍ってしまって書けない、などと書いてある。着ているものはすべて毛皮である。毛皮のパンツから毛皮の靴《くつ》まで、とにかく普通の布地など通用しない寒さであるらしい。

ペンの中のインクが凍ってモノが書けない、というところがなんともすさまじいではないか。

「どうしたらいいだろう？」

と、ぼくは冬山の経験が長い沢野ひとしに電話して聞いてみた。

「まあな、そういう場合は根本から対策立てないとダメだよ」

と、彼は言った。

「しかし、そんなすさまじいところへ行くこともないじゃないの……」

「仕事だよ」

「本のほうはどうしたんだよ」

「すこし中断だ」

「ふーん。じゃあおれのイラストのほうもしばらくはまだいいわけだな。それはいいことだけどな」

彼はなんだか面倒くさそうなしゃべり方をしていたが、とりあえず自分の持っている登山用の羽毛服を貸すよ、と言った。それから他にも買っておかなければならないものがいろいろあるはずだから、買物を一緒に付き合う、と言って電話を切った。彼はこういう場合なにかあっちこっち必要以上に親切に面倒をみる、というところがあった。

翌日、ぼくは沢野と池袋の西武百貨店で待ち合わせた。晩秋にしてはちょっと寒すぎる日で、彼はクリスマスセールを告げるショーウインドーの前ですこし青ざめた顔をして突っ立っていた。

「忙しいんだよな、オレ、このごろな……」

沢野はそう言って先に立って歩きはじめた。編み目のこまかい二万円ぐらいのセーターと厚手のズボンをまず買っておく必要があるな、と彼はスポーツ店の親父《おやじ》のような目つきをして言った。

西武百貨店の地下二階に降りるとそこはムッとする暑さだった。ぼくはそこで沢野の言うように二万円以上の目の非常にこまかいセーターを買い、純毛の登山用のズボン、厚手の靴下を買った。品物を選んでいるあいだに沢野の姿が見えなくなってしまった。

「もう暖房しているんですか」

暑い売場の中で、ぼくは二五、六歳の販売員の男に聞いた。

「いいえとんでもない。暖房なんてよっぽど寒くなければやりませんよ。これは売場のライトの熱だと思うんですね」

その販売員は額に汗を浮かべてきわめて事務的に言った。セーターとズボンとその他こまごましたもので大きな紙袋いっぱいになってしまった。それをぶらさげて上りのエスカレーターのほうに行くと、沢野はその下のベンチで居眠りをしていた。なんだか彼は本当にくたびれているようであった。

「帰るよ」

と、ぼくは言った。

「ああ、おれはもうすこしここで眠ってく。気をつけて行けよな」

沢野はそう言って腕を組み、また眼《め》をつぶった。

冬期シルクロードのロケ隊スタッフは全員で一〇名だったが、すでに先発隊としてそのうちの五名が一週間前に北京に入っていた。そしてさらに五名が二日前に北京入りしていたので、ぼくは一人で行くことになっていた。

銀座八丁目の天地堂というカバン屋でエイヤッと買った三万四〇〇〇円のアルミトランクに一切合財を詰めこみ箱崎の東京シティターミナルに行った。

ここで「週刊ポスト」の高橋さんと会うことになっていた。高橋さんとはその年の五月、一緒にシルクロードを歩いたのである。

POLO

「まあね、見送りということで……」

と、彼は前の晩に電話をかけてきたのだ。

「いいですよ、一人で行けますから……」

と、ぼくは言った。

「でもね、しばらく日本のビールが飲めなくなっちゃうでしょ。ちょっと出がけに最後の日本のピーチューでも飲んで行ってくださいよ」

と、彼は言った。ピーチューというのは中国語でビールのことである。五月に彼と行った時、毎日、中国のいろいろなピーチューを飲んだのだ。五月でもう暑かったのだけれど中国のピーチューはたいていどこもなまぬるかった。聞いたら中国では六月に入らないとこういうものは冷たくしないのだという。

「もうこの季節だからピーチューはみんなよく冷えていると思いますよ」

シティターミナルの二階にある寿司屋《すし》でぼくと高橋さんは陽気に乾杯した。

「とにかく気をつけて頑張《がんば》ってきてください」

と、高橋さんは言った。

「雪の祁連《キレン》山脈の写真、撮ってきますからね」

ぼくはうなずき、残りのビールを一気に飲み干した。

飛行機は中国民航のボーイング747で、長い待ち時間を経てようやく機内に入ると、そこはもうすでに「中国」であった。

日本航空やＰＡＮ ＡＭなどと違って中国の旅客機はあくまでも質素である。スチュワーデスは濃紺のズボンに古めかしいデザインのスーツを着た市役所の窓口などによくいるかんじのオバサンで、機内に入ってくる客にニコリともしなかった。

客はまばらで巨大なジャンボ機のシートには二、三〇人しかすわっていなかった。団体旅行ふうの人々もいなくて、みんな窓ぎわの席についてひっそりと黙りこんでいる。

なんとなく上野から北へ向かう夜更《よふ》けの東北本線、というような雰囲気でもあった。

窓の外に成田の夜は闇《やみ》ばかりであった。機内にかすかに揮発性の油の匂《にお》いが充満して、ようやくジャンボは誘導路から滑走路に向けて進みはじめた。

(来年はきっと旅行ばかりになるのだろうな)と、ぼくは窓の外を眺《なが》めながら、ようやくすこし静かな気持になって自分のまわりのことを考えはじめた。

翌年からさっきの高橋さんのやっている「週刊ポスト」でちょっと変わった旅のシリーズを始めることになっていた。

旅といってもありきたりな旅ルポではつまらないから椎名さんの仲間の男ども大勢で日本のあっちこっちへ出かけていって集団でなにかを見、集団でなにかを論評する、という「大集団ワッセワッセ大旅行」なんていうのはどうでしょう……。

この前、中国へ行った帰りに高橋さんはそんなことを言いはじめたのだ。

「そうですね、評論とかルポとかそういうものを複数でどうしてやれないのだろう、とね、ちょっと考えてたことがありましたけれど……」

「同じモノを見て論評するんでも一人の眼よりも複数の眼になったほうがより正確になるかもしれないですからね」

「一人が右のほうを見て一人が左のほうを見て一人がまん中を見て……」

「トリオ・ザ・ルポ！《いま日本の原発はどうなっておるのか》」

「うーん……ちょっと真面目《まじめ》さに欠けてるかもしれないですね」

「しかし問題は表現力です。つまり同じモノを見てもその人間のモノの見方によって語る世界はまるで違ってしまいます。ルポというのはつねに一人の眼だけでは危険なのです」

空港から都心に向かう車の中で高橋さんはすこし憤然とした口調になってそう言った。さすがに政治問題まで仕事がからんでいる週刊誌の記者である。

「大勢で出かけていって目的地で現地の人や関係者もまぜながら車座になって討論する、というのではどうでしょう？」

「うんうん、それはいいかもしれない」

「車座討論大紀行！」

「いいかもしれない」

行く連中は沢野ひとしとか木村晋介、それに通称釜炊《かまた》きメグロ（目黒考二）陰気な小安（小安稔二）依田《よだ》セーネン（依田正晴）といった「怪しい探険隊」のメンバーがいいのではないか、ということになった。「怪しい探険隊」というのは、一二年ほど前から毎年テントを持って十数人で海や山に出かけている異常に酒と狂乱の好きなぼくの仲間たちである。

メンバーの一人、ダンゴの長谷川という男などは焚火《たきび》を見ているとしだいに生物学的に激しくコーフンしてきて、ガソリンを口に含んでは踊りながら火を吐く、というゴジラのようなことを始めるのである。

高橋さんはそういう連中の行状をあらまし知っているのだ。

「しかし、やつらと一緒に大騒ぎしながらルポするなんてそんなことが現実に可能でしょうかねえ」

「やってやれないことはないですよ」

高橋さんは確信に満ちた顔でうなずいた。しかし考えてみるとこの人も大変にオカシナ人であった。

（この一年でまたいろいろな人をずいぶん知ったな）

と、ぼくはどんどんスピードをあげて流れていく成田空港の標識燈の光の川を眺めながら思った。そして、こんなことをとりとめもなく考えている、などというのは、ちょっといつになく〝物想《ものおも》いふうの男〟になっちゃってるな、と思った。やっぱり一人で旅に出るとこんなことを考えるものなのかな、と思った。

（人生は旅だもんな）

と思った。それから急速に（あっ、こういうセリフというのはコソバユイな、笑っちゃうな！）と思った。いろんなことを考えているうちに中国民航機はドン！　と軽く地を蹴《け》るような音をあげて空中に飛びあがった。

北京空港は思った以上に寒かった。日本ではまだコート姿がチラホラというところだったのに、北京の赤暗い空港ロビーにいる人々は綿入れに頭巾《ずきん》のついた巨大なドテラのようなオーバーをすっぽりかぶり、カタカタと両足をせわしなく交互に揺さぶったりしていた。

プロデューサーの橋本さんが通訳の劉《リユウ》さんと一緒に迎えに来てくれていた。

「ニイハオ（你好＝こんにちは）、ご苦労さまです」

と、劉さんは丸い眼鏡の顔をほころばせ、外套《がいとう》の中で言った。

「寒いですね」

「そうですか。東京よりも寒いですか」

この前に来た時もそうだったけれど、中国の人々というのはみんな素晴らしく素朴《そぼく》に心やさしかった。

日本製のマイクロバスに乗って空港から一時間ほどの北京市内に向かった。車の中で橋本さんは妙に言葉少なであり、なにかをしきりに考えこんでいるようであった。

夜更《よふ》けの一時だったが、市内を走るトロリーバスにはびっくりするほどたくさんの人間が乗っている。中国の人民公社の仕事は昼夜無休、三交代制でやっているから、夜更けのその頃《ころ》の時間がひとつの通勤時間になっているのでもある。薄いオレンジ色の外燈《がいとう》のほのかなあかりの中を人や自転車がいくつもいくつも、動く影絵のように通りすぎていく。

天安門広場に続く道は五〇メートルぐらいの幅になっており、そこを車や自転車がまばらな流れとなってどれもゆっくりと走っていた。ネオンもビルのあかりもないのだけれど、道路そのものが奇妙にぼんやり明るく広がっていた。

スタッフたちが泊まっているのは民族飯店というホテルで、北京ではAクラスということであった。

上海《シャンハイ》に泊まった時もそう思ったのだが、中国の高級ホテルはどれもこれも古めかしいつくりではあるけれど、板張りの部屋は天井が高くしっかりした木のベッドや時代ものの調度品など立派で重みのあるものが多い。

歩くときしきしと鳴る廊下を踏みしめて、九階の部屋に荷物を置き、撮影スタッフが集まっている部屋に顔を出した。

蛍光燈《けいこうとう》ではない赤暗い白熱ランプの下で、演出の岩垣さんや髭《ひげ》だらけの三好カメラマン、音声の水野技師などが、機械だらけになった部屋のまん中でテレビのモニターを眺めていた。ぼくと一緒に組んでレポーターをやる岸ユキさんもいた。長身でスポーティーなかんじの女性だった。

「いま着きました」

と、ぼくは陽気に言った。

「やあ」

「お疲れさま」

スタッフたちが立ちあがり、口々に挨拶《あいさつ》した。

「やっぱりいいですよ。中国はめったやたらといいですよ」

岩垣さんが心からうれしそうな顔をして大声で言った。

「カメラの三好ちゃんもね、感激しちゃってるんですよね。もう〝映像だらけ〟だって……」

橋本さんが言った。三好さんはインド人のような顔ですこし照れくさそうに笑った。

「でも本当にいいですよ、いい風景がいっぱいあってあせっちゃいます」

「人間だらけだしね。人間と自転車だらけだ」

岩垣さんたちは一週間前からここに来ていて、もうかなりの場所を歩き回っているわけなのである。

「椎名さん、おなかすいてるんでしょう？」

橋本さんが言った。そういえばまったくその通りなのだ。おなかもすいているし、できればピーチューなども飲みたい。

「お願いします、ビールをね。それからなにか軽いものがあれば……」

「下の食堂でラーメンが食べられると思いますよ」

橋本さんが言った。

「おお、それは一番ありがたい！」

食堂に降りていくエレベーターの中で、橋本さんがちょっと声をひそめて思い切るようにして言った。

「じつは、ちょっとうまくないことが起きてしまったんです。本当にまったく予期しなかったことなんですが、私たちは大弱りなんです」

「なんですか？」

「ビールでも飲みながら話しますから……」

空港からの車の中で彼女がちょっと言葉少なになにか深く考えこんでいるのは、やはり気のせいではなかったのである。

予期しなかったような出来事というのは、こういう話であった。

先発隊が北京に入ってすぐ、それまでまったく問題なくOKの出ていた西域への取材旅行が突然拒否されてしまったのだという。しかも理由はまったく示されず、とにかく烏魯木斉《ウルムチ》、吐魯番《トルファン》まで向かう列車に乗ることはまかりならぬ、ということになってしまったのである。この取材は中国政府に対して相当以前からさまざまな手続きを経て正式に申しこまれ、しかもそれらは中国政府からきちんと許可されていたわけであるから、これはとにかく釈然としない話なのであった。

「だからいま、あらゆる手を打って交渉しているところなのです」

橋本さんはすこし緊張の面持《おもも》ちであった。

ビールを二本と湯麵《タンメン》を食べて、チーフ・プロデューサーの水原さんと中国側との交渉窓口になっている福井さんの部屋に顔を出した。二人とも四〇代前半といったところであった。

「とにかく今日はゆっくりお休みください。疲れたでしょう」

水原さんは温和なかんじでそう言った。しかし、疲れているのはむしろ水原さんのほうであるようだった。時計を見るともう一二時近くになっていた。

そのホテルの部屋はどこもスチームが効きすぎて、じっとしていても汗ばむほどだった。こういうところにそのまま寝るとかならず鼻や喉《のど》の粘膜をやられてしまうのだ。

仕事で全国を歩き、ホテルに泊まることの多い沢野が、いつも寝る時に暖房を消して洗面所と風呂《ふろ》にたっぷりお湯を張っておくんだ、と言っていたのを思い出した。しかし、その部屋のスチームは勝手に操作できないようになっていた。仕方がないのですこし窓をあけた。外の夜気がもろに入りこんでくるようであった。廊下のむこうで中国語でなにか大声で騒いでいる声が聞こえた。外国へ行って眠る最初の夜というのはいつもすこし体の奥のほうで気持が高ぶっているようで、しばらく寝つけなかったりするのだ。

あれは二七歳の時だったから、ちょうど一〇年前のことである。ぼくはその頃やっていた流通業界の雑誌の仕事でパリの三流ホテルの四階の部屋に半月ほど泊まっていた。そこはルーブル美術館に近いサントノーレ通りをすこし裏に入ったホテルで、フランスふうのビジネスホテルといったところだった。フロントにやたらと日本人蔑視《べっし》のイタリア野郎がいて、そいつは日本人にキーを渡す時、かならずなにかイタリア語で悪態のようなものをつくのだ。ワシ鼻のおかしな男であった。一階のロビーには夜になるといつも娼婦《しょうふ》が七、八人やってきて、しけた三流客がちょっかいをかけるのを待っていた。しかしたいていは、なかなか客がつかずにこのフロント男と声高でなにか卑猥《ひわい》な冗談を言い合っているのだった。

そのホテルもめったやたらとスチームが強すぎるところだった。暑くてしようがないので窓をあけて寝ると、朝方、ゴミ回収車がやってきてものすごい音を立てるので、たいてい必要以上に早く眼を覚ましてしまうのだ。こんちくしょうと思って外を見ると、ゴミ回収車に乗ってくるのは、みんな黒人で、彼らはゴミをあけてカラになった大きなブリキ製のゴミ缶《かん》を盛大に道ばたに放《ほう》り投げていた。ぼくの寝ている部屋は四階だったからゴミの缶のころがる音は空に向かってひょいと伸びあがり、ちょうどいい具合にぼくの部屋の窓から入りこんでくる、というかんじであった。

ぼくの隣の部屋に日本人が泊まっていた。三〇歳ぐらいで色が黒く、眼《め》がちょっとドロンと淀《よど》んでいるかんじの男であった。ホテルのレストランでよく朝食が一緒になり、ぼくがカフェ・オレの作り方を知らずに、大きなカップに入って出されてくるミルクとコーヒーを不思議に思いながら別々にガブガブ飲んでいるのを見て、すこし怒ったような顔で、しかしその男は正しい飲み方を教えてくれたのだ。

実際、ぼくはその時までカフェ・オレというものを知らなかった。男の言うとおりにそいつをほどよくまぜてロールパンをそれにひたして食べると、じつにうまかった。

男は名古屋の藤原といった。棒術や空手をフランスとベルギーで教えているのだ、と言った。

「こう見えてもベルギーに弟子が四〇人ほどおります」

K

と、男はすこし眼をしばたたきながら言った。そしてその夜、ロビーでまた藤原と会ったのだ。彼はワシ鼻のイタリア人のフロントとなにか早口の英語で二言三言やり合ったあと、大きな紙包みを受け取って、ぼくがボタンを押したまま待っていたエレベーターに駆けこんできた。

「まったくここのイタ公は人を食ったやつでねえ、話すとけっこう面白いんだけど……」

と、藤原は低い声で言った。彼はもうだいぶ長くこのホテルに泊まっているようであった。

「これはね、ドライフラワーなんですよ。日本から送らせて二週間もかかるんだからねえ」

そう言って藤原はフロントから受け取った大きな紙包みを片手でポンポンとたたいてみせた。

「それをどうするんですか?」

と、ぼくは聞いた。

「商品見本です。武道だけじゃ食っていけないからね。こっちの組織に紹介させて日本製のドライフラワーをエジプトなど中近東のほうに売るんですよ」

藤原はそう言って、ちょっと武術家には似合わないような安っぽいしぐさで肩をすくめ、外国人のようにおどけてみせた。そうして自分の部屋に入っていった。

翌日、ぼくは藤原からの電話で起こされた。日曜日だったのでゴミの回収車も休みで、あのやかましい音に起こされることもなく、じつにゆっくり眠ってしまったのだ。

「まだ寝てましたか」

と、藤原は電話のむこうで笑っていた。

「退屈だからちょっと外へ行きませんか？　あなたはもうじき日本へ帰るんでしょう。ルーブルはもう観《み》ましたか？」

と、藤原は言った。電話の声ではじめて気がついたのだけれど、藤原にはなんだか舌にからみつくような不思議ななまりがあった。それは名古屋弁のなまりというのではなくて、外国生活の長い人が特有に持ってしまう、いわば海外語なまり、とでもいったようなかんじであった。

正午前にぼくはホテルのロビーで藤原と会った。日曜日はほとんどの店が閉まってしまうのでホテルのレストランで軽く食事をとり、ルーブル美術館に行った。

「ずいぶん長いことといるんですけどね。ここに来るのははじめてなんですよ。一人ではちょっとなかなか面倒でね。とくに絵心もないし、行ってみる気になれなかったんですね」

四月の風はものすごく冷たかった。ルーブル美術館の広大な前庭の中で藤原は髪の毛をばらばらと風に躍らせながら、なんだかいろいろなことを一人でしゃべっていた。

二時間ほど主要なところを観て歩き、外に出て煙草《たばこ》を喫《す》った。さっきよりも風はいくらかおさまったようであったが、寒い曇り空の下にあまり歩いている人はいなかった。

そこを出てからほかに行くところを考えていなかったので、ぼくと藤原はベンチにすわったまま寒いのを我慢してとりとめのない話をした。

丸い大きな花壇のむこう側で女が二人立ち止まってわれわれのほうを眺《なが》めていた。二人とも黒っぽくて長い髪の毛を派手なネッカチーフで包み、一人は上から下まですっぽりと赤いコートを羽織っていた。もう一人はひらひらのたくさんついた裾《すそ》の長いロングドレスのようなものを着ていた。そしてロングドレスのほうは両手で赤ん坊を抱いていた。その二人がどういうことなのか花壇のむこうに立ってじっとわれわれを見ているのである。

藤原もそれに気がついてぼくの顔を眺め、意味のない笑いをすこし浮かべた。だいぶおさまったようだけれど、時々強い風が地表をなめて、われわれと女たちのあいだにある大きな花壇の草花を激しくふるわせた。

話をやめてしばらく二人の女を眺めていると、ロングドレスの女がパッと機械人形のように笑って風の中でなにか早口でしゃべった。

しかしその女は風上に向かってしゃべっていたので、それはあまりよく聞きとれなかった。

「英語でもフランス語でもないみたいだな」

と、藤原が言った。われわれが顔を見合わせてしゃべりはじめたのを見て、話が通じたものと思ったのか、女たちが近づいてきた。

二人ともなかなかの美人だったが眼が大きくくぼんでおり、ちょっと凄味《すごみ》のある顔をしていた。

赤ん坊を抱いているほうの女がまたなにか言った。さっきよりもはるかに大きな声で早口でなにか訴えているようなかんじであった。藤原が片手をあげたので、女たちは彼に向かってさらに声を張りあげた。しかし藤原はまもなく、

「うーん、分からない」

と言った。その女の言葉はたしかに英語でもフランス語でもなかった。なんだかアラビア語のようなかんじでもあった。

しかし、そのうちに身ぶり手ぶりで、女たちは自分たちの抱いている赤ん坊をあずかってくれないか、と言っているようであるのがだんだん分かってきた。

藤原はしだいにあわてて、だめだだめだ、そんなことはできない、というようなことを英語でしゃべりながら大きく手を振った。

赤ん坊を抱いた女はその深くくぼんだ眼を大きく見開き、さっきよりも激しくなにかさらにわめきたてた。「ユーゴスラビア」と言っているのがちょっとだけ聞きとれた。

「だめだだめだ！」

と、藤原は大きな声で言った。そうして「あっちへ行け！」というような手ぶりをした。

その時だった。赤ん坊を抱いた女はさらに大きく眼を見開き、なにかわめきちらしながら突然自分の抱いていた赤ん坊を頭の上に振りあげ、それをあっという間に藤原の膝《ひざ》のあたりに投げつけたのだ。

ぼくは息を飲んだ。

「うっ」と言って藤原は自分の膝の上に放り投げられた赤ん坊をとっさに両手でつかんだ。しかしその拍子に赤ん坊をくるんでいた布がはらりと広がり、中から大きな木の杭《くい》のようなものが見えた。

キャハハハハ、と二人の女が風の中ではじけるように笑った。そして赤いコートとロングドレスの女は、なにかじつに民族的な憎しみと悲しみがないまぜになったような複雑な表情をしてじりじりとあとずさりし、それからあざやかに、素早くきびすを返すと、花壇のむこう側に逃げていった。

藤原は布でくるまれた木の杭を花壇のほうに投げつけた。

「くそッ！　ふざけやがって」

藤原は立ちあがり喉のほうからざわざわとした声を出した。

その日、藤原は夕方にまた部屋に電話をかけてきて「酒でも飲みましょう」と言った。

ホテルの近くの中華料理店でスープのない焼きそばのようなゆで麵《めん》を食べ、ビールを飲んだ。

「あのねぇ」

と、藤原は黒い顔の中のどろんとした眼を宙にすえて低い声で言った。

「ホテルで洗濯《せんたく》するでしょう。タオルとかワイシャツとかアンダーシャツとかね、そうするとメイドがものすごく怒るんですよ。タオルならいいけどシャツや下着はダメだって、ね。女のくせに鼻の赤いメイドでね、ドラムカンをひっぱたいたようにガンガンとものすごい声でどなるんですよ」

「ふーん、そうですか、そういうのを洗ってはやっぱりいけないんですね」

「でも笑っちゃうんだ。おれは武術をやっているから褌《ふんどし》なんだけれどね、褌を干しているぶんには怒らないんですよ。あいつらはそいつがいったいなんなのか理解できないわけですよ。なにか特殊なタオルかなにかと思ってる……」

「ははは」

「ね、アホな国なんですよここはね……」

藤原はそんなに酒は強くないようであった。

「またどこかで会えると面白いですね」

と、藤原はすこし酔いに舌をとられながら、そのどろんとした眼を大きく見開いて言った。

パリのサントノーレ通りの中華料理店の中はフランス人ばかりだった。ワインを飲みながら中華料理の皿をいくつも並べている人が大勢いた。

「会えるといいですね」

と、ぼくも言った。

15 北京裏街突撃肉饅頭

八時にモーニングコールがあった。三〇分後に一階のレストランで朝食にしましょう、という連絡だった。

九階の窓から北京の市街を眺《なが》めながらジーンズとセーターに着替える。部屋はホテルの裏側に向いていたのでそこから見える街並は中国の都市に住むごく平均的な家屋のようであった。なんだか霜が降りたように全体が白っぽくかすんで見えた。その時間ではもう道ばたで太極拳《たいきょくけん》をやっている老人たちの姿はなかった。顔を洗いに洗面所に行くと、驚いたことに昨日浴槽《よくそう》いっぱいに張っておいた湯がすっかりなくなっていた。どこかに小さな亀裂《きれつ》でもあってそこから全部漏れてしまったようなのだ。立派なつくりのホテルだけれど、備品類はかなりガタがきている、というかんじであった。

食堂にはもうスタッフの全員が集まっていた。あらためて挨拶《あいさつ》をする。このロケ隊の団長で中国側と交渉の窓口となっている福井さんがちょっと寝不足ふうの顔をして、

「ゆうべはよく眠れましたか」

と聞いた。ベッドの上にころがってなぜか突然一〇年前に行ったフランスのホテルのことなど思い出しているうちに簡単に眠りこんでしまい、気がついたらモーニングコール、というわけだったからたっぷり深く眠ったようである。

「ぐっすり眠りましたよ。でも暖房が強いですね」

「強い強い、まいりますね」

と、演出の岩垣さんが言った。彼はじつにまあるいしゃべり方をした。

テーブルの上には大きな皿に乗った中華料理がたくさん並んでいた。まん中におかゆの入った大きな鉢《はち》があり、そのおかゆを各自の碗《わん》に取り、さまざまな料理をそこに乗せて食べる、というのが正しい中国ふうの朝食なのであった。

以前、蘭州《ランチヨウ》というところから一泊二日で敦煌までの汽車に乗った時、列車の食堂でも朝食はこれと同じおかゆであった。その列車の食堂はどういうわけかザーサイを使った料理がやたらに多く、煮ものや炒《いた》めもののほとんどにザーサイが入っていた。汽車がどんどん西へ入っていくにつれて瓜《うり》を使った料理が増えてきた。そして、昼や夜のゴハンがぱさぱさでまずくなってきた。ひとつのテーブルのものを四人で食べるのだが、ぼくは食事の前にビールばかり飲んでいたので、ゴハンを食べる時はもうあらかたおかずがなくなってしまうのであった。そこであらかじめ味の濃そうな肉の炒めものなどを自分の小皿にしっかりと確保しておき、あとでゴハンの上にそれらをエイヤッとぶっかけ、吉野屋の牛丼《ぎゆうどん》ふうにしてかっこんでしまう、という作戦をとった。

ぶっかけゴハンにすればなんでも食えるぞ、なんでも食っちまうぞ、というのがいつもぼくの最後の自信になっているようであった。そしてこれはやはりどう考えてもあの克美荘で沢野や木村らと挑《いど》んできたさまざまな極限的ぶっかけめしの歴史がモノを言っているのだろう。

いや、これは少々恰好《かっこう》をつけたモノの言い方で、めしというのはどのような場合でも最後はそのへんにある獲物をドンブリの上に乗せてぐわーっとかきこんでいく、というのが最も基本的にうまいものなのではなかろうか、と思うのである。

スキヤキなどでも本当にうまいのはもうあらかた食べちらかしたあとからなのである。鍋《なべ》の底のほうに残っている肉の切れっぱしとか焼き豆腐のカケラ、葱《ねぎ》の二、三片、醬油《しょうゆ》まみれのしらたき、青黒い春菊、などといったものをみんな中央のほうに集めてきて、そうして煮汁とともにゴハンの上にどっこいしょ、と乗せて食べる、切れっぱしかき集めスキヤキ丼、というのは夏でも冬でも季節を選ばずなかなかうまいものである。

朝などでも日本の正しい朝食というと、ゴハンに味噌汁《みそしる》、玉子に海苔《のり》、しゃけにオシンコなどというのを基本型に、タラコ、筋子、わさび漬《づ》け、時にはししゃも、笹《ささ》カマボコなどといったものを適時交代配置していく、というようなことをしているが、本当にうまいのはやはりぶっかけゴハンなのである。

たとえばそれの代表は納豆であるけれど、これでは当たり前すぎて面白くない。朝のぶっかけゴハンで本当にうまいのは、大根オロシをベースに、かつをぶし、分葱《わけぎ》のこまかく刻んだやつ、ちりめんじゃこ、青海苔の手もみをひと振りふた振り、そして時には生姜《しようが》あるいは山葵《わさび》のほんのひとつまみ、といったものを入れ、醬油をかけてかき回し、こいつをあっつあっつのゴハンの上に乗せて食べる、というやつである。

それからまた昼どきのぶっかけゴハンは八丈島に限る。この島に伝わる独特の漁師料理で、これも作り方は簡単である。まず獲《と》ったばかりのトビウオのたたきを作る。これをボールに入れて、味噌と葱と生姜を入れ、こまかく砕いた氷も入れてモーレツにかき回してハイできあがり、なのである。これを間髪をいれず冷たいゴハンの上にぶっかける。暑い太陽の下、黒潮を切りさいて進む船の上でこいつをわしわしといって食べる、というのは人生のしあわせである。

西洋料理がつまらないのはドンブリものがないからだ、とぼくは大きな声で言うのである。たとえばフランス料理などでもその料理だけをむなしく食べてしまうのではなく、たとえばそれをあっつあっつのゴハンの上にかけて、フッハフッハと熱い息を吹きかけながら食べたらどんなにうまかろう、と思うようなものがある。

すこし前、嵐山光三郎《あらしやまこうざぶろう》さんとラジオで一時間半ほどいろいろな話をした。NHK・FMの「日曜喫茶室」という番組だったけれど、メインタイトルは「天丼の正しい食べ方」というものであった。

その時、ぼくは嵐山さんと「日本のドンブリもののベスト5」というものを選んだのだ。この本の上巻では東海林《しょうじ》さだおさんと「酒のおつまみ各部門ごとのベスト3」というのを選んだ、ということを書いたけれど、今回はドンブリものなのだ。まったくいつもこんなことばっかりやっているようですこし恥ずかしいのだ。でも書くのだ。

この時の第一位は、やはりカツ丼であった。トンカツと葱と玉子というその黄金の組み合わせ。フタをあけて上から眺めた時の茶と黄と薄い緑と白の絶妙な色合い。豚肉とカツのコロモと葱が玉子にからまって発散する醤油まじりのリッチなかおり。カツドン！という歯ぎれよくしかも男らしい、強く安定感に満ちた語感、これらのどれをとってもドンブリの中のドンブリ、輝け不滅の全日本ドンブリものコンテスト堂々第一位、という位置づけに異論はあるまい。ええ異論ありません、ということで二人のドンブリもの評論家の激しい意見の一致をみたのである。

第二位はすこしもめた。格と伝統、そして店によって腕によってその味の深みが大きく異なる「天丼」こそを！という意見と、やはりドンブリの命は大衆あってのもの。ご家庭でもお気軽に作れて名前もじつにアットホーム、断絶の危機時代にいま見直そう母の手作り、その名もうれしい「親子どんぶり」、などとまるでテレビのコマーシャルのような推薦文句をたずさえて、この両者の激突となったわけである。結局は二位に天丼、三位が親子どんぶりということになった。

さて嵐山さんは、

「ところで椎名さんは、天丼の正しい食べ方というものを知っていますか?」

と言うのである。

「いや、改まって正しい、となるとなにも知りません」

と、ぼくは言った。

「天丼というものはですね、まずドンブリのはじのほうからゴハンのほうまでパワーショベルで削っていくようにですね、垂直に食べていくのです」

「はあ」

「そうしてどんどん食べすすんでいくと、やがてそれはドンブリの中央あたりまで来ます。するとその垂直の面積が一番大きくなるでしょう」

「ええ、ええ」

「その時に、サッと横からその垂直の壁を見る。そうすると天丼のコロモからこぼれたおつゆがゴハンの部分にずうーっとしみこんでいっているさまが見えるでしょう」

「ええ、見えますね」

「その関東ローム層のような断層状態を見て、上からこうバランスよく下のほうにまでおつゆがしみている状態のものが立派な一流の天丼です」

「なるほど!」

「ですから天丼というものはぐちゃぐちゃにそのゴハンの壁をくずして食べてはいけ

ないのです」

そう言って嵐山さんは自分の口髭《くちひげ》のはじを片手でつまみ、すこしこわい顔をしてぼくを見た。

「では椎名さん、本当の親子どんぶりの作り方、というものを知っていますか？」

「いや、本当の、となるとどうも……」

もはや完全に嵐山さんの独壇場である。

「伊丹十三《いたみじゆうぞう》さんが昔そのエッセイの中で書いていたことがあるでしょう。正しい親子どんぶりはまず鶏肉《とりにく》は名古屋のどこそこのものを持ってきて玉子はどこそこの絶品、コメはササニシキで、煮立てる炭はどこそこのもの……等々と日本中から絶品ばかりを集めてきてそれで作る……なんていう話」

「ええ」

「それではいかにもつまらない。そんなものならその気になれば誰にでも作れるでしょう。そうではなくて本当の親子どんぶりを作るにはまず早起きをする」

「はあ……」

「まず午前四時には起きなければいけない。それから外に出て頭から水をかぶり、きちんと身を清めて鶏小屋に行く」

「はあ？」

「そうしてじっとニワトリを見ている」

「はあ……」

「そのうちにほどよい時が来ると、めんどりが玉子を産みます」

「はい」

「そのめんどりをつかまえてしまう。そうしてそのめんどりがいま産み落とした玉子を持ってくる。そうしてこの両者で作るのが本当の親子どんぶりというものなのです」

嵐山光三郎さんはそこでまた自分の髭をちょっとしごき、すこしキラリと目を光らせた。

このようにして日本のドンブリもののランクを決めていったのだけれど、そのあとにはたしか新進の牛丼が来て、カレー丼が入って、玉丼と鉄火丼も割りこんできて話はいろいろに四方八方へ飛び散っていったのである。

しかしこんなことを書いていると本来の話がちっとも進まない。

朝食が終わるとすぐ仕事、ということになった。この二時間スペシャル番組の最初の筋立ては、まず北京の日常的風物のルポから始まって、レポーターであるぼくと岸ユキさんがいよいよ北京発の烏魯木斉《ウルムチ》行きの長距離列車に乗って出発していく、というごくそのままの設定になっている。しかしまだ中国政府の許可が下りていないわけだから、とりあえず北京市内のルポをやっておこう、ということになった。マイクロバスに機材を積みこみ、午前中はまず自由市場に行こう、ということになった。

自由市場というのは、農業や畜産などをやっている人が規定の生産物を人民公社に納めてもなお生産物が余っている場合、それを市場に持ちこんで自由に売っていい、ということになっている、その販売場所のことなのである。

ホテルから二〇分ほど走った市街のはずれに長い石塀《いしべい》があって、その中が自由市場であった。

ほとんどの人が青か緑の外套《がいとう》を着て正ちゃん帽をかぶり白い息を吐いていた。手ぎわよくテレビカメラがセットされ、通訳の劉さんとぼくは市場の中に入っていった。コンクリートの細長い台の上にさまざまな農作物が並べられており大変に騒々しい。品物は小豆、大豆、粟《あわ》、トウモロコシ、南京豆、ヒエ、キビなどずらっと並んでおり、まるで社会科の教科書のようだ。野菜類も豊富である。生きたウサギやニワトリも売っている。ディレクターの岩垣さんが面白いものを見つけてはカメラに映らないようにぼくの袖《そで》を引っぱりそっちのほうに連れていく。こういう場所での日本人は中国の人にはまだ珍しいから見物人が大勢押しかけてくる。よく見るとその人垣《ひとがき》の前につねに二、三人の眼《め》の鋭い男が立ちふさがり、目立たないように見物人たちを後ろ手で押さえたりしていた。あとで聞いたらその人々が政府の秘密公安官なのであった。

日中友好といっても、街を歩いていると露骨に日本人に対して挑発《ちようはつ》的な視線を投げたり態度を示す人が時々いる。そういう人がもしなにか発作的に日本人に妙なことをしかけてきたりしたら大変なことになるから、こういうロケ隊の周辺にはつねに何人もの公安官が見えかくれについて歩いているのだという。

しかし市場の人はみんな気分よく笑いながらぼくの質問に答えてくれた。もう煎《い》ってあるというのでピーナッツを邦貨で二円ほど買うと両手にどっさり乗せてくれた。そいつを食べながらまた話を聞いて歩く。

「コニチワ、コニチワ」とカタコトの日本語で呼びかけるほうを見たら、小さな老人がしわくちゃな顔で笑っていた。耳に防寒用のとんがった黒いキャップをつけていて、なんだかネコのようである。日本でもちょうどネコミミがはやっていたけれど、これは本当の実用ネコミミなのであった。

ひととおりの取材が終わり、市場の横の控え室に入った。中国じゅういたるところで見られる花柄《はながら》のブリキ製の魔法瓶《まほうびん》で熱いウーロン茶を入れてくれた。市場の幹部が五、六人と日本人スタッフが七、八人、そこでふうふういいながらお茶を飲む。通訳の劉さんがまだ市場のほうに残っていて来ないのでお互いに言葉がまるで通じないから、ただにこやかに笑い合ってお茶をするだけである。

午後は天安門広場に出かけ、そこで記念撮影をしている人々などの光景を撮った。六〇万人が集まれるという天安門広場はただもうめったやたらの吹きっさらしになっていて、とにかく寒かった。そうしてその日は午後の早めに撮影を切りあげ、われわれはまたホテルに戻ったのである。

その夜であった。食事がすみ、部屋で本を読んでいると橋本さんから電話がかかり、ちょっと緊急にみなさんにお話ししたいことがあるので本部室に集まってください、と言ってきた。

まもなく中国のホテル特有の赤暗い電燈《でんとう》の下にスタッフは全員集まった。橋本プロデューサーはベッドのはしでうつむいたまま外を眺《なが》め、水原チーフ・プロデューサーは疲れた顔で笑っていた。

「集まってもらったのは、こういうことです。結論から言うと、大変残念であり、われわれにとっても非常な打撃なのですが、今回のこの取材はどうにも打破できない理由によっていったん中止、このまま日本に帰ることになりました」

水原さんはそう言ってみんなの顔を見回した。

「理由は不明です。とにかく急に外国人は当分一切烏魯木斉行きの列車に乗ってはならない、ということになってしまったのです」

「うひゃあ！」

　と、岩垣ディレクターが言った。

「なんなのだろう、なにかあったのだろうか」

　録音の水野さんが言った。

「ほんのすこし前、つまり一週間前まではまったく平気だったんです。公安当局は全面的な協力態勢にあったし、ほとんどの地区の取材願いが通っていた」

　交渉担当の福井さんがやはりすこし疲れた声で言った。

「なにかあったんですよ。きっと中国の西のほうでなにかあったんだ」

　カメラマンの三好さんが髭の中から言った。

「ゴビ砂漠《さばく》でなにかあったんだ、きっとそうだ！」

　岩垣ディレクターがちくしょう、というような顔をして言った。ぼくは中国に入って二日目だからまだいいけれど、岩垣さんたちは一週間も前から市内のあちこちをロケハンし、屋上で震えながら北京の日の出を撮ったりなど、もうずいぶん仕事を進めていたので急に「中止！」と言われても「はあそうですか」という気分にはなれないのだろう。

「うひゃあ、まいったなあ。まわり中の連中にオレ、中国の奥地へ行くんだからな、シルクロードへ行くんだからな、ちょっとやそっとでは帰らないからな、なんてエバッて言って出てきちゃったんだけど、こいつはこのまま帰ると恥ずかしいなあ」

「あ、オレは女房をクニに帰しちゃったから家に帰っても一人でめしを作らなけりゃならないんだ……あああ、帰ったらまた仕事捜さなくちゃなあ」

スタッフが口々にいろいろなことを言った。

このチームのスタッフはほとんどフリーの人々であったから、こんなふうに途中で仕事がなくなってしまうと、とりあえず困ってしまうことがいろいろあるのだ。

「しかしすごいなあ、さすがに中国だなあ、やっぱりまだまだ分からない国ですよねえ」

三好カメラマンが一人でうなずきながら言った。

話はそれで終わりだった。みんなそれ以上詮索《せんさく》することもなく文句を言うこともなくあっさりと承諾して部屋を出た。

「本当にすいませんね。来てもらって早々こんなことになってしまって……」

水原さんがぼくに言った。

「いいんです。気にしないでください。これはこれでけっこう楽しかったですから……」

ぼくは笑い、水原さんはまたすこし困ったような顔をして笑った。

たしかに、ぼくにはこれはこれでけっこう楽しかった――のであった。昨日まではとんどまったく顔も知らない人間同士がひとつの目的のために集まり、共同作業を続けながら知り合っていく、そしてひとつの仕事が終わってまた別れ別れになっていく、ということにぼくは以前から奇妙なあこがれのようなものを抱いていたのである。どうやら今回は目的は達成できないようだけれど、しかし中途で夢破れてみんなそれぞれの方向に去っていく、というのもけっこういい風景なものだと、ぼくはヘンにまたブンガク的感傷男のようになって、眼の前を次々に流れていく出来事のひとつひとつにしみじみとうなずいていたのである。

しかし、帰る、ということになっても飛行機がとれるのは三日後であった。仕事をやる必要はないわけだからそのあいだ、北京をいろいろ歩いてみよう、ということになった。

翌日、ぼくは岩垣さんとカメラマンの三好さん、そして録音の水野さんの四人でとにかくめったやたらと北京の裏通りを歩いてみよう、ということになった。

「秘密公安官に迷惑をかけるようなことはしないようにしてくださいよ」

と、水原さんが笑って言った。

大柵欄《ターツオーラン》という天安門広場の南にある通りは商店が密集し、いつでもたくさんの人でごったがえしており、日本でいえば戦前の浅草というようなかんじのところである。

ぼくたちはまずその通りに入った。自転車の後ろに大きな木の箱をくりつけた物売りが何人もいる。昔のアイスキャンデー売りのようなかんじである。木の箱には赤いアメのようなものを一〇個くらい串《くし》ダンゴふうに突き刺し、それも何本も並べている。ロケハンの時に早くもこいつに目をつけていた岩垣さんが、

「あれはナツメの実に砂糖をまぶしたものです。甘ずっぱくてなかなかいいですよ」

と言った。

さっそく四人で一本を購入。冷たい北京の空気の中にカリリと歯にはじけるようなかんじでなかなかおいしかった。北京ではサングラスとカメラがはやっている。サングラスは十数年前に日活のアクション映画の悪役たちがかけていたようなロイド眼鏡ふうの、頑丈《がんじょう》で大きくてこれをかけると絶対ワルモノ！　というようなかんじのものが一番多いようである。北京の人たちは輸入もののサングラスはラベルを取らずにそのままかける、という妙なことをしていた。こうすると誰にもそれが輸入ものだぞ、ということが分かるからそうしているのだ、という話であった。日本でも女というと誰もかれもグッチやエルメスのバッグを振り回して歩いているのと同じようなものなのだろう。

陶器屋に行ってぼくはあの感動的な中国の朝食のおかゆを入れる大きい白い陶器のうつわを買った。肉厚のどっしり重い大型ドンブリというかんじであった。

どんどん歩いていくと路地の奥からなんともいい匂《にお》いが漂ってきた。ちょうどお昼どきである。われわれは顔を見合わせ、しっかりうなずくとたちまち速足でその道を奥まで入っていった。いい匂いの正体は肉まんじゅう屋であった。

肉まんじゅうといっても日本で食べるような白くてふかふかのものでなくて、ペチャリと押しつぶしたヒラたい恰好《かっこう》をしており、それを大きな鉄板でタレと一緒にじゅうじゅう焼いているのだ。窓ぎわにしつらえられた鉄板は長さ一メートル半、幅一メートルほどの巨大なもので、そこに肉まんじゅうを二〇〇個ぐらい乗せていっぺんに焼くのである。

「うーん、こいつはすごい」

と、録音の水野さんは言った。そうして手にしていた小型の録音機をその鉄板に向けた。

「よおし、こいつを食べましょう」

と言って、岩垣さんとぼくは店の中に突進した。実際昼どきなので店の中は通勤電車ぐらいのかんじでめちゃくちゃに混《こ》み合っており、食券を買うのにも行列、肉まんじゅうを買うのにも長い行列を作らなければならないのである。

「頑張りましょう。この匂いはたまらない」

と、われわれは口々に言った。見るとテーブルで肉まんじゅうを食べている人は、たいてい肉まんじゅうのほかにドンブリをかかえ、その中に入っている桃色のおかゆのようなものをすすっている。

「あれも買いましょう」

と、ぼくは言った。

「うまそうですね」

男たちの欲望が結びつくと行動は早い。

一人は食券のほうに並び一人は肉まんじゅうの行列、一人はおかゆドンブリのほうに並んだ。そして待つこと二〇分。われわれはようやくあつあつホカホカの肉まんじゅうと、ドロドロホカホカのおかゆドンブリを手にすることができたのである。椅子《いす》はなかなかあかないので立ち食いである。肉まんじゅうは中国ふうの酢醤油《すじようゆ》のようなものをびしゃびしゃかけて食べるとまことにうまい。おかゆドンブリはヒエと小豆をドロドロに煮たものであった。淡泊な甘い味がしてこれもなかなかイケルのである。

「なんだか元気が出そうですねえ」

「ホント、気分のいい味ですよ」

全部きれいにたいらげて、やがてぼくたちは満足してその店を出たのである。

「ところでいまねえ、店の外に面白い人がいたのですよ」

と、歩きながらカメラマンの三好さんが言った。彼が外に立っていると、なんだかエキセントリックな、あきらかに中国人とは違う顔の中年の男がじっと三好さんの顔を見ているのだという。なんだろうな、と思って三好さんもチラリチラリとその男を見ていたら、突然その男はうれしそうに笑った。そして片手を差し延べてくる。握手を求めてきたのである。そしてナントカカントカ！　とまったく意味の分からない言葉を叫んだ。三好さんはあわてたが、そのうちに突然、この人はシルクロードの顔だ！　ということに思い当たった、というのである。

そこで彼は突如としてひと言、

「烏魯木斉《ウルムチ》！」と言ったのである。

男はさらにうれしそうに大きくうなずき、握手の手に力をこめてきた。どうやらインド人のような髭《ひげ》もじゃの三好さんの顔を見て、その烏魯木斉の男は自国の人種と間違えたようなのであった。

「でも、ぼくは感動したね、烏魯木斉の人だなんてね、ぼくは本当に烏魯木斉へ行きたかったですからね、今回……」

歩きながら三好さんはそう言ってすこし笑った。

肉まんじゅうの店から出てしばらく歩いていくと路地と路地が交差する角に畳一帖《じょう》ほどの隙間《すきま》があって、そこにトタン屋根をかぶせた小屋があった。ビニールの風呂《ふろ》敷《しき》のようなものを小さな台にかぶせて、その上にコップがたくさん乗っている。そばにブリキ製の魔法瓶があって、そこはつまり中国ふうの簡易喫茶店なのであった。

さっそくわれわれはその店に入ってお茶を注文した。中国名で花茶、ジャスミン茶のようなものである。店には青年が二人と女学生のような娘が一人いた。サービスのつもりなのかその娘の入れてくれたお茶はコップのふちスレスレのところまで入っていて、慎重に口もとに運ばないとボトボトと下にこぼれてしまいそうなのだ。花茶は自由市場で飲んだお茶よりも甘くておいしかった。

「しかし、椎名さんはいいですね」

熱い息を吹きながら録音の水野さんが言った。

「どうしてですか？」

「だって文章を書くのが仕事だからこういう体験をそのまま書いて、それが仕事になっちゃうでしょう……」

「ああ、なるほどね。でもそんなに楽じゃないですよ。組織に入っているわけでもないし……」

「われわれもホラ、組織とは関係ないですからね。だからこんなふうに中途半端《ちゅうとはんぱ》に放《ほう》り出されるとすべてがアウトですからね」

こんなところに入りこんでいる日本人は珍しいのか狭い路地に人垣ができはじめていた。軽く会釈《えしゃく》をすると無表情の中国の人たちの顔が瞬間的に人なつっこい笑顔に変わる。なんだなんだ、なにがいるんだ、というようなかんじでそういう顔が次々に増してくるので、われわれはまもなくそこを退散した。しかし油っこい肉まんじゅうのあとに、中国の路上のお茶はじつにしみじみとうまかったのである。

三日目の午前中にスタッフ全員揃《そろ》って北京で一番大きな繁華街王府井《ワンフーチン》にある百貨店「百貨大楼」に買物に出かけた。中国の百貨店は天井がやたらに高く照明はガード下のような薄暗さだった。柱の下にかならず白い琺瑯《ほうろう》の容器が置いてあり、それはなんとタンツボであった。

しかし買物客がこの容器にタンやツバを吐いていくようになったのはまだいいほうで、ほんの数年前まで、つまりアメリカや日本と国交が回復する前あたりまでは、人々は道だろうが建物の中だろうがところかまわずタンやツバを吐き散らしていたのだという。

スタッフのそれぞれが買いたいものは別々だろうから、というので入口のところで一時間後にまた会うという取り決めをしてそこでいったんばらばらになった。

ぼくはもうとくに欲しいものはなかったので、一階の奥のたくさん人だかりのしているほうにふらふら歩いていった。

そこは電器売場だった。人だかりはテレビに集中しており、売場の奥の棚《たな》でひとつだけつけられているテレビはアメリカの映画をやっていた。

戦争映画で、潜水艦の中でバート・ランカスターが深刻な顔をしてなにかわめいていた。人だかりは一〇〇人以上で、それはちょうど日本で白黒のプロレス中継が始まった頃《ころ》、街頭にわっと人々が集まってただもう熱心に息を飲んで眺《なが》めている、という風景によく似ていた。

その映画をじっと見ていると突然バート・ランカスターが中国語をしゃべっている、ということに気がついた。中国でも吹き替えというやつでとにかく分かりやすくしてあるわけなのだ。それにしても中国語をしゃべるアメリカのスターというのはなんだか奇妙におかしかった。しかしそれを見ていて思ったのだけれど、日本でもアメリカ人が、吹き替えで日本語をしゃべっているアメリカ人を見たら奇妙なかんじがするのだろうな、と思った。

しばらく人ごみにまじって見ていると、薄い貧相な口髭を生やした販売員が近寄ってきて意地の悪いことにパチンとそのテレビを消してしまった。あとは金を出して買って自分の家で見ろ、ということらしかった。自分で買え、といってもいまのテレビの値段は中国の人たちの平均的な年間サラリーの三年間分ぐらいするのである。本当にまったく意地の悪いことをするやつだ、とその貧弱な口髭の販売員の顔をしばらく睨《にら》みつけていたのだが、見物人たちは別に怒るふうでもなく、プツンと黙りこんだテレビを改めて眺めてみたりしながらザワザワと人垣《ひとがき》をくずしていくのだった。

テレビは中国語で「电视机」と書き、その製品の名は「白鶴」とか「牡丹」とかまるで清酒のような名前なのだ。

「百貨大楼」の中はどこへ行っても混み合っていた。モノを買うということがこの国ではひとつの大きな楽しみになっているようであった。

買物がすむと再びホテルに戻り、その日の午後に日本に帰るので、中国人の通訳・劉さんをまじえてスタッフ全員でちょっと豪華な昼食会を開いた。

「このたびは本当にこのようなことになって申しわけありませんでした」

と、劉さんは丸眼鏡の奥の実直そうな眼《め》をしばたたき頭を下げた。

「また来ますよ。ね。またすぐにスベテOKなんて電報くれるでしょう」

チーフ・プロデューサーの水原さんが言った。

「そうです、また来てください」

「それではとりあえずゴクロウサマの乾杯！」

われわれは北京産のビールの入ったグラスを持ちあげた。

「それでもしかし、本当にわずかなあいだでしたけれど、皆さんはそれぞれなんだか中国人のようなかんじです」

と、劉さんは流暢《りゆうちよう》な日本語で言った。

「日本人というのは基本的に中国の人と顔のつくりが似てますからね」

レポーターの岸ユキさんが言った。

「そうですね、あなたは上海の女性のようです」

劉さんがうれしそうな顔をして言った。

「ぼくはどうでしょうねえ」と岩垣さん。

「あなたは蒙古人《もうこじん》にそっくりです」

「ぴったりぴったり」

全員が賛同した。録音の水野さんはカザフ族、水原さんは華僑《かきょう》、橋本さんはウイグル族、そしてぼくはチベット人にそっくりだ、と劉さんは確信に満ちた顔で言った。

「この人はどうですか。昨日、烏魯木斉の人に間違われたのです」

岩垣さんが髭だらけのカメラマンの三好さんを指差して言った。

「うーん、この人は烏魯木斉というよりもインド人ですね。そう、インド人にそっくりです。そうしてあなたはトルコ人にそっくりです」

トルコ人と言われたのは交渉担当の福井さんであった。

「なんだかわれわれスタッフを全員合わせるとシルクロードができそうだ」

「うーん、本当ですね。ではますますこの次にみなさん一緒にいよいよシルクロードへ行ってもらわなくてはいけません」

円卓は陽気な笑いに終始した。

「また会いましょう」

「ええ、きっとかならず」

「中国では、また会いましょう、ということを再見《ツアイチエン》というのです」

「再見、いい言葉ですね」

「そう、美しい意味の言葉です」

「再見！」

「再見！」

ひとつの仕事が唐突に始まり、ひとつの仕事が唐突に終わった。午後の飛行機に乗って日本に帰り、ぼくはまたA出版社の男と「再見」し、単行本の仕事に戻らなければならないのだ。


（下巻につづく）

人生に「本編」などない！

茂木健一郎

近頃、青春は、どこに行ってしまったのだろう。あのざわざわと胸が騒ぐ、人生の時はどこにいってしまったのだろう。そんな風に思っていらっしゃる方は、案外多いのではないだろうか？

単に、少子化で若者が減ってしまったとか、そういうことではない。社会の平均年齢といったことでもなく、生き方の問題として、「青春」が「絶滅危惧種」になっているような印象があるのだ。

椎名誠さんの『哀愁の町に霧が降るのだ』は、青春の「バイブル」である。刊行されたのは、1981年。それから30年以上の時が経ったが、いつまでも色あせることがない魅力がある。今なお読み継がれる『哀愁の町に霧が降るのだ』は、すでに「古典」の仲間入りをしたと言ってよいだろう。

ひょっとしたら、作者の椎名誠さんは、『哀愁の町に霧が降るのだ』が「青春小説」だという言い方を、「恥ずかしい」とお思いになるかもしれない。私自身も、「青春」という言葉を、普段から振り回して生きているわけではない。

「青春」という言葉が次第にリアリティを持たなくなってきている今だからこそ、『哀愁の町に霧が降るのだ』を読むことの意義が、ますます強まっているのだと思う。「青春」という言葉に込められた忘れがたい記憶をかみしめることから、この大切な作品の意味を再確認できるのではないかと考えるのである。

『哀愁の町に霧が降るのだ』は、小説として、圧倒的に面白い作品である。一度読み始めたらもう止まらない。作者の語り口や、登場人物の魅力に誘われて、ついつい頁をめくっていってしまう。知らずしらずのうちに、夢中になる。小説の中に書かれた世界の虜になってしまうのだ。

私自身、この作品を、今までに少なくとも20回くらいは読み返しているのではないかと思う。その回数は、夏目漱石の『坊っちゃん』や『三四郎』に匹敵する「自己新記録」である。つまり、私の中で、『哀愁の町に霧が降るのだ』は、『坊っちゃん』や『三四郎』と同様、青春小説の「殿堂入り」の、大切な作品なのである。

今、この本を手にとっている読者の中には、私のように、何サイクル目かの『哀愁の町に霧が降るのだ』読書の入り口に立っている人もいるかもしれない。あるいは、人生で初めて、この本を手に取る方もいらっしゃるかもしれない。

そこで、できるだけいわゆる「ネタバレ」（具体的な内容に触れること）することなく、『哀愁の町に霧が降るのだ』という作品の魅力について、そして、そこで描かれている「青春」のあり方について、考えてみたいと思う。

『哀愁の町に霧が降るのだ』の「本編」、すなわちメインテーマは、ある安アパートで、共同生活をする若者たちの物語である。作者の椎名誠さんを始め、イラストレーターの沢野ひとしさん、弁護士の木村晋介さんなど、「椎名ワールド」を知る人にとっての大スターたちが、面白くてやがてしみじみと味わい深い騒動を繰り広げる。

そこで描かれる、若者たちの三年間にわたる喜怒哀楽の物語は、掛け値なしにおもしろく、思わず知り合いに「こんなバカなことがあってね」と語りたくなってしまうエピソードに満ちている。まさに、青春小説の古典と呼ばれるにふさわしい。

実際、私も、『哀愁の町に霧が降るのだ』の「本編」の「クライマックス」とでも言うべき、「布団を河原に干した後でカツ丼を食べに行ったら店が閉まっていて、沢野ひとしさんが怒り出す話」（この程度ならば、ネタバレにならないだろう）を、何人もの知り合いに、まるで自分が見てきたことのように話したことがある。そして、自分の青春にも似たような経験がなかったかと、切なさとともに記憶を探ったりするのだ。

『七人の侍』、『用心棒』、『天国と地獄』などの名作で知られる黒澤明氏は、普通の監督ならば一生に一度撮れればいいというような名シーンを、繰り返し何度も撮ることができた、と評された。

『哀愁の町に霧が降るのだ』の「本編」も、普通の作家ならば、一生に一度書ければ良いというような面白いエピソードを、何度も、コンスタントに打ち出してくる。読者は、笑いながら、それを気楽に楽しんでいるが、よくよく考えてみると、これは、大変なことだと思う。このような場面で発揮される椎名誠さんの筆力は、「天才」という形容がふさわしい。

もっとも、『哀愁の町に霧が降るのだ』を読み始めればわかるように、血湧き肉躍る「本編」は、実はなかなか始まらない。筆者は、書くために海辺の温泉地に「カンヅメ」に行くが、そこでフィリピンショーを見たり、冷房が効かない部屋で寝転がったりしているうちに、原稿が書けないまま東京に戻ってきてしまう。

それならば便利な東京のホテルで「カンヅメ」になろうと張り切るが、今度は沢野ひとしさんや木村晋介さんが、ウィスキーの瓶を持って飲みにきてしまう。もちろん、原稿は書けない。それで、編集者も次第にしびれを切らして、やがて怒り出す……。

（ちなみに、そのように「なかなか書けない」という顚末自体が、すでに小説の中身になっていて、そこから次第に読者が引き込まれているという構造は、実は非常に高度なテクニックである。）

このように、『哀愁の町に霧が降るのだ』という小説が、「なかなか本編が始まらない」という構造をしていることには、実は深い意味があると、私は考えている。「なかなか本編が始まらない」ということこそが、「青春」の本質ではないかとまで、私は考えるのである。

サミュエル・ウルマンによる、『青春』というタイトルの有名な詩がある。この詩の中で、ウルマンは、青春について、次のように語る（原文から、私自身の訳）。

「青春とは、心の状態であって、人生の一定の時を表すのではない／歳月を重ねたからといって、それだけで老いるのではない。人は、理想を失うことで、老いるのである」

これを読んで、「そうだなあ」と思う人は、きっと、心当たりのことがあるのだろう。私にもある。

誰でも、「自分は夢を手放してしまった」「汚れちまった」と思う瞬間がある。私たちは、理想を失う時に、一気に年を取る。なんだかずるくなってしまって、まわりをきょろきょろするようになる。それは、実に、人生の真実である。

現代は、ウルマンの『青春』が言うところの「理想」を保つのが難しい時代なのかもしれない。小学校の頃から、受験で「偏差値」を競う。良い学校に入って、一流企業に就職することばかり考えている。大人たちも、そんな「賢い」、しかし「ずるい」生き方を奨励する。そんな時代に、「理想」が失われ、「青春」の影が薄くなってしまうのも、仕方がないことなのだろう。みんな、生まれた時から老成し始めてしまうのだ。

だからこそ、椎名誠さんの『哀愁の町に霧が降るのだ』が読まれる必要がある。この小説の登場人物たちに、共通するのは、打算とか、効率とか、そういうものと無関係の世界に生きているということである。こんなことをしたら学校でしかられるとか、人間関係がうまくいかなくなるとか、よい就職先が見つからなくなるとか、そういうこととは基本的に関係なく生きている。

打算や、きちんとすることを「本編」と言うならば、そもそも、人生の「本編」は、なかなか始まらない。というか、「本編」が何なのかさえ、本当はわからない。

現代社会の受験ママならば、お友だちと遊ぶのもいいけど、あなたにとっては、志望校の入試こそが、本編よ！　と言うことだろう。

目端が利く学生ならば、学生時代にはサークルとか恋とかいろいろあるけれども、やはり一流会社に内定をもらうことこそが、人生の「本編」だよ！　と言うことだろう。

しかし、本当にそうか。椎名誠さんの『哀愁の町に霧が降るのだ』の本当のすごさは、「人生に本編などない！」と見切ってしまっているところにあるのではないかと思う。

私自身の学生時代を振り返って、「ああ、あれが青春の頂点だったな」と思うエピソードがある。

私には、塩谷賢という、体重120キロの哲学者の親友がいる。学生時代、塩谷と、街を歩きながら、ああでもない、こうでもないと、夢のようなことを語り合っていた。

その頃、私と塩谷は、偶然、下の名前が同じ女の子とつき合っていた。それで、お互いに、その子はこうだとか、こんなことを言ったとか、打ち明け合っていた。

ある日の夕方、私と塩谷は、東京の隅田川のほとりに寝転がって、近くの店で買った缶ビールそれぞれ一本ずつを飲みながら、クダを巻いていた。夕暮れ時、そこはデートコースになっていて、カップルたちが、マグロのように寝転がっている私たちの周囲を、汚いものでもあるかのように、半径10メートルの円を描いて避けて通っていった。

あの夕暮れが、間違いなく、私の青春の頂点だったと思う。

漱石の『三四郎』には、「ロマンティック・アイロニー」という言葉が出てくる。これは、「ドイツのシュレーゲルが唱えだした言葉で、なんでも天才というものは、目的も努力もなく、終日ぶらぶらぶらついていなくってはだめだという説」なのである。

その意味においては、人生の「本編」がなかなか始まらず、ぶらぶらしている状態こそが「天才」であり、そして「青春」なのだろう。

椎名誠さんが、最初期の作品『わしらは怪しい探険隊』以来、ずっと追求していることは、この「ロマンティック・アイロニー」なのではないかという気がしてならない。もしそうならば、なかなか小説の「本編」が始まらず、うだうだクダクダが続く『哀愁の町に霧が降るのだ』の成り立ちこそが、「青春」の本来のあり方だと言うこともできるだろう。

ウルマンの『青春』は、素敵な詩であるが、もし、「理想」という言葉を堅苦しく考えると、いろいろ勘違いしてしまう人が出て来てしまうような気がするのである。

さて、私はしばらく前にあることに気付いて、改めて、椎名誠という人は、しみじみ恐ろしい人だと思うようになった。それは、椎名さんの作品には、「ある事」が一切書かれていないという事実である。

椎名誠さんは、１９４４年生まれ。ということは、その周辺視野の中には、この小説で描かれている時代の若者たちにとって、重要だと思われていた、「ある事」があったはずだ。

それは、ずばり、「学生運動」。ないしは、それを取り囲む「思想」のようなもの。

ベトナム戦争反対や、安保闘争など、当時の世相を騒がせていた若者たちの考え方や行動様式が、椎名さんの作品には全くと言っていいほど書かれていない。

これは、しみじみ凄いことだと思う。政治思想は、人生において「本編」があるという考え方に簡単につながる。それ以外のことはムダだ、意味がないといった抑圧にもつながる。

「理想」を持てば、人はそれが実現できないことに悩む。しかし、「理想」に身を捧げたり、その「挫折」に悩むことが、本当に人生で一番大切なことなのだろうか。

むしろ、「本編」と関係なく、うだうだくねくねする日常の中にこそ、私たちが生きるということの本質があるのではないだろうか。

私自身の青春を振り返ってみても、ムダな時間があって、本当に幸せだったと思う。もちろん、夕暮れにふとその感触がよみがえってくる「理想」のそこはかとない思いだって、忘れているわけではないが。

ウルマンの『青春』は素晴らしい詩だが、誤解される可能性もある。『哀愁の町に霧が降るのだ』の「青春」は、ひょっとしたらウルマンを超えているのかもしれない。

（平成二十六年七月　脳科学者）

本書のプロフィール

本書は、一九八一年～八二年にかけて情報センター出版局より刊行された上中下巻の単行本を、九一年に上下巻として文庫化した新潮文庫の復刊です。

小学館文庫

哀愁《あいしゅう》の町《まち》に霧《きり》が降《ふ》るのだ（上）

著者　椎名《しいな》誠《まこと》

二〇一四年八月十日　初版第一刷発行
二〇二三年二月十九日　第二刷発行

発行人　鈴木崇司
発行所　株式会社 小学館
〒一〇一-八〇〇一
東京都千代田区一ツ橋二-三-一
電話　編集〇三-三二三〇-五九六一
販売〇三-五二八一-三五五五
印刷所――凸版印刷株式会社

この文庫の詳しい内容はインターネットで24時間ご覧になれます。
小学館公式ホームページ　https://www.shogakukan.co.jp

ISBN978-4-09-406075-1